说了常熟说北京

宗川　维言　著

北京燕山出版社
BEIJING YANSHAN PRESS

图书在版编目（CIP）数据

说了常熟说北京 / 宗川 , 维言著 . -- 北京 : 北京
燕山出版社，2025.4.-- ISBN 978-7-5402-7400-9

Ⅰ .1217.1

中国国家版本馆 CIP 数据核字第 2024UT5152 号

说了常熟说北京

作　　者：宗川 维言

责任编辑：王月佳

版式设计：张悦

出版发行：北京燕山出版社有限公司

社　　址：北京市西城区椿树街道琉璃厂西街 20 号

邮　　编：100052

电　　话：010-65240430（总编室）

印　　刷：廊坊市新景彩印制版有限公司

开　　本：880mm×1230mm 1/32

字　　数：263 千字

印　　张：13.5

版　　次：2025 年 4 月第 1 版

印　　次：2025 年 4 月第 1 次

定　　价：88.00 元

序

一

像候鸟一样来来去去地在北京与常熟之间有20年了。

据报载，在20世纪90年代初有个新加坡人来北京打的，那时都是喷涂成黄色的"面的"，俗称"蝗虫"。这个新加坡老客就和的哥侃了起来，他没想到这个的哥侃的水平竟非同一般，叫他啧啧称奇、刮目相看。

北京的特色就是出侃爷，《说了常熟说北京》，信马由缰、南腔北调，胡侃呗。

在常熟街上或进铺子吃碗鳝鱼面或闲溜达，多次有人问我，你北京人，干吗来常熟啊？我说，你们常熟好啊。他会问，能比北京还好啊？我答，那当然，北京忒拥挤，在北京站一下车、一出站，我的脑袋就轰的一下子发蒙，那人、那车，乌泱乌泱地挤成了疙瘩粥，无论商场、公园、大街小巷……北京五环以里，已无清静之地，阴晴终有散时，麇集于这里的人群已不可再散了。那里人们的心情，就像我们的股票市场一样，片片泛绿、处处飘红。哪里像常熟这样，在虞山脚下，在沙家浜或什么“农家乐”，一潭青碧，几许葱茏，红粉枝头，鸥鹭起落，几个朋友，一壶清茶，几杯老酒一起“说非”，这是何等的闲云野鹤般的大自在。

“鸿雁长飞光不度，鱼龙潜跃水成文。”

喜欢这块土地的元气正足、优渥从容，气质上的神奇坚韧、风物万千。

这块神奇的土地，无论你是从宏观去看还是从微观去看，它都尽致如此，水嫩丝滑，中庸淬砺，绝不负“曲径通幽”之称。这里代代都俊才滚滚，梁柱相揖。这里既有“大”也有“小”，你从各个维度去凝视它、思考它，都会让你发问：这是为什么？

常熟，一个在地图上很难找到的县级市，四周的城市之光掩盖了她的光华。像张家港、太仓、昆山、天下知名的“夜半钟声到客船”的姑苏，还有著名的常州市。

20世纪吧，这里出过一个笑话，常熟花钱请了一帮国字号有头有脸的正当红的“角儿”办一个节目，目的不外乎宣传常熟，可主持人出口就把“常熟”说成了“常州”，这钱是白花了，常熟人这气呀。

二

　　常熟有无尽的锦绣，神秘的灵气，旱涝保收的丰沃，风骚重彩的韵致，有"无边落木萧萧下，不尽长江滚滚来"的人才，她是诗的栖居地，是墨的奇妙瀁染，是五谷丰登的常种常熟，天下福地啊。能让你一辈子迷恋她也窥不透行藏。像个妖娆神秘的女子，能看得见她温软的笑，看得见她典雅蕴藉里的狡黠妖娆，可你窥不透她娟秀而幽深的内在世界。

　　如果能做到，无论是北京还是常熟，我都会尽心尽力地把一幅画呈现给读者，若禀赋不够、笔力不逮那也是没法子的事，那客官您就弃之刷抖音去吧。

　　碎片文化是当今主流，轻松快乐，解颐一笑，谁还捧着一本书去思索啊？

三

　　2500年前，有个年轻的常熟人，为学习新知、为薪火传承，不辞渡江过海到山东曲阜拜师孔子。那时的江海何其辽阔汹涌，那时的舟楫何其简陋，我们不得而知。他的后人只是通过《论语》中的只言片语了解到这位先人叫言偃，是个办事仔细认真、一丝不苟的志诚君子。

在常熟宝色辉煌的文史天空中，言偃夫子当是垂范后人、启迪明天的"太白金星"。2500多年过去了，长眠在虞山东麓半山坡上的夫子依然对他的子子孙孙进行着穿越时空的教化。

言子为常熟人的价值取向垒砌了一块基石，千百年来引导着常熟人的心灵构建。

言子文化是"君子不舍昼夜"的"月涌大江流"；是江芦摇曳白云朵朵鸥鹭翻飞的天空；是阿婆在炊烟袅袅杂花生树的江村呼唤儿孙回家吃饭的亲切。

出书作序，应该请人的，最好是名家，所谓的"附骥尾"，最不济也要请个比自己好点的。这样也好让你"涨姿势"。我不，因为我不认识名家。再说，真正的名家是要收费的。据传，在20世纪，有某位知姓不知名但有钱的"码字者"，给了某大作家一张支票，请他写序。大作家翻了翻他的书，就把支票退给了他。原因你懂的，此作家是条心地光明的汉子，很爱惜自己的羽毛，我就不说其名讳了，我很敬重这位作家，曾在地坛书市上与之攀谈。

"文章真处性情见，谈笑深时风雨来。"这是常熟籍清阁老翁同龢撰写的对联，上联是为文者的灼见，下联是什么，就不得其解了。

有一次我在常熟理工学院（今苏州工学院）参加一个银行家兼诗人的作品发行会，碰到了一位大名鼎鼎的"北大教授"，以前都是在荧屏《百家讲坛》见他，这回和我面对面了，免不得要和人家攀谈照相。他讲了一个故事：北大门口有个收"破烂儿"的（南方人文气，管这行叫"收旧货"），他去卖一捆全国各地寄来的书。那个收"破烂儿"的瞟了一眼那捆书，就把钱给他了。他说，你怎么也不称称啊？没想到那收"破烂儿"的说，你们教授卖书，都是论"批次"的，每段时间，卖的书都大体一样，连本数都差不多。他一口气指出了这捆书有多少本，一共多少斤，作者是哪里人，书中写的是什么，一时滔滔不绝、天花乱坠。这位"北大教授"，佩服得五体投地说，应该请你到我们"百年课堂"里去做个专题报告。

五

其实写作这活儿早晚会蜕变成机器加工活，不信吧？且看，在各种媒体上报道的机器人作诗，机器人作画，机器人下象棋……AI（人工智能）横空出世，芯片滚滚而来，这些是在预告文学都不再是独特的精神作品，艺术只是一种游戏罢了。批量生产各种风格流派的作品来满足我们的各种精神需要，而且制造时间很短，已经到了"秒成"的境界。以后的文字作品只要有创意，会编程就能写成。

以后的新事物，只有想不到没有做不到，回眸一下30年来的由call（传呼）机到砖头一样的"大哥大"，再到今天的手机就行了。

当下，手机已经深深嵌入了我们的生活，成为我们生命的一部分。

人可以不谈情说爱，可以没有子女，甚至没有家庭，但不能没有手机。

十年寒窗，鱼跃龙门，洛阳纸贵只是个童话，AI、芯片就是一切，万物之灵的人类将是一个笑话。

也许到那时候，我们回忆起眼前这个时代时，就像我们登上长城回忆起秦皇汉武，捡几片甲骨竹片一样，感慨地哼哼几句帝王的诗句，悲悼我们再也回不去的从前：欢乐极兮哀情多，少壮几时兮奈老何！（汉武帝《秋风辞》）

读者大佬，扫一眼我码的字吧，20年的思考，20年的精力，没眼儿的猪——瞎嘞嘞。

祝我好运——祈望此"破烂儿"似的打包文字碰到的读者都是北京大学门口的那个收"破烂儿"类型的，把拙文当"破烂儿"收了吧，我保证没人请你去北大讲课。

六

我是来往于南北之间的一只候鸟。

在江南，在常熟李闸路上有一处三居，一楼，居处前有个小院，住七八年了。

我喜欢这里，一直苦心孤诣地打理着它。有座花棚，种的是金银花和凌霄花。金银花盛夏时开得茂盛，花朵先是玉白色，后化为金黄色，虽然花朵纤细，但开得勇气十足，一簇簇的，成帮结伙宣示盛夏的磅礴；凌霄花开得晚些，一朵一朵的，开得响亮、明确。

秋日里，四周的桂花树上散发出阵阵幽香，撩人。

冬天院子里也有花。蜡梅、绿梅、红梅、海棠等，在冬春才放开一把，争奇斗艳，红黄白绿在枝头。

鸟儿常来，有白头翁、伯劳鸟、黑不溜秋的鹩哥，还有一种我叫它野鸽子，打听后才知道是斑鸠。还有一种比拇指大些的小鸟，我说是"蜂雀"，当地人叫它"眉眼儿"，在灌木丛中乱窜。麻雀是常客，叽叽喳喳的。要说啼鸣得婉转多情的要数白头翁和伯劳鸟，鹩哥在樟树、桂树稠密的枝叶里叫来了晨曦，叫来了春天。

女儿要把此房卖掉，我虽然不舍，但也没法阻止，也就随她去吧。自己宽慰自己，人嘛，都是过客，都是经过。

经过，经过，我们都是经过……但这种"经过"有人充实炫亮，以一种积极向上、向前的心态去"经过"，有人就糟糕乃至"渣"了些。

生命的价值不在于物质而在于心态，谁能说乞丐就没有欢乐啊？大笑星卓别林就是困苦艰难家庭里产出的天才。

诗仙李白豁达，他说：

夫天地者，万物之逆旅也；光阴者，百代之过客也。

王羲之就感伤了些：

向之所欣，俯仰之间，已为陈迹，犹不能不以之兴怀，况修短随化，终期于尽！古人云："死生亦大矣。"岂不痛哉！

王羲之是大才子、魏晋名流，清谈时尚，但因多食"五石散"而殒命；李白嗜酒，喝"空肚酒"坠江而去。

像鲁迅先生创作的《过客》，那是一个纷乱惶惑时代的勇者向前求索殉难的足迹。

战士的伤口多在前胸，即使倒下也是向前的姿态。

经过，来过，有限的是空间，无限的是自我。如果说生命是张支票，只有折腾、有所追求才能让它升值。

目　录

这里是常熟

拱桥小船人家
粉墙黛瓦鸥鹭起落飞芦花
秋水伊人里弄小巷
烟霞里的时空装满梦幻
虞山小山装大山
遥远的仲雍在这里文身断发

言偃劈波斩浪
薪火燃烧三千年
武城弦歌舞着柳笛嫩芽
草圣在这里墨迹氤氲渲染
传承从遥远飞来作画

高楼公路大厦
绿色澎湃田畴景然闪金花
春夏喜人蚕豆花开飘香
这里是皱纹包裹的老两口
阿公笑着阿婆
奔流的汗水浸湿了她绺绺白发
细娘妖娆街巷
倩影摇曳一千年
蒙蒙烟雨吻着石板发嗲
热爱在这里情意缠绵发酵
晶莹从遥远飞来发芽

小也常熟　大也常熟

一

言子：熟人品质的奠基人

《说了常熟说北京》这个题目就有标题党之嫌，一个小小的县级市能和北京相提并论吗？

其实每个城市、每个省份乃至每个民族都有自己的特色、自己的性格，都用自己的与众不同碰撞出我们大中华的辉煌绚烂的文明。

这文化、这文明、这和而不同，大道归一就是中国人的根，棠棣之华，莫如兄弟，就是中国人五千年不散的魂魄。江南有句俗语说得形象、热切：同胞儿女看娘面，千朵桃花一树开。国家大义、家国情怀，这就是中国的凝聚力，这就是大中华文化的向心力。

撩开北京的金装，说说她的大中"小"；品味常熟的人文，说说她的小中"大"。

北京的"大",是因为她是中国乃至世界的精英荟萃之地,捷足先登,强者必胜,你方唱罢我登场,各领风骚三五天,一切都是动态化的;常熟是隐忍的,默默耕耘,气沉丹田,精气神内敛,十年磨一剑,月下看吴钩,一招出手、一剑封喉。

想认识常熟吗?读读我的文字,20年来我在南来北往的时空交错中,找到了一条缝隙,也许这能给你提供一条观察的孔道,来窥探常熟人坚韧务实的秘籍,破译常熟俊才滚滚、衣冠代代的密码。

常熟可不是个小地方,她瞧着小、掂着重、摸着大。

孔子信心满满地夸常熟人言偃说:"吾门有偃,吾道其南!"

看看北京城的擘画者之一,元成祖朱棣的"黑衣宰相"姚广孝在诗里是如何评价常熟的:

秋日登海虞致道观

琳馆无尘真福地,门前万竹自青青。

丹成井底飞双鹄,桧老坛边布七星。

鹤舞出林朝每见,龙吟归壑夜还听。

我来只为逃秋暑,非是寻仙问道经。

这是600多年前一个国家级别的大咖对常熟的赞美。赞美常熟"十里青山半入城"的沈玄是在他之后的明宣宗宣德年间人,是后来者。沈玄的《过海虞·七律》中有一句是:吴下琴川古有名。看来"虞山福地"的美誉是自古有之啊！

2500多年前，自打言偃为薪火传承漂洋过海，为常熟文化放下一块基石，常熟人就在"路曼曼其修远兮"的道路上，开始了自己的修身求知之路。

我们设身处地地想一下，2500多年前，交通工具是什么样的，那时的大海、长江、黄河又是如何风高浪急。可是言偃夫子置生死于不顾，一往无前，终于取得正果并反哺父母。言偃夫子的故事生动地反映出常熟人认定了就干，一干到底的韧性。

江河不老，日月同辉。如何定位言偃夫子都不为过，他把常熟人的性格、心智发挥到了极致，提纯了常熟人的品质。他是常熟历史天空中一颗启明星，照亮了常熟人的心扉；他是茫茫大海中的一个坐标，指明了常熟人的志向。

武城弦歌，2500多年过去了，这旋律依然激荡在常熟人的血脉里。言子门下莘莘学子依然是全国名校中抢手的"香饽饽"！

"仰之弥高，钻之弥坚""高山仰止，景行行止"。给言子怎样高的评价都不为过。他给常熟人打了个样，做了个范。

常熟人的性格特点是什么？是韧性、是踏实、是向前向上永不停息的生命心态和生活姿态。

常熟的特产是什么？是人才，是利国利民的人才！

海深人探底，山高我为峰。世界上有什么比人才更宝贵的资源吗？

常熟人的"牛"

常熟人"牛",因为他们有"牛"的资本,有"牛"的底气。

20年来,我来来去去地在北京与常熟之间切换,发现常熟有一个神奇的人文景观,这里代代出名人,而且往往是标杆式的大人物,他们在常熟历史的天空中群星辉耀。中国历史的每个节点、每个行业,都曼舞着常熟人的身影。

目前在册的常熟籍两院院士25名,其他党政军各界在业且声名显赫的人士,这里就不提了。常熟在历史上出过8名状元,户部、吏部官员,御史,巡抚都有。"两代帝师"翁同龢是研究近代史绕不开的大人物,在清末他是一人之下万人之上、乾纲独断的内阁重臣。

"物华天宝,龙光射牛斗之墟;人杰地灵,徐孺下陈蕃之榻。"(《滕王阁序》)

常熟的特产是什么?是人才,常熟出人才。常熟这个隐藏在长江三角区的嘉肥之地,这里重文化教育。

再追溯得远一些,3000多年前,仲雍为了避位让国一路南下,最后落脚常熟,实现了黄河文明与长江文明的大交融,建立了勾吴王国,被常熟人尊为"文明始祖"。我不禁想,先贤为什么选中常熟这个地方呢？洛河图、阴阳鱼太极图，历来被认为是中华文明的源头，作为王子的仲雍当深知此道，选择在常熟落脚当不会是他仓皇草率的决定。选择在常熟开拓他的千秋伟业，当是他仰观天文、俯察地理、慎之又慎的精确选择。

再提一位大咖就比仲雍的级别低多了，那就是唐代书圣张旭，至今留存的古迹是醉尉街、洗砚池，此公在常熟当过县太爷。他的书道不但是盛唐的标志，更是中华文化中一道妖娆闪烁的光芒。

张旭在常熟工作过也就证明了沈玄"吴下琴川古有名"的诗句；也就证明了在盛唐、在长安，许多人都知道常熟的存在与风致：福地湖山烟是雨，常熟拱桥水鸣琴。

我在许多常熟人身上看到、体会到求知这种卓越的品质，这之中自然包括文友、画家，也有老圃、基层干部，乃至邻居阿公、阿婆……

也读过些为常熟点赞的文章，普遍都是些写游记的路子，首先是山水名胜。先浓墨重彩地描述一下常熟的"十里青山""七溪流水"，再就是如此玲珑而又不失丰腴的山水土地所承载的厚重的人文历史。从外来户仲雍到走出去学有所成的孔门文学言子，再到大名鼎鼎的黄公望，明末的钱谦益、柳如是，直至晚清时绕不开的翁同龢，开现代文学之风创作了《孽海花》的曾朴，都是为常熟锦上添花的话题，再有就是值得常熟读书人津津乐道的藏书楼了。

常熟的藏书楼就值得一说了，这是常熟人尊重历史、守护文化传承的标志。常熟人爱好藏书怕有三百年以上的历史了，在历史上有迹可寻的有十几家。其中年代离我们最近、名气最大的是瞿氏传承五代的铁琴铜剑楼。

新中国成立肇始，一辈子以读书为安身立命之根基的开国领袖毛泽东就命人把铁琴铜剑楼的藏书运到北京、上海保护起来，常熟现存的铁琴铜剑楼藏书是影印本。

这是常熟文史的逸闻美谈。

就是现在在常熟著书立说的笔墨骚客、琴棋书画者也是一支星垂平野、月涌大江的璀璨闪耀的大军。

这里是"曲径通幽处"，这里有叫人羡慕的"红袖添香"夫妻夜读，这里的沙家浜芦苇荡是新四军伤员谱写"拥军爱民"篇章、坚持抗日的"福地"。

在常熟的历史天空中，点缀着比比皆是的灿烂星辰。直到今天，中国各行各业的顶层，依然遍布常熟人的身影。

近日，笔者在朋友圈里求证史料。有人说，长征路上有常熟人，叫李强，他是新中国首任广播事业局局长、科学院院士、对外贸易部部长（有误，据史料表明，李强没有参加过长征）。有人接口说抗日名曲《大刀进行曲》是常熟籍音乐家麦新作的。女足世界杯赛场上的窦加星是我们常熟人，有人问，哪个镇？对方底气十足答，常熟辛庄镇人。又有人说，辛庄镇还有一个人才，比窦加星出彩——

中华"神盾之父"邢文革，驱逐舰上用的神盾，世界上只有三个国家有，即中国、美国、俄罗斯，邢文革现在搞航天工程呢。还有"两弹一星"元勋王淦昌，是我们常熟支塘人，为了研究原子弹、氢弹，他隐姓埋名十七年，一生中曾三次与诺贝尔奖擦肩而过……

还有个对常熟人文有深入研究的朋友金晔给我发来短信：

京剧界国家一级演员唐元才

国家一级演员顾也鲁

越剧大师殷瑞芬，饰演过越剧《红楼梦》中贾宝玉一角

评弹大师蒋云仙、侯莉君（经核侯莉君为无锡人）

1966年的电影《画皮》演员翁午

著名戏剧表演艺术家吕恩

二胡大师陈耀星，代表作《战马奔腾》

知名歌手汪峰（经核为常州人）

知名影视演员倪虹洁

影星潘虹（经核为上海人）

再说几位国家巨星：

"中国青霉素之父"：樊庆生

"神盾之父"：邢文革

我说，你的大作《平襟亚传》是上乘之作，很吃功夫、很见功力，已经火到被人抄袭的程度，祝贺、羡慕、嫉妒。

有粉丝从千里之外来见你，并立照以纪。有文友戏谑道，你像打工仔，那粉丝倒有学人风范。

哈哈，玩笑啦！

金晔对民国史有深入的研究，又有记者的天赋，犄角旮旯的新闻逸事他都能挖掘出来，且擅长春秋笔法，不着一字尽得风流。

我很欣赏的一个人是李迪，他用镜头说话，记录常熟的今天，发掘常熟的昨天，用镜头扫描常熟今夕，他的摄影集《常熟记忆》被国家图书馆收藏。

这就是常熟的俊才，常熟的风物，不可小觑。

近二十年来，来来往往于北京与常熟之间，这里的风采气象总是让我凝视思索，常熟为什么会如此薪火相传、弦歌不断、俊才滚滚、灿若星辰？如此嘉木树庭、珠璧联辉，简直成了中国的人才苗圃。

余与常熟制砚名家宗洪兴交厚，他们父子两代为虞山赭石砚付出了毕生的努力。甲辰孟夏日我去公望堂拜访他，在他的工作室里，他再一次给我展示了他们父子两代收藏的名砚，以及他挂满墙的各种奖状。

龙睛凤目、七十八岁的他，精力已经大不如前，由于毕生和赭石粉尘打交道，言语呼吸之间已经有了哮喘的迹象。

他说："手里还有几方砚，都是送朋友的，做完我就离开这里了，不再做了，不行了，做不动了。"他的情绪有些激动，有些感伤，"今后，也不会有人做了。"

据我所知，作为常熟"非物质文化遗产"传承人的制砚大师宗洪兴，是坚持做赭石砚的最后传人。

嵇康归去，天下再无《广陵散》，此为绝响。

我心戚戚。回家的路上，我心里总不是滋味，有一种恓恓惶惶不知所以的感觉。途经一处有碑铭的坟茔，就停车了，想坐下抽支烟，缓缓神。

走近一看，是清代蒋元枢先贤墓。

蒋元枢 (1738—1781)，字仲升，号香岩，中国江苏常熟人。历任泉州厦门同知，身兼台湾道，建多处炮台、书院与灯塔，并编修《台郡各建筑图说》。

为了使金瓯无缺、华夏一统，常熟先贤总在历史的节点做出杰出的贡献。

我双掌合十向其墓三鞠躬，并绕墓一周以示敬重。

正是孟夏，蒋公墓上长满了粉白色的夏花。

夏花单瓣，简单纯朴，应季而发，不论石隙田野间，有如常熟人。

星河秋月　神仙眷侣

歌颂常熟的诗歌可谓汗牛充栋，但我喜欢孙原湘《七律·客有问吾邑者书此答之》：

软红尘里小蓬莱，画阁文疏对岸开。

七水流香穿郭过，半山飞绿进城来。

酒多按节倾家酿，花不论钱遍地栽。

莫笑耕夫多识字，梁时便有读书台。

因感觉不同而视角语气也与众不同，写得排闼豪宕、情感饱满，别人是过客，他是生于斯、长于斯的文人，写得有乡亲乡情，有地方风色，牛气冲天，有自豪感。

他的七言排律《苦热》，继承了我国文人传统的人文情怀，关注民间疾苦，代表了中国知识分子的理性良知，在"有木皆焦手可炙，有席自暖身难容。摊书只觉花眩眼，搁管已苦珠流胸"的暑热中，他想到的是：

"却忆田家更辛苦，踏车男妇沟西东。坚土不动犁不松，两股欲折腰如弓。我读书，彼务农，劳逸静躁迥不同。读书尚可掩卷坐，农事辍作田无功。人生不幸为耕佣，一日之惰终岁穷。"

提到孙原湘的夫人，知道的人不多，但知道"绿衣捧砚催题卷，红袖添香伴读书"这句名诗的人就多了。这是读书男士的梦寐以求之境。"绿衣捧砚，红袖添香"，那是何等氤氲缭绕、馨香温软的境界："取次花丛懒回顾，半缘修道半缘君。"

席佩兰（1760—1829），孙原湘的夫人，于他而言亦师亦友，两人可谓神仙眷侣。他说他自己作诗是和妻子学的。而《长真阁集》卷首有袁枚的题词，袁枚称席氏"似此诗才，不独闺中罕有其俪也"。清代是我国女诗人最为活跃的一个朝代，有人统计过，有名有诗的女诗人就有四千多名，有人评席佩兰为"清代女诗人第一"。

排律《寿简斋先生》是席佩兰为老师袁枚呈上的贺寿诗，看口气，这时席佩兰已经是经日月打磨得珠圆玉润的女士了。诗歌里，数颂贺之作难写，难出新意，她奉贺诗撒得开收得拢，活泼跳跃、神采飞扬，还和老师开起了玩笑：

绿衣捧砚催题卷，红袖添香伴读书。愿公二十三房里，一个环房一年徙。数到春秋百二年，注毕古今廿三史。从此尊前花月身，红颜天与驻长春。却愁伏胜传经座，弟子翻多白发新。

就我个人来讲，我喜欢席佩兰的绝句、律诗。闺怨诗很多，且多是男士之作，像她的闺怨诗《寄衣曲》就不同于男人的感觉，可谓上乘之作：

欲制寒衣下剪难，几回冰泪洒霜纨。

去时宽窄难凭准，梦里寻君作样看。

此诗深合"标月之指"说，就是说诗家要含蓄，画月只要画出指向月亮的手指就够了。

她的《悼亡儿》是一首痛得肠断的诗，读之让人动容，写尽一个妈妈的悲催呜咽，泪打纸碎：

六年奉汝似昙华，喜即开颜怒不挝。

博得床头临别唤，一声娘罢一声爷。

一盏元霜绝命时，谁将剑柄授庸医？

黄泉莫恨庸医误，只恨爷娘误杀儿。

看看席佩兰的随手小品，也是玲珑雅致，堪可玩味，让人齿颊生香。

尚湖舟中

众叶绘秋色，乱峰波上明。云多疑树重，风正觉帆轻。

远水群鸥小，长空一雁平。篷窗饶暮景，收拾到诗情。

孙原湘、席佩兰是常熟文史天空中的双璧。余读他们的资料有限，也不知是否准确。他们的生卒年相同，都是1760年和1829年，若确凿，也可算是夫唱妇随、生死相依的人间奇迹了。

十多年前，初到常熟，游历一番后，我也为这里厚重的人文史大发感慨，当时还在《常熟日报》上发了一篇文，题目是"这方厚土"，着眼点也是这个套路。

十几年过去了，我结识了许多常熟朋友，涉足常熟的角角落落，对常熟有了更深入、更具象的了解。我还是在想，常熟这弹丸之地为什么会有如此之多、如此之绵延不绝的"标杆"人物呢？

看一个地方，感受她的文化品质，触摸她历史积淀与地域特色的骨感，看她文化脉络的起承转合，看她文化经纬坐标系上的人物，也要感受她的民风民俗、扒扒她的土壤草根、嗅嗅她的"风气之先"。

洞中一霎

游览虞山，拜仲雍墓、拜言子墓，登剑门揽尚湖。高僧墓前证菩提，空心潭旁说空色……无论晨曦月白、落日熔金、风霜雨雪，十几年来，我随日月穿梭在常熟的深秀里，感受、品味她的厚德与风骚。

有山就会有洞，虞山自然也有几处洞穴，如位于虞山西麓原小云栖寺内的小石洞和离此不远的老石洞都是虞山的名胜，这些天地造化于偶然的石洞，千百年来都没有离开过人们关注的目光，因此就有了文人骚客留下的摩崖石刻，有了他们与洞的故事，因孤寂而幽怨的洞穴就被他们涂上了人文的色彩。

有几处少有人问津的洞，却吸引了我的目光，我和它们之间产生了一种奇妙的感应。

这是人工开凿的洞，是为开取石料而凿的洞。洞，只是洞，没有任何字迹，只有开凿的痕迹。就像是打工仔，穿着一身地摊货的行头，灰头土脸的满脸汗渍，无关风月，只为生计，一派风霜色！

至于开石料做什么，究竟开取在何时，求古人已不可得，问了几个朋友也都各说各话，语焉不详。

文友剑兄在虞山北路"偶遇"过这种洞穴，他做了翔实的勘察记录：

这个洞外表有些像老石洞，但洞口还要阴森高大。小心地越过洞口边从崖上崩落下来的大石块，往下走不多步就感到脚下很平实。起先眼前一片黑暗，等眼睛慢慢适应后，才发现这个洞很大，但不高，真像一个矮矮的舞厅，洞顶和地面都是平展展的，洞厅中央还有一个不规则的大石柱支撑着大片的洞顶。再往里走，黑暗紧裹着我们，终于摸到了洞底，感觉也是很宽敞和顺。使我们感到惊奇的，是洞里的地面似乎曾经过许多人的踩踏，显得硬实。我发现了洞厅一角，黑暗中好像还有一个小房子的石质基础，就如农村人家造房子，砖墙尚未砌，但已摆好"石脚"一样。而我的朋友，以他采药练就的能一眼辨清细枝末节的眼力，还辨出了洞地上有车辙的痕迹。但我不敢相信：我们尚且需四肢并用才能翻上这石宕，这车子又如何进来？（引自剑兄文《虞山探幽之六——石窟秘境》）

知我对此感兴趣，他就带我也去实地勘察一番。

在散发着往古气息的石洞里，我敏感的神经变得小心翼翼起来，心头被一种神秘的氛围笼罩着，前人的身影像慢镜头般在我周围晃动，我闻到他们的气味，听到他们的喘息，人影幢幢、面目模糊，我身体在紧缩，生怕打搅了他们。这不是害怕，这是因超越时空的对接而造成的电击般的战栗。

蓝电幽幽、弧光闪烁。脚下也变得虚脱起来。

虞山号称"吴文化第一山"，说的都是它的地表物和它所承载的历史进程的节点，此处不引人注目的洞穴倒引起了我的玄想。就如邂逅一位历尽沧桑的尊者，千年不去的装束包裹着他的仙风道骨，须发皆白，一派庄重，睿智哲思已经物化结晶，缭绕在我面前。

空中隐隐飘荡着清乾隆年间僧人释宗安的吟哦，细听是他的诗作《朱砂洞》：

洞空砂出矿，余气染枫林。

草长紫芝秀，花开红药深。

人来忘客虑，坐久定人心。

踯躅声随应，铿然金石音。

此和尚不但禅定于空色之变的彻悟中，还是个舞文弄墨的魁首，他住持虞山破山兴福寺的十五年，其间写了许多吟咏虞山景点的诗，如《破龙涧》《缺尾螺》《高僧墓》等。

来到外面，阳光刺眼，看漫山葱茏，感慨人间之倏忽、时光之逆旅，洞中方一霎，世上若许年。

我们磕磕绊绊地行走在山路上，看着认识、不认识的繁花丛树，我和剑兄讨论起释宗安的诗，此诗引起了我的诸多揣测。这位僧人以诗的形式说明了常熟的风水所在。

虞山多赭石，先人早有开采，僧人在诗中说的是赭石矿，中医典籍记载赭石"入肝、胃、心包经，甘寒能凉血"。这就是诗中所云"人来忘客虑，坐久定人心"的"风水"效应了。

这就涉及了风水之说，王勃在《滕王阁序》中所说的"物华天宝，人杰地灵"了。

中国是一个信奉风水之说的国度，肇始之源当是《易经》，这部博大精深的哲学著作，几千年以来，被一些吃"开口饭"的人给神秘化了。

其实也没那么神秘，"风水"不单是"形而上"的"道"，同时也是看得见、摸得着的"形而下"的具象，甚至是我们生活中的常识。"一方水土养一方人"，这句民谚就是老百姓对于"风水"之说的生活经验的提炼。

"风水"之说中外有之，根据气象条件、山川走向、江河流域、物产富寡特色，考察一个国度、一个族群、一个地区的历史沿革、人文风俗、灾难、战争……是中外史学家、社会学者必用的"刀法"。

常熟为什么如此"嘉肥"厚藏，代代出人才？她的先天禀赋和性格底色的"培养基"在虞山。人间福地、世上湖山，是上天赐给常熟大地驱邪扶正的"风水挂件"。这里"常种常熟"的不仅仅是指此地的稼穑之盛，也包含着她的滚滚衣冠，代代的青蓝冰水相继。这点，以后再展开说说。

五

常熟人的"狠"

常熟人在新居落成后，要在中脊的一块瓦当间放上一个花盆栽上仙人掌之类的多肉植物。一开始我很不理解他们为什么这么做。为此我也向人打听过，答案不一，附会多有。直到有一年初夏，我看到邻居家房顶刀斧般森立的仙人掌开出了累累的明晃晃花朵，才醒悟，常熟人喜欢这沙漠之花的耐寒耐旱的坚韧品质，在以花育心、以花铭志。

在常熟的村子里，看到古稀之年的老人劳作是很正常的事。我邻近的老阿婆有煤气舍不得用，一直坚持烧柴火，她的柴草垛一直打理得像士兵的器械。

还有个近似笑话的真人真事，有个镇里的干部，老爸年近八十，怕有闪失，方便照顾，他把老爸接到市里来住，结果老爸好歹住了一阵子，就闹着要回乡下去种菜，"老小孩，小小孩"，没法子就得回去。每天下班后在市里吃完饭再赶回乡下去给老爸当"陪护"，搞得全家鸡飞狗跳的。

想明白了一件事。

女儿和女婿是大学同学，女儿就顺理成章地成了常熟人的媳妇，结婚那天见做新娘的女儿抱的不是一捧花，而是一棵万年青，后来这棵万年青并没有被种在"向阳花木易为春"的地方，而被种在房子的阴面。

给常熟人当媳妇难啊，林黛玉这样的怕是干不了这差事。

常熟有什么美食？一般人会说是常熟大闸蟹，我的一个朋友每次来常熟都要买常熟肉粽。其实来常熟就要吃常熟的家常菜，常熟街头最常见的是面馆，常熟的一碗面，是常熟人每天早起的第一餐。我爱吃这里的鳝鱼面，外加一个鸡蛋。配味作料在一旁，有姜丝、海带、香菜、辣椒油等，自己选。

我吃过一碗常熟极品蕈油面，那是三峰寺的住持请的。就是清汤寡水的一碗面。怎么用语言形容呢，说齿颊留香吗？俗了。用形容音乐的"绕梁三日，余音袅袅"来形容吗？不妥当。我只能说，那清汤寡水的一碗面的香气，至今还让我震撼。我在别家面馆里也吃过这种面，再也没有那种味道了。文学手法可用"通感"，借诗圣的一首诗来表达吧：

锦城丝管日纷纷，半入江风半入云。

此曲只应天上有，人间能得几回闻。

——唐·杜甫《七绝·赠花卿》

常熟野菜处处有，这里的马齿苋，比我们北方的长得俊气，叶片一朵一朵地簇拥着，像是在开花；马兰头遍地都是，就是墙角、水泥地缝隙，它们也能钻出来。好吃，吃完细品，有股子野气。常熟有句俗语叫"马兰头开花，老来俏"，足见其生命的饱满顽强。还有一种家常菜就是青菜。

青菜当是常熟人的冬季当家菜了，青菜要经了霜才好吃，过了阳历年就是吃这道菜的应季。家家户户几乎每餐都有这道菜，家家都有烹调这道菜的招数。淡盐寡水，焯炒都可，可用糖提鲜，也有焯了放些许葱油拌的。

在生活褶皱的细节里体会常熟人隐藏的丰满与妖娆，会体味到常熟的神秘神奇，行藏厚积的密钥。

六

常熟街头偶遇奇人

我在常熟街头偶然见到一家五金店的老板，算是知道什么是藏龙卧虎了。

我进店要买几张水砂纸给我的根雕抛光，老板正在接待其他客人。我看老板消瘦身材，皮肤偏黑，面部线条灵秀，有股文气。年纪嘛，当是古稀之人了吧。可动作利索，精气神足。他与客人接触动作多于语言，属于孔夫子所言的"讷于言而敏于行"的那种。你说这个商品不行，他就给你拿出别的供你挑选，你正挑着，他又转到货架间给你拿出几样同类来。他介绍产品语言尽量简洁，"不放水"，绝无"广告语"。那态度是成交与不成交都在两可之间。但他的实在、厚道、专业绝对打动你。

我无心看其他货，倒是靠紧里的书架引起了我的注意。上面书品类繁杂，有儒家著作、二十四史、《说文解字》《康熙字典》《孙子兵法》《唐诗宋词》，还有《黄帝内经》《本草纲目》和佛家著作等，其中《易经》及有关《易经》的著作占了一大部分。我注意到，他的藏书是以《易经》为中心辐射的。书架前的桌子上放着他正看的书。我暗自道，这位老先生会生活，赚钱赋闲两不误，倒是个神仙品级的人物。

那几个客人走了，他见我不急于买货，在寻看他的书，他也就凑了过来。我有一种冲动，要和这位老哥盘盘道。我想乡儒村贤，有见识但也有限。我们的话题就展开了，我高谈阔论了一番。他听得很认真，露出一脸谦和赞许的表情。

说着，我看他桌上放了一个笔记本，我很惊讶，他的钢笔字，真好。行书、结体反常规地左低右高，尤其是左右结构的字，这点尤为突出。他的字拉得开、收得拢，有神采。

你在研究《易经》啊？我问。

见我感兴趣，他就如数家珍般给我讲了起来。

他一直在研究先天八卦（伏羲八卦）和后天八卦（文王八卦）的差别和用途，他拿出他的笔记和所研究的制图。其中有正常的笔记本，更多的是用挂历册页制的图和注明。他不断地在厚厚一摞笔记本中翻找，为说明某个问题，给我拿出一页一页的挂历纸。精心制作的图纸上，有密密麻麻、一丝不苟的文字说明。

我说，这些资料都可以在电脑上查到。他说，不行的，有些古体字、异体字，要知道它的原意，就必须在字典上查。《辞海》不成，要查《康熙字典》，查《说文解字》。说着，他就给我打开了他的笔记本，那上面都是密密麻麻的繁体字、异体字、古体字。可谓查微辨隐、溯本求源。每个字都详细注明了发音、解释、古今字体变化、词义变化。

说起《周易》、八卦，我算是知道些皮毛吧，我看得出，他这是严谨的学术研究，绝不是打卦算命看风水者之流的忽悠之举。

这要花费一个人的多少心血？我肃然起敬地问他，您研究多少年啦？他答，有二十多年了吧。

二十多年的研究成果就是几张图，外圆内方，外圆分为数层，标明了二十八宿、二十四节气在六十四卦中的对应位置，再有就是天干地支、十二时辰……这些都与风水师的罗盘无异。主要是他在图里的内方，也就是六十四卦，这六十四卦有卦名，有他的白话解释、钩玄提要、哲思理辩。这六十四卦图又与外圆代表天的轨道相接产生星位、节气、时辰、干支的变化。万物皆备于我、天人合一的东方哲学理念，就被这些图表明明白白地演绎出来了。

他向我解释古人所说"天圆地方"的道理。他说古人所说"地方"并不是古人堪舆就把地看成是方的，而是用了解剖学的原理，把地舆分解为平面的，分解为方形，这样就有了方位，就有了定位依据。他说，我们现代人的地图册都是平面的，地球仪再大，也解决不了许多实际操作的问题。

他还向我解释了为什么从古至今都先说"阳"后说"阴"，说无生有"一"画开天地，为什么从古至今又都说"阴阳"而不说"阳阴"。

我的天哪！坊间多"八卦"足以令人喷饭、消遣，而今天我所见的这个"八卦"可是登得庙堂的扛鼎之作了。

就我所知，在常熟有许多人，不为名、不为利，只为生命的追求和质感，蚂蚁搬家般默默地投入一桩事业。他们不属于任何组织，也没有纳入任何体制，没有报酬，甚至没有得到关注，他们就矢志不移地在自己的向往中勤奋耕耘，沉浸在自己肉体与精神剥离的"究竟涅槃"（出自《心经》）里。

七

"爱"在常熟——一个爱补袜子的女干部

近几年，"海虞妈妈"的花朵在常熟悄然绽放。

一些由于家庭变故，失去父爱或母爱单亲家庭或重组家庭的孩子，爱往往会在他们的生活里缺失、褪色，因而戕害他们幼小稚嫩的心灵，扭曲他们人生的轨道。

这是诸多社会问题中的一个细枝末节，值得忧虑而又关注度不够。

因此，就有年轻妈妈出面结对认这些孩子为干亲，给他们以母爱，关心他们的生活、学习，呵护他们生活细节中的疙疙瘩瘩，为他们抚平心灵的皱纹。这无疑是一件需要投入很大精力的麻烦事。

巧得很，我和"海虞妈妈"的发起人之一"太阳"很熟，算是忘年交吧。有一天她参加完"海虞妈妈"的集体活动后，有些郁闷，就和我发起了牢骚。她说电视台采访她，也要她的干女儿在镜头前说几句，被她阻止了。

我很诧异，感觉她的做法有些不通情理。

她向我讲起了她的故事。

原来她就是单亲家庭长大的孩子，她经历了家庭分裂给她的童年、少年乃至青年所带来的几近"灭顶之灾"。

画面一：

妹妹想要一个塑料的蝴蝶发卡。13岁的她告诉妹妹，姐给你买。可她一分钱都没有。端午节快到了，正是包粽子的时候，苇叶能卖钱。她家就住在长江边，她跟大人们到江里去摘苇叶。她要卖钱，她要给妹妹买发卡，买那种落着蝴蝶的花发卡。她下江了，茂密、高细的江芦丛遮天蔽日，让她不辨西东。她尽量摘又宽又长的苇叶，要卖个好价钱，还要卖得快。她往江里越走越深，突然她听见大人们喊，涨潮啦。她不知道这涨潮的厉害，也舍不得那么多、那么好的苇叶。常熟东临上海，这里是大江东入海的江海交汇处，这里的江面是随着海潮起伏的。等到她意识到危险的时候，江水已经淹到了她的胸部，她开始感到呼吸艰难，脚底发飘，不会游泳的她拼命往江岸扑腾，可她游去的方向是不是江岸，她不知道，一切都是出自本能。

江涌一波波地把她往前推，回潮又一道道地把她拖回来，她在生与死的咫尺间挣扎，她拉住一把把江芦，吐出大口大口的江水，眼前模糊成一片。

算她命大，她看到了江堤。她拼死抓住一把江芦才没又被回潮带回，她像落汤鸡一样失魂落魄地爬上了岸，可她的苇叶没啦，江涌夺走了她的苇叶，夺走了妹妹头上的蝴蝶发卡。这个13岁的小细娘坐在空阔的江堤上号啕大哭起来。

画面二：

爸爸有了新的妻子，那个家庭对她们关闭了家门。无奈的妈妈也有了新的家庭先走了，出于种种原因暂时不能带她们过去。她和妹妹挤在一间用猪圈临时改建的房子里。一个柜子、一张床、一张桌子、一把椅子就是姐妹俩的全部财产。

南方的雨绵长密集，下起来就没个停，地上满是积水，床湿透了。半个用塑料膜遮盖的屋顶积了一兜一兜的水，还时时不堪重负突然爆裂，哗哗的流水四溅。姐姐抱着妹妹，妹妹抱着姐姐，坐在唯一的椅子上，头上也顶着一块塑料膜，盼着雨停，盼着天亮。

听着，听着，我低下头，不好意思让她遇见我被泪水打湿的目光。

她说，那时候我最怕人家说我们的父母离婚了，最怕人家说我们是单亲家庭，那时我的袜子都是补了又补的。

她说，任何有伤疤的人，都不愿意别人看到他的伤疤。

我们不怕苦难，但怕痛，那是低人一等的心痛啊，这很伤害一个人的自尊。提这些对一个孩子的伤害更大！这种家庭的孩子敏感，我们成人要知道如何保护他们，要让他们感觉自己和其他孩子是一样的。

她有个补袜子的"癖好"，当然也补衣服改衣服，谈话时，她让我看她脚上的织补后的袜子，很见自家机杼，可以算是"巧雕"

吧。我夸她送给我的一件用旧大衣改成的小盖毯，很有艺术范儿。

我懂她了。

从心理学角度来看，家庭撕裂的"黑洞"吞噬了她童真的世界，她一直在补，在弥补那个黑洞……她是个好党员、好党委书记、好同事、好妈妈、好朋友，还好读书、好书法、好写文章……她追求一切尽善尽美。

表面上看起来她很强大，处处为人先，其实她心里有一片永远的"荒芜"，她要付出毕生去弥补那个童年被撕裂的"黑洞"。

在黑暗中摸索光明，在苦涩中酿造甜蜜，在逆行中奔向彼岸——这是常熟人的心性使然。

一个把"爱"写满世界的常熟人

大丈夫当朝碧海而暮苍梧。

——明·徐霞客

四百多年以前，江苏江阴奇人徐霞客，开始了他的旅行、探幽、涉险生涯。他大概没想到，四百年以后，在与他家乡紧邻的常熟，也出了一位与他有共同爱好的奇人。他们是老乡，他们有着共同的志趣，而这位后来者借助时代科技翻天覆地的变化，比他跨越时空的老前辈、老战友走得更远。他去过34个国家和地区，行程约30万公里，绕着地球转了有8圈多吧。直到今天，已过"杖乡"之年的他，依然没有停下丈量世界的脚步，此人就是"梦在远方"。

不用说啦，我和"梦在远方"相识，也是因为在网上读了他的满世界漂流的游记——《岁漂月流万花筒》。

记得第一次给他跟帖，我还酸了他一把：弱弱地问一句，是自费吗？他答，乡下一老农，无权无势，你这京门款爷，不赞助赞助一把吗？

后来熟了，我去他家一探究竟，果然不虚呀，他内当家的向我抱怨说，家里装修的七万块，都让他去当徐霞客啦。尊夫人不愧是教育工作者，知书达理，深明大义啊！当然现在他的情况好多了，不必再挪用"专款"了，他女儿有出息，收入不菲，还有了"另一半"，并且"一诺万金"，兑现了她和爸爸定下的供应资金，让爸爸游遍天下的"盟约"，这也是他选姑爷时的先决条件！

人家的姑爷没被这个"老泰山"吓住！

这姑爷好啊，这才是真正的"泰山压顶不弯腰"啊！

"梦在远方"是个幽默的人，文笔也好，他的《岁漂月流万花筒》就是证明。中央电视台四套——国际频道《走遍中国》栏目曾采访过他，在中央台国际频道播出。在主持人面前，他幽默狡黠的回答就是证明。

以下是他讲的几个路途之"最"的小故事：

在荷兰阿姆斯特丹，我一个人在街头游荡，看到一个小女孩，约七岁吧，拿着一只塑料瓶要投入垃圾箱，在垃圾箱前，她居然低头把金属瓶盖慢慢拧下，然后分别投入不同的箱体。这么小的女孩就有这么强的环保意识，这让我感到震撼。

美国尼亚加拉小城，著名的尼亚加拉大瀑布旁边，一辆公交车驶来，车门打开时，旁边的车窗及下面的车身亦分段铺开，原来这是为残疾人设计的专用出口，公交车司机推着一个轮椅，轮椅上的小姑娘笑容满面地缓缓下降，平安落地。我看着这温馨的一幕，感慨了许久。

当然，我也有很"糗"的经历。在古巴加勒比海一个无名小岛上的荒草野径小树丛中，突然蹿出一只两三尺长的动物，向我扑来。有人大喊"鳄鱼"！我一时被吓尿，完蛋，老梦起码一只脚休矣，以后如何再走南闯北？别慌，古巴导游及时大声提醒，是蜥蜴！哈哈，虚"尿"一场！

人的本性是善良的。任一国家和地区穷国富国黑人白人，绝大多数人是善良的。你看我在土耳其伊斯坦布尔黄金大巴扎香料店里，土耳其老大爷明知我是游客，不会买他的香料，也和我咿咿呀呀，手语口语肢体语齐上，热情交流，还和我合影留念呢。可见世人皆善，这是到处游荡给我留下的见识。

然，我更看重"梦在远方"的善良和慈爱情怀。他那些深入非洲，和当地居民的合照，尤其是他一脸慈爱、阳光地和那些孩子的合照，总让我久久地看，我在推想，那些妈妈、那些孩子，会怎样记住这位和蔼可亲、一脸善良的中国人？

在沙漠中的以色列人定居点，小孩子在铁丝网里开心地玩乐，但他们不能出来，民族争斗使他们离开定居点就有生命危险。看到这些人类的未来，这些生活在人为监狱里的混沌未凿的小天使，他心疼得发颤、发软。

在这战火纷飞的中东，他一路上自然看到了许许多多贫穷与杀戮、战争与废墟……在以色列和巴勒斯坦的隔离墙旁，他和那些武装到牙齿的以色列士兵合影；在抚摸以色列和巴勒斯坦之间的隔离墙的瞬间，他作为中国人的理智与良知突然如山洪般暴发，他再也压抑不住自己的情感，号啕大哭。他以这种无奈的方式，写下了中国人的悲悯与胸怀，他的泪水代表了中国人对人类和谐相处最美好、最真诚的祷告与祈盼。

九
我的常熟师友

虞山风的版主"雨见风"说过一句话，让我的鸡皮疙瘩掉了一地：为了没有病句，没有错别字，我在发稿前，要把稿子反复看，最后要倒着一个字一个字地看！

我的文章错别字、病句、多字落字那真可谓俯拾皆是呀！

说个笑话吧。

刚到常熟不久，我就不知深浅地在常熟网上发了一篇小说，名字就不好意思说啦，现在看来很是垃圾。可当时还有些反应，点击率还行吧。事后在一个群里，有位陌生群友说，爱看你的小说，故事性强、有新鲜感、有家国情怀。我一听不免心中一阵得意，还假惺惺给人家发了张出冷汗的表情。可接下来她说的话，就真让我冷汗涔涔啦。

她说，就是吧，你的错别字太多，"的地得"分不清。我只好坦白道，我语文基础知识压根就没学过，小学时顽劣异常，创下过一学期96天的旷课纪录，记忆中，"的地得"就从来没弄明白过，许多字词的发音到今天也是稀里糊涂。

聊多了，我才知道她是个教师，还是语文教师！

我赶紧"移樽就教"顺水推舟地把几十万字文稿，都发给了她，请她统统为我"斧正"。

数月后，她发给了我，我看到，修改处都用红字标明；病句或有疑问处，都用红线画出，洋洋洒洒，一个为师者的苦心孤诣播撒在我的字里行间。

长达一年的时间里，她为我开了"空中课堂"，这可是"小灶"

啊，她为我讲"主谓宾"，讲并列词组、联合词组、偏正词组，甚至连词、介词的用法。

这是我几世修的功德啊，老天空降一位老师，为我补上了小学落下的空白。

我说我要写写她，以示谢忱。她坚决不同意。我也只能在此点到为止了。

我写下面这位老师，倒也让我有些犯难。

我写此文之所以用网名，是因为我在写常熟，是在触摸常熟的民风民俗、扒扒她的土壤草根、嗅嗅她的"地气"，而不是在写某个人。可所设计的题目，就决定了我必然要涉及具体的人和事。凡涉及具体的人和事，我都用网名，写以下这位仁兄颇有梁山好汉"行不更名，坐不改姓"的山寨遗风，他没有网名。在现实中，在网络上，他用的都是真名实姓：孙永兴。我在《苏州日报》《姑苏晚报》《扬子晚报》的副刊上都见到过他的大名，他的文章以丰赡博厚为特色，如其人，扎实老到得像一垛墙。

此公生得膀阔腰圆，国字脸，宽额丰颊，狮鼻阔口，地阁凹凸可藏珠；想他年轻时的头发一定好，现在虽已飞霜，依然茂密。不像我，早早就入了陈佩斯的"光头党"。

至于他的形象嘛，可谓落拓不羁、不修边幅，头发乱蓬蓬的时候多，"顺理成章"的时候少；冬天穿得圆了咕咚，夏天赤脚穿一双松紧口布鞋，与他的锦绣文章风格迥异。

他就是孙老师，退休前确实也是老师。我这么叫他，不是因为他做过教师，也不是客套，而是口服心也服的称谓。我与孙老师同好杯中物，可多次一起喝酒，我就没见过他的醉态，顶多眼里有些汪泪，你要此时向他请教什么，依然是信手拈来、思路清晰，语调发声依然是纯正的男低音。如我们在虞山农家乐小聚，酒至半酣，我看他泪光莹莹的，有时竟落下大颗大颗的泪珠。就问他那棵树叫什么，他用肥厚的手背擦擦眼角，说，知道"桑梓之情"吧？这就是梓树，纤维长，柔韧，清以前的雕刻印刷模板用的就是它。

我的舌头有些短，吐字音节就模糊不清起来，还指着一棵榉树向他说，榉树的木质好，做家具漂亮。他答，榉树有两种：一种是青皮榉树，成材开板是青白色，木质嫩些；树皮棕色开裂的是黄榉木，成材开板是红黄色，木质好，是做家具的好料，其价格不比红木低多少。

说着，他又抬手擦擦眼角，我忙匆匆去洗手间。看来他的酒气是走眼泪；我的酒气是去便便。鸡不撒尿——各有一便哪。

文友送我的书不少，他一本书也没送过我。都是以文件形式分发给我的，这也是让我受益最多的文字。

他在报刊发表的文章我就不说啦，他整理的《常熟好诗词》上溯春秋，下至新中国成立后，几百首诗词的编辑注释，长达三十万字的文化工程，包括人物的生卒年月、简历趣闻、诗词风格、文史定位，这要花费多少心血，要有怎样的厚藏器识啊！

还有，他编撰的《常熟谚语》、他编辑的《常熟佛道经卷》都是极具史料价值的硬朗货。

我佩服得紧，孙老师的知识像是江河闸口闸板渗出的水，点点滴滴、涓涓细流不断，你不知道他的储藏量是多少，但我知道这涓涓点滴的背后有江河恣肆的支撑。

✚
常熟人执拗的坚持

我喜欢常熟的秋天，色彩斑斓、层次分明。

银杏不经意间已经幻化出明黄色的帝王装，榉树披上了深紫色道袍，梧桐依然舒展着翠绿的阔叶，本性张扬的黄目树，高举着红色的火炬，与晴空相衬，一派壮丽。路旁的韭菜莲、蒲公英放开素色的小花，用纤细的腰身向爽秋致意。田里的稻子，像一阶阶方阵，弓着腰身，婆娑着丰收的喜讯。田间旷野时见鸥鹭起落，姿态优美高贵。

我和几个文友去另一个文友"铁匠"家。常熟文友间有一个很好的风气，见过面没见过面的不碍，反正大家都在虚拟的空间里熟稔，甚至打过口水仗，但这不耽误他们饮茗尽清欢，把酒喝得忘形。

"铁匠"我识其名，不识其面。他的名字让我想到那位凤表龙姿、行为怪异的"魏晋名士"嵇康打铁的故事。有人告诉我，他是"书痴"，到书店里买书去，就把别人乱扔的书都依序码放好。

来到他家，我算是明白"小巫见大巫"这句话的含义了。我也算是个藏书人吧，几百本书还是有的，在京数次搬家，后来又南北候鸟一样迁徙，这书成了我的"累赘"，近几年我几乎不再买书了。

"铁匠"家室内面积二百平方米总是有的，进屋一看，几乎无落脚之地，到处都是书。包括床上、几上、椅子凳子上、卫生间、厨房……凡是能利用的空间，都被书籍充塞得满满的。要论"铁匠"的藏书价值，说百万元好像虚些，但也不会虚多少，我见过几家私人藏书，"铁匠"要算"豪富"级别了。

说句笑言，好在是秋天，不冷不热的，我们被书挤得到院里吃饭了。

到哪里聚会，都要邀请女士参与，此为秘籍，她们勤快细腻，会烹调、会谋划，苏帼大姐、曼云老妹，一会儿就捣鼓出一桌"田野风光"，虽非"樽罍溢九酝，水陆罗八珍"，可苏帼大姐的肉丝炒姜丝可谓上品，被我狠狠点赞。

"铁匠"家在农村，房屋属现代风格，紫瓦顶，豆绿、乳白相间的墙面，房檐前出厦，有廊柱勾栏，视野开阔的紫色铝材门窗，廊庑间随意放着藤子桌椅，还有一张"吊儿郎当"的吊椅；宽绰院子没有刻意收拾过，几棵老树、几丛花草，门前一潭秋水，梧桐、芭蕉、枇杷随意临池，一派萧散自然。

几杯酒下肚，话头就被挤了出来，我们谈起了藏书。谈话中我才知道他的妻子、女儿都在市里住，偶尔到他这里看看。有人打趣他说，你那床上也没给老婆留地方啊。我问他，你女儿对你藏书是什么态度？他说也说不上什么态度，回家住一宿就走呗。

酒壮尿人胆，我一时信口雌黄起来：

纸质的书籍早晚要被淘汰的，现在被电脑、手机挤掉了半壁江山，将来要被"芯片"挤得无影无踪。我这里说的"芯片"是人与"芯片"的"人机"一体。一片指甲盖大小的"芯片"，就是一本《大不列颠百科全书》的储存量，你要哪方面的知识，只要激活相应的模块就行了。

我们的知识载体从甲骨文到竹简、钟鼎铭到锦帛、纸质书籍，如今又面临着一场大革命。以后，书籍就像文房四宝一样，仅仅是一种装饰物，一种同文房四宝一样很小众化的装饰物，而失去了独立存在的实用价值。

这是不可避免的大势，全人类被"格式化"、人机一体化的时代必将到来。君不见大街上人手一机，"低头族"日渐蜂拥云集吗？在不长的时间内，人类的定义、属性都将发生根本性的变化。

"铁匠"微笑着听着，他细长的眼睛，闪烁着自有见地的执着。他微笑的表情里有丝丝嘲笑溢出，从我与他一见面，我就在他谦和真诚的笑容里、谈吐间，读到缕缕忧郁、嘲弄的毫光。

这是具有佛家悲悯情怀的嘲笑与忧郁，犹如那瞬间起落的鸥鹭，姿态优雅而高贵。

七律·访"铁匠"家孙学长命题作

秋高气爽日与文友苏帼、曼云女史和永兴兄、笠公相聚于文友"铁匠"家，盘桓一日，相谈甚得。永兴学长命题分韵制七律，余不揣浅薄，勉制一律，聊供诸友一哂。

"铁匠"文友是个藏书迷，真是家藏万卷书啊，总共200多平方米的大小房间，都堆满了书，连厨房厕所里都是。我的观点是，就像甲骨、钟铭、竹简一样，纸质书必将退出人们的生活。书将会被某种形式与人体结合的智能芯片所代替。为期不远，书会仅仅是我们的一种装饰品，或和文房四宝一样很小众化。有文友告诉我，此七律平仄不合律，细看果然。再改，在此谢过！

夕阳淡淡暮烟轻，稻穗垂垂秋色横。

放眼东西怀落拓，盛情南北意晶莹。

领教自有乡贤在，烹调欣逢女史成。

浩叹满堂书世界，欲言未尽敬书生。

如果把殷尧藩的"梧桐叶落秋风老，人去台空凤不来"改为"梧桐叶落秋风老，人去台空凤徘徊"最是应景。"风云三尺剑，花鸟一床书"，那已是渐行渐远、日渐荒芜的童话。

这是我的看法。

读书、藏书，是常熟人的坚持，"铁匠"是这支队伍中的一员。

这是一种坚持，一种宿命必然的坚持；一种绝望，一种前有古人、后无来者的绝望。

说说常熟的风水

一说"风水"两个字就有点"半仙儿"了，我可不懂风水。我看过一些风水书，越看越糊涂，索性就不看了。对于"风水"不敢说它有，也不敢说它无。个人体会，所谓风水就是人们在和自然界的交往中摸索出的一种利于生存的规律。譬如"两河流域文明"，不就是古人择水而居吗？我们最古老的黄河文明、长江文明，不也说明了同样的道理吗？

就我们目前的认知来说，是生命就离不开氧气，也离不开水。

这是地球文明证实了的道理，连动物都懂。

再譬如向阳而居，这也是社会文明发展的一个标志吧。隆冬时向阳处暖和；酷暑时，阴处凉快，这是普通人都懂的阴阳变化的道理吧。

你要让风水先生一说就专业化、复杂化了。什么利不利主家、龙虎地、鹰地、兔地、王者气……

你看作为首都的北京就是大格局、大气魄，是山多水少，故视水为金；而常熟呢，是小格局，依傍长江，水大山小，故有水成琴。

常熟最可说的应该就是虞山了。

虞山非常有特色。对于虞山的物象早有定论，说虞山有"卧牛之象"。可我总会产生幻觉。

远远望去，虞山的线条平缓舒展，多阴柔之气，犹如一位长发宛然的母亲侧卧在那里恬然看着她的儿女。

千古母爱，万年谛视，一派祥和。

此山不给人以"荡胸生层云，决眦入归鸟"的突兀感。可是当你走入她的时候，深雄险秀一样不缺。

如果从桃源涧上去，那是野路子，又不时跳出文人雅士的笔墨为你养眼，发古之幽情。

从兴福寺上去，或平坦，或幽深。

巨石扑面迎客，流水聚而成潭。从乱石缝隙钻出的树木，会让你赞叹生命的坚韧。一块块黄褐色的巨石迎面扑来，很有气势。当地人管这叫黄石或黄砂岩。

最险处、最舒展处，要数登顶剑阁了，展眼望去，一潭尚湖就在眼前。水面鸥鹭起落、游艇飞花。万千年来，山水相望。水多情而缠绵，山岿然而润朗。

田畴井然逸豫肥美尽收眼底。

这里是《常熟田》的诞生地。国画大师钱松岩的《常熟田》就是在这里完成的，这里是"常熟田"意象的孵化地。

一座山，留下了厚德鸿儒"托体同山阿"者的足迹，连起了一串串"淡妆浓抹总相宜"的传说。

余也孤陋寡闻、见识浅薄、管窥蠡测。当下，反映出常熟人理性韧性、初心不改、著作皇皇彪炳后人的学者要数归老之春；对于常熟的文字表述到位、深入膝理的作家，要数金曾豪；对于绘画形象的表述，有张力、接地气的要数姚新峰。

从剑阁下探，有一巨隙，深雄幽险。传说为吴王夫差挥剑劈成，这里倒是应了宋玉的《大言赋》之言：方地为车，圆天为盖。长剑耿介，倚天之外。

"良辰美景奈何天，赏心乐事谁家院！朝飞暮卷，云霞翠轩；雨丝风片，烟波画船。"（《牡丹亭·皂罗袍》）

这里就是常熟，常熟就在这里，只要你常来常熟，总会有新的发现、有新的滋味让你萦绕不舍、回味绵长。

读懂了虞山，你就理解了常熟。这里历朝历代衣冠滚滚，这里的百姓劬力尽心、坚韧不拔、守正创新、与时俱进。

人们最爱强调的是虞山文化的属性，但很少人从虞山地理来分析它与常熟人心智的内在联系。其实王勃在《滕王阁序》里提到了这点："星分翼轸，地接衡庐。襟三江而带五湖，控蛮荆而引瓯越。物华天宝，龙光射牛斗之墟；人杰地灵，徐孺下陈蕃之榻。"

看来唐初风水星象已是"显学"，王勃年纪轻轻已经深谙风水星象之道了。

讲析《滕王阁序》者如过江之鲫，而从风水星象之学的角度讲《滕王阁序》的余未见。

按说，山水走向和多寡，土地贫瘠与肥沃是和人性心智有关系的。

"物华天宝，人杰地灵""穷山恶水出刁民"也有一定的道理吧。

尾声：小也常熟　大也常熟

常熟，"小地方"，这是行政级别概念，是地图概念，在全国地图上你能轻易看见上海，看见苏州，甚至能看到常州、无锡、南通，但很难看到常熟这个小小的县级市，看到这藏在长江三角区里的当之无愧的"荆山璞玉"！它经过常熟人的精雕细琢，已经是藏在深闺人"求"识的"美人"了。

有学者说，大国的标志在于"文化"。按这个逻辑推理下去，常熟可就是个不可小觑的地方，常熟有自己独特的文化气质和薪火传承。

到常熟有些名胜古迹是要看的，但不妨去城南的老街小巷里走走，这里最见江南风色。粉墙黛瓦、石板小径，还有那与垂柳顾盼相依的拱桥，一簇金银花或凌霄，老干新藤匍匐在墙，开得正盛，给人以眼前一亮的感觉。也许有幸，一位风姿绰约、楚楚动人的女子迎面走来，让你大饱眼福。都说上海美女多，我多次去过，没看见这道亮丽风景，倒是在常熟街上遇美女常让我有"山阴道上，应接不暇"的微醺。

你在尚湖或什么地方喝茶，邻桌的几位说不定就在研究什么选题呢；不远处几位女士，不是作家、诗人，就是书画家，写出那端丽的小楷，一块嶙峋石、几叶飘逸兰，让你赞叹不已。这些我都遇到过。那日我乘车，突然有人喊我，转脸一看，是一位数月不见的老兄和几位长者，此公对王阳明颇有研究，我多次向他请益。我问他又在忙什么呢，他说他们几位在搜集"新四军"在常熟的史料，他们要从民间的角度写常熟的抗战史。

博文同我一样是外地人，他是江西老表。他在常熟打拼近20年，搞过物流、开过商店，买了房、有了门脸，娶了常熟姑娘做儿媳，有了孙子，混得风生水起。几年前的一天，他心血来潮，拿起了画笔，还"混"成了常熟美协会员；我，连码字也只是个"二把刀"，前两年突然学起了古诗词，得到过常熟多位老师的指点，不久前，在《诗咏虞山》的全国诗词大赛中，竟然被"安慰"了一下，得了个"优秀奖"，还成了常熟诗词协会会员。心里美滋滋的，很是受用。我要感谢的老师很多，这里就不一一列举了。

博文是个粗拉拉的汉子，有一天他大大咧咧地和我说，常熟这地方邪，有文化的人多，肚子里有真货的人多。我说，是，我也有这感觉，像我们这样的石头蛋子都被这里的风气打磨润泽得如花似玉了。

看一个地方的薄厚贫富，要看它的历史，看它的文化底蕴，也要看它的经济活力。常熟是个富得流油的地方，它的红木家具有名，北京中南海里的一些红木桌几摆件，就出自这里的厂家；这里的服装厂像江南的景色一样"杂花生树，群莺乱飞"，其中不乏"波司登"这样的大牌子。而这里的食府酒楼就是世界美食的总汇了。

我去过别处的省会城市，也不过如此吧。

常熟的"服装城"已经成为连接南北流向世界的"闸口"，不到常熟服装城，你就不知道什么叫"大"。客商云集、摩肩接踵那是自然的，买下的各类服饰打包得像空中的降落伞一样，圆鼓鼓地移动着，底下露出两条腿来穿梭在人群里。

我带一个东北的朋友到这里逛，她像发现新大陆一样惊喜，那两只眼睛贪婪得像狼一样发出绿光。我陪她连着去了三天，她给她自己、给她朋友买了近万元的服装饰品。唉，把我这两条老腿给累得呀，就像是木头棍子一样，连知觉都没了。

哪位男人要考验自己的体力和耐力、耐心如何，去向心仪的女人献献殷勤，那你就陪她去逛商场，最好去逛常熟服装城，这里是最好的恩爱秀场。

在这里，也许你会产生这样的感慨：女人哪，有时真比男人有韧性、有精力！

朋友告诉我说，常熟本地人约有百万，而外来人口也有百万。来这里经商、打工的人多，像我这样赋闲的人也不少。

这就是常熟包容的胸襟、魅力和经济活力的体现了。

这方厚土

常熟真是个好地方，去年女儿在这里开始了耕耘，今年就给我收获了一个胖孙孙。

小家伙出生时正赶上这里油菜花盛开的季节。那是一番怎样壮阔的景象啊！接天盖地一派金黄，微风里摇曳出丝丝缕缕的甜香，小楼田舍仿佛是一片金色海洋中的画舫桅船，在金黄的海波中浮动。

记得第一次来常熟会亲家时，正是隆冬，北方已是一片萧索，而江南常熟却是一个绿色葱茏的世界。不要说那身披绿甲生机勃发的香樟、翠竹、枇杷树，就光是那河边墙角悄然绽放、飘出缕缕浓烈幽香的黄色蜡梅，就足以叫我这北方佬赞叹不已。

田畴间，一撮撮姜黄色的稻梗，礼赞着客岁的丰稔，这棵棵稻梗间一株株、一片片的油菜，又在蓄势待发地婆娑着今年的丰收喜悦。

常熟常种，常种常熟，这片大地有如生儿育女的年轻母亲，时时刻刻都向她的子民，敞开她那蓬勃富饶的胸怀。

在北京，我常在电视中看到江南油菜籽又丰收在望的报道，荧屏上总出现一望无际、金色烁烁的油菜花。可作为北方人，我并不理解这篇报道的意义。等到了江南才知道，这里的人普遍爱吃菜籽油。而那一片片闪闪烁烁的金黄将来溢出的是一汪汪味道醇厚的菜籽油啊！

我们北京人所谓的油菜，在这里叫青菜。它有肥厚的帮儿，即使隆冬也湛青碧绿地长在田间。这里的青菜比我们北方的油菜好吃。嚼在嘴里，脆软嫩滑，很是爽口。亲家公用他那叫我难以听懂的普通话告诉我，青菜要经了霜才好吃。常熟人家家都爱吃这种菜。

怪不得呢！这里的家家户户房前屋后，哪怕是筛子那么大的一块地方，都种上了它。可常熟人还有一种更爱吃的菜，这种菜比青菜种得还随意。房前屋后、道旁河沿，到处都是。其茎纤细白韧，其叶碎小油绿。它有一个很随意的名字叫草头，还有一个很诱人而时尚的大名叫金花菜。

一捧土、一把籽，这两种蔬菜，就在隆冬的季节里精神抖擞地生长在常熟的土地上，又清香满口地出现在他们的餐桌上。

这可真叫得天独厚呢！

女儿和女婿是大学同窗。当年他们在北京一所大学毕业后，我有意留他们在北京发展，可他们非要南来。现在倒好，不但女儿在这里，又蹦出个爱死人的胖孙孙。我的心也被移植到了这块土地上。如今，我半年身在这里，半年心在这里。来的次数多了，对这里愈加了解，我不得不承认，他们当年的选择是对的。

天下常熟，不单是土地富饶，地理位置极佳，这里更有着丰厚的人文底蕴。两代帝师翁同龢、"两弹一星"元勋王淦昌、两院院士张光斗……这些钻石级的国家之花自不必说，而像被毛泽东所看重的、在此著书立说的梁太子萧统；被毛泽东所看轻的《孽海花》作者、清代举人曾朴；被台湾地区视为珍宝的《富春山居图》的作者元代国画大家黄公望……这些闪烁在中国人文史上的精英，都生长于常熟这块物华天宝、人杰地灵的土地上。

别瞧语言不通，但我在这里爱串门。亲家西邻以做红木家具为业。江南红木家具以雕工细腻、花样繁复闻名。一见之下，果然如此。怪不得我北京的朋友叮嘱我，到江南一定要带一套红木功夫茶盘回去，这可是茶道人士的典藏精品。

可惜，我不善此道。

我常去的倒是邻河的一家字画装裱师傅家。这里简直是一条向常熟书画家常年开放的画廊。诗词字画，满壁生辉。这里，你可以觉悟到常熟深厚的文化底蕴，在你的眼前氤氲缭绕，叫你陶然感发。

那天我去了，见裱糊师傅正在托裱几张册页，是日记体的诗稿。册页已经泛黄，一看就知道是积年旧物。硬朗而洒脱的蝇头小楷，注明的年代是民国三十四年（1945年）四月间。兹摘录两首如下：

到洋口

异乡风味客生悲，独自呻吟隐帐帷。

药苦莫如离别苦，神魂飘荡越天归。

寄仙球

光阴荏苒疾如梭，别后相思可奈何。

我欲寄卿无长物，泪痕还比墨痕多。

好诗啊！作者所表达的思念之情，伤怀如丝、缠绵入骨啊！

我胡猜乱想，一定是作者的后代，把珍藏的祖上的遗墨拿出来托裱，供奉于室，以昭示后人他们的祖上对爱的炙热纯一的操守。

我最爱读谢桥顾纯学老先生的画。他的画，不但有着朴拙的田野之气，更有着破画而出的张力。这里正裱着老先生的一幅近作，题为《雄鸡图》。雄鸡、怪石、劲竹，风骨峥嵘，是为纪念抗战胜利60周年而作的。

并题诗云：

乙酉重光六十春，当年旧迹未生尘。

沧桑一度千秋恨，国体身家格外珍。

常熟人不忘过去的国耻，更珍惜今天家国的美好。这是多么感人的情怀啊！

（注：再读此文，顾纯学老先生已羽化登仙。而吾之胖孙孙已

为川大学子。）

我又来常熟时，正是这里"芦花放、稻谷香"的季节，田野里又是一片金黄。我抱着胖孙孙在田舍间游逛，迎送着这里来往忙碌收获的人们。

小家伙出生在新区医院，一出生就八斤六两，被医生护士们惊呼为"巨大儿"，现在八个多月了，抱着更沉了。他是我在常熟大地收获的最丰硕的果实。

当初，他爸妈让我给他起个名字，我说他的名字还用起，现成的——

一代从北南来此地投身教育的孔子的高足，被此地人恭为"道起东南"的老师言子，就请言夫子做他的保护神吧；从北方避居此地，为融入这里的人民之中而"断发文身"的虞仲，这些先贤都是我们学习的楷模。要让孩子铭记他们、向他们学习。

故此这个孩子就叫"维言"，再配个小名叫"虞戈"，以不负这方厚土的养育之恩。

厚德嘉言、锐意进取，岂不"蛮灵咯"！

虞山琴韵

一

来常熟不可不游虞山。

如无暇登临，你可在虞山脚下山抱水绕的山前公园漫踱一番、品茗一杯，就约可领略虞山琴水的风致了。有人说，雕塑是凝固的音乐，而造化的鬼斧神工又将自然界的美景、妙景、奇景雕琢于天地之间，组成了一阕阕凝固的交响，让我们徜徉其间、流连忘返。虞山就是这造化的神来之笔，再加上江南人精巧灵秀的梳理，它就成了我们眼前这副润泽可亲的模样。

我见过一些山。如北方的太行山脉、燕山山脉、华山、泰山、五台山；南方的庐山、峨眉山、黄山。南北的山，确实有阴柔、阳刚之别。《易经》所云，北乾南坤，在这大山的具象中得到了印证。

北方的大山是条肌体瘦硬的汉子。飞峙耸立的危岩怪石，层次分明、纹理清晰，是走势倔强的线条；巨壑深谷的险峻、擎天一柱的雄峰，都给人一种阳刚的震撼。人传虞山是牛形，我总觉得虞山展示出的是一种母性的阴柔温软之美。远看其轮廓线舒展凹凸有致，近观丰腴而又不失玲珑。"十里青山半入城"！虞山像是一个温柔的妈妈，侧身躺卧在那里，神态安详地哺育着她的儿女。而她的怀抱就是虞山公园，那或动而成渠或静而成湖的碧水就是她的乳汁。

怪不得常熟这弹丸之地，竟代代都能为中国哺育出那么多精英才俊呢！

虞山琴派蜚声天下，虞山翰墨丹青也是十分了得。元大画家黄公望的《富春山居图》，早已是海峡两岸共同的传奇了；而生于斯、殁于斯的清阁老翁同龢，两代帝师，参与了"戊戌变法"，又是近代史绕不过的人物；《孽海花》的作者曾朴，开近代小说的先河，鲁迅、郁达夫、郭沫若……这些近代文学巨匠，在他面前要执弟子礼……

二

游虞山，如你从北向南来，一到虞山公园的入口，一个葱茏饱满的景象就展现在你眼前了。

绿浪簇拥中，颠簸出一角的是倚晴园和挹秀园。倚晴园整体是明清风格，独南开门楼是民国特色。院门时时紧闭，不免让人产生"良辰美景奈何天，赏心乐事谁家院"的遐想。挹秀园是养在深闺人未识的江南美女，典型的袖珍式南国园林，玲珑精巧，奇石良木点缀其间，一副欲说还休的蕴藉绰约之姿。由此蜿蜒下行是个幽深静谧的所在。水榭回廊、翘亭拱桥，临湖而设，水榭上有吴音越曲伴着琴声悠悠泛起。巨树相拥遮日、花草缠绵匝地，果然是曲径通幽的好去处。

再登临向前，是石景小筑，我在此品茗小憩，临桌一圈人正在打牌。常熟人深谙"闲适"之道。他们紧张劳累之余，邀上几个好友，携儿带女，在此一杯茶、两副牌，围桌而聚，就进行"斗地主"分田地了。大人们玩得投入，旁边一个十多岁的小囡，就静静地在那里翻着一本画册看。

我独坐一隅，细斟慢饮。阳光透过稠密的枝叶斜照在白色的桌面上，画出青枫精巧枝叶的投影。江南的树木花草种类是北方的几倍乃至十几倍。就我跟前而言，有树干雄壮的枫杨、叶片阔大的芭蕉、富贵雍容的玉兰，石榴树枝头上正燃烧着像火一样的花瓣。高的、矮的、宽的、窄的，深绿碧翠、姹紫嫣红，构成了一首色彩斑斓、生机盎然的华彩乐章。

三

由石景小筑上而沿湖南行，那就是一个宽敞明朗的世界了。绿草如茵、翠竹如云，这里是放飞欢乐的世界。空中是形状各异的风筝，在飞舞蹁跹；地上是攥住欢乐不撒手的家长、孩子。他们尖叫着、奔跑着、手舞足蹈着。一根细细的线，竟能编织出如此活泼生动的画面。一个风筝挂在了树梢上，家长脸上泛起一丝无奈，孩子嘴里蹿出一串乞求，小贩眉梢扬起一份喜悦。他抱一抱风筝，站在你身边，等你埋单。

再往前行，一株蟠干虬枝的古树、一块浸透岁月沧桑的巨石，使你的情怀沉静了许多。抬眼望去，是言子墓的山门和仲雍墓的牌楼。这里就是常熟人的人望血脉的发祥地了。这里低回着南国吴地悠悠往古的跫音。

拾阶而上来聆听江南文化丰厚底蕴的回响，触摸我们炎黄子孙共有文明传递的旋律。

言子墓的山门有些颓败，可你仔细看去，在这山门南北两端的墙壁上各嵌着一块不显眼的勒石。那是两百年多前的常熟老县长对其子民的告谕。

其南端的石勒云：

县正堂示　奉宪行　言子墓前后左右永禁折损树木篱笆　如违宪　照勒石重究　特示

其北端的石勒云：

县正堂示　奉宪行　言子墓前后左右永禁掘泥厝棺　如违宪照勒石重究　特示

㈣

常熟人还在听这位老县长的话吗？听，还在听。老县长的叮咛代代相传，如今已成为常熟人缠绵入骨的情愫了。前些年我第一次来常熟，虞山脚下还有许多民居和公共建设，老县长后来的子民们一声"奉宪行"，就为虞山母亲披上了今天如此美轮美奂、风光旖旎的霓裳！

这可完成了一件彰显祖德、造福当代、遗泽子孙的善举。老县长如地下有知，一定会拈髯颔首而笑吧！

常熟又称琴川，这里是古琴的发祥地。江南丝竹乐《姑苏行》很好听，不知有没有"虞山琴韵"这首曲子。要有，也一定很好听。

这首曲子既有今日生活的鲜活靓丽，又有发古之幽情的肃穆，更有对虞水琴川这位安稳可亲、风韵永远的母亲的礼赞。

走进蒋巷村　走近常德盛

稻穗正扬花，芦花初婆娑。

金秋九月，我随团走进生机饱满的江南名村——常熟东南的蒋巷村。

这里是共和国总理、副主席来过并叫他们眉开眼笑、赞不绝口的地方，这里是接待过许许多多中外游客而令他们啧啧称奇、流连忘返的江南水乡。浅红葱绿中掩映着小桥流水、回廊亭台；呦呦鹿鸣，鸡鸭成群晚不收。当然，还有风格迥异的别墅式村民楼，有养老院，有幼儿园，有小学校……还有图书馆！谁能相信眼前这被富裕自信涨满的村庄，当年竟是"十年九涝一旱荒"的穷乡僻壤。

在这处处流溢着和乐幸福的地方，我想起了孙中山的一幅墨迹：

大道之行也，天下为公，选贤与能，讲信修睦。故人不独亲其亲，不独子其子，使老有所终，壮有所用，幼有所长，矜寡孤独废

疾皆有所养，男有分，女有归……是谓大同。（语出《礼记》）

通过看展览，我知道把这"大同"梦幻变成现实的领头人叫常德盛。

这是个"久经大海难为水"的领头人。

他们的第一次投资200万，不单单是打了水漂，还使自己成为15家法院的被告；第二次他们投资化工业，赚钱了，可是严重地污染了环境。造孽当代、贻害子孙的事不能干，他们毅然抛弃了，又重新选择。进军轻钢建材，生产板房。2008年的那场南方雪灾，铺天盖地，许多板房都被压倒了，而蒋巷村出产的板房还在挺立着。这无言而真实的广告，让人们看到了制造者厚实坚定、诚待天下的脊梁。

什么叫伟大？一个人一辈子干成一桩事业，就是一件很了不起的事情，常德盛团结他的村民们，把古人的梦寐以求，打造成了眼前这生机盎然的现实。这就叫伟大。

游街景、看展室。中午时分，我们来到了一座综合性服务楼前，要在这里用餐。有个人站在大厅门口欢迎我们，我一眼认出——他就是常德盛——那个和他的乡亲们创造了眼前这个"大同"世界的人。他着装随便、满脸谦和。一次又一次的奋斗冲击，在他脸上留下了道道经纬。

我们纷纷和他握手合影，献上我们的敬意。

我也有幸当过农民，我理解你的付出，惊讶于你的智慧和实干，更佩服你大德大爱的胸襟气度。

我祝愿蒋巷人，越走越远，越走越美好。杜甫诗云，"安得广厦千万间，大庇天下寒士俱欢颜"。我祝愿，安得蒋巷村千万落，大庇华夏农夫俱欢颜！

对一个农村党员的礼赞

——献给常德盛

1

在蒋巷村

飘香的土地

潋滟的池塘

用丰收倾吐　感动

笑靥生花的脸上

漾着富足

写着大地的多彩多情

2

金发碧眼的来客

惊奇地寻找你

一脸皱纹里的故事

共和国总理　夸赞

你田舍翁的笑容

3

江南多才子

才子多才情

你　常德盛和乡亲们

在暑湿阴冷中

激情烘烤大地四十载

把贫穷无奈的低洼

十年九涝的愁容

填满　一座座别墅

一泓泓碧水

这立体三维的

诗词歌赋　琴棋书画

荡漾着

老有所养的知足

人尽其才的笑声

4

村官　不大

可你是江南一景

我不是诗人

这也不是诗

如同我握过你的手一样

这也是江南一景

在你们的光辉里

刻上我　对你和对

乡亲们的崇敬

耕耘者梦

——记常熟公益团体义工潘绿娟同志

梦在远方

几年来，我都一直在追寻一个人的足迹。这是我的一个梦，我梦想走进一个陌生人完美得近乎不真实的梦境。

我只知道她的网名叫"远方"，虽一直无缘结识她，可关于她的故事却总在我的眼前跳跃。

"远方"从20世纪80年代中期就开始无偿献血。她第一次献血的时候，人家问她要假条吗？她说不要。说完她就走了，人家用惊讶不理解的目光扫视着她。那时她年近40岁，是一家企业的管理人员，她没有因为献血耽误过一天工作。一开始，她的行为也没有引起院方的特别重视，只是在需要血液时才想起她，她呼之即来，来之即献，献完即去。在20世纪80年代，无偿献血是件并不常见的新鲜事，这充满爱心的义举，究竟有多少患者身上，流淌着"远方"真诚热爱的鲜血，因此而圆了他们的健康梦，谁也说不清！当一位院长知道这件事后，说，这个人要保护，不能让她这么频繁地献血。并且通知了媒体，记者在《苏州日报》报道了她的事迹，她的同事们这才知道她所做的事情。1995年，她和先生赴美国去探望事业有成、生活优裕的女儿，临走前，她再次给家乡献了一次血，作为她和家乡常熟道别的仪式。她在家乡留下了这样的足迹：她连续7年坚持十多次无偿献血，共计献血3000多毫升，成为本市第一个国家卫生部、中国红十字会总会联合授予的"无偿献血金质奖章"的获得者。1994年，她被评为常熟市"精神文明建设先进标兵"；1995年，她被评为"苏州市第五届社会主义精神文明建设十佳新闻人物"。

她在美国一住就是10年，2005年，她毅然放弃了许多人梦寐以求的美国绿卡，回归了她梦牵魂绕的家乡。

在国外多年，她参加了海外华人组织的慈善公益活动，和国外的留学生一起成立了"中国海外希望工程志愿服务团"。在美国期间，她连续三年资助青海、甘肃的两名贫困学生；到医院为免费体检的贫困人群服务，为他们做饭、炒菜，做清洁工作。她清楚地记得在一次party（派对）上，她和他们一起欢度节日，party活动内容丰富，有表演节目的，有介绍新人新事的，有义卖春联、年画、圣诞红的，也有进行义拍的。在那次拍卖活动中，一张回国机票（有人捐赠的）从300美元一路拍到1000美元（当时市价200~300美元）。海外华人泽被四面八方的爱心义举，开阔了她的视野，激荡着她的爱心。

梦的力量

她要在她的家乡开垦播种这个只问耕耘不图回报的"爱心"之梦。这是她的梦，她开始播种、耕耘她的梦。

通过痴痴不懈的求索，几年后的一天，我终于见到了"远方"——一位年近古稀之年的大姐，她有一张晴朗阳光的面孔，爱笑，举止言谈间散发着坦率亲和的魅力！

我见到了我的梦中人，我开始走进了她的世界。

和"远方"大姐在虞山半山腰一家茶社茶叙，我们滔滔不绝地总有话说。我问大姐，您是当面劝说过丢垃圾的人吗？她抬手遮着嘴，身子往后一仰，大笑说，有的，我多次为他们扫过垃圾，现在我一出现，我们街道那些认识我的人就说，阿姨又来了，他们会自觉地收拾眼前的垃圾。在大街上，我遇到扔垃圾的年轻人，我会先给他捡起来，然后客气地告诉他，这样不好，下次不要乱丢垃圾了。

大概因为她身材矮且戴眼镜吧，她看人总爱仰着脸，稍稍侧着，给人一种期盼专注的感觉。她语调多变，脸上的表情也丰富。她说，她年纪大了，献血也没人要了，现在只能去捡垃圾了。说到这里她又咯咯笑了，她说捡垃圾时烟蒂最难捡，你们抽烟的可不要乱扔烟蒂。

原来他们每年都要到公园、到虞山去捡垃圾。就从这一次后，我再也没乱扔过烟蒂。我的眼前总出现一个年近70岁的大姐，弯腰在花草灌木丛中仔细认真地捡烟蒂的画面！

我问她支援偏远山区贫困学子的事情，她说我们一直在搞，有学费方面的资金支持，有衣物支持，尤其是衣服，这几年光邮寄费就逾万元。我问她，筹集资金的事情困难吗？她说，现在支持的人越来越多了，我们常熟有几个这样的公益团体，人数总有几千人吧。

是的，在常熟的网站上，我经常看到公益团体活动的信息。大姐不无骄傲地告诉我，在整个苏州地区，常熟的公益事业无论是业绩还是质量，抑或是纯净度，都是名列前茅的。古韵悠扬、人文厚重的虞山琴水，被他们的善举赋予了光明暖心的亮色。

我问过"远方"大姐，他们这样做的目的是什么，他们对受益人有什么要求。她说，我从小生活在一个兄弟姊妹众多的家庭里，家庭生活艰难困窘，是社会、是政府救济了我们、哺育了我们，我要回报这个社会。我也告诉我们受益者，不要感谢我们，但在将来你有能力的时候，一定要把爱心传递下去，去帮助那些有需要的人。她欣慰地告诉我，他们资助过的几个青年人，有的人现在已经工作了，其中有的人成了我们团体里的"骨干"！

梦的枕头

有一天，我参加了大姐所在团体的一次公益活动，我看到了一位早早赶来的老妈妈。年逾古稀的她满面红光，步伐坚实有力，人有爱心，人有追求，生命竟是如此蓬勃旺盛。我还注意到了一位举止优雅的年轻女士，接触后方知，她既是无偿献血的宣传员，又是多次的无偿献血者，积极参加公益活动已经成了她生活的重要内容。

我同这些爱心人士走进了一所学校。在校长室里，一个接受资助的女学生，瘦伶伶的像一株弱柳，在与我们告别的时候，"远方"告诉她，有事打我电话，女学生突然趴在"远方"的怀里。刹那间，我竟有一种被电击般的震颤。

大姐告诉我，这孩子父母双亡，她父母病重时，都是她伺候的，现在她和哥哥生活在一起，她每天还要打理她哥哥的生活。一个懂事的乖孩子啊！

在一个残疾人家里，我看到那个坐在轮椅上的中年人，没完没了地和"远方"诉说着他的苦衷。猝然临头的疾病让他的家庭支离破碎了。

这些残缺的梦，这些破碎的人生，融化在"远方"和她的团队的人文关怀的梦中，这些残缺的梦变得不再苦涩了，闪耀出了生命温暖的光芒！

我们需要梦、需要追求，我们更需要能让这梦得以实现的枕头。"远方"和她的公益团体，为追梦人送上了温馨舒适的枕头！

和大姐熟稔了，我们成了无话不谈的朋友。我发现"远方"的内心世界是阳光纯净的，她没有当下流行的"审丑意识"，很少谈及那些所谓"震撼"的阴暗新闻。她和我谈得最多的还是他们义工团的工作、他们的计划，以及因此而产生的忙碌和苦恼。我也愿意和她说说我生活中的琐事，她总能熨平我心中的褶皱。可也有让我哭笑不得的时候。我有百年之后捐献遗体的念头，那天和她随便谈了起来，没想到大姐立刻来了精神头，马上就给我介绍如何办手续，并答应随时为我提供"贴身"帮助。就好像我已经到了"时不我待"的时候。我说我的户口在北京，她马上说我们公益团体在北京也有联系。我带着几分戏谑地说，亲爱的大姐，我还没和家里商量呢，您再等等吧，也许我能给您拉起一支需要"贴身"服务的队伍来。

那天我去了"远方"大姐家，她的家收拾得井然有序、整洁舒适。我看到她家的阳台上有两盆银杏盆景，煞是可爱。盘曲遒劲的茎干很有根基内力，嫩绿的充满生机的叶片像一只只张开的手掌，诚恳热情地伸向天空，一片竭力追求的姿态……我们每个人都有自己的追求和梦想，都在经营着自己的梦，只有在这个世界因你的梦而充满了明亮的暖色，充满爱心的张扬时，这才是最圆满的梦！

年底，我回京过春节了，在网上和大姐相遇，大姐那边又传来了好消息，以此作为此文的结尾吧——

远方　22∶39∶07　好消息，我们义工团荣获全国的优秀集体。

宗川　22∶46∶35　祝贺大姐和您的公益团体，请接受我的敬意！

双手捧出绿玲珑

在常熟这块文化底蕴厚实的土地上，有不少奇人奇事，吉佩龙应算其中之一吧。

某日，在一个朋友家里看到了几架盆景，一看就是出自方家之手，造型有容有势，悠远、雄浑。朋友见我赞不绝口，介绍说，这是我们常熟人的作品。接着他就一本有关盆景的著作送给了我。我如获至宝，倾心品读。

吉佩龙先生把盆景艺术和《易经》联系在一起，说常熟代代相传的苏派盆景造型"六台三托一结顶"，其原理出自《易经》，我想这是有道理的。《易经》是中国文化之源，我们的东方哲学、建筑、中医、堪舆，乃至许多生活细节都和《易经》有着千丝万缕的联系。《易经》确立的是道法自然、天人合一的哲学理念，作为中国文化滋养起来的盆景艺术，其文化内涵、底蕴来自《易经》，这是有根基的灼见。《易经》曾漂洋过海启迪了德国大哲学家黑格尔的哲思,促使了数理哲学大师莱布尼茨对于二进制的发现,为现代计算机发明打下了基石。我惊奇,吉先生作为一介民间草野人士,仅小学毕业,竟有此溯本求源的悟性!

吉佩龙先生仅有小学文化的底子,在常熟纺织行业从学徒工做起,自学《纺织学》《纺织机械》,成为工程师助理。从40岁起迷恋上盆景艺术,出入秦汉宫阙、神追古今贤明、沉浸于造化万象之中,终自成一家、风采卓然。中国盆景艺术家协会终身名誉会长苏本一对他的评价是:"他创立了'六台三托一结顶'盆景创作原理。他领导常熟盆景走向全省、走向全国。""六台三托一结顶"的常熟苏派盆景造型,在常熟代代相传,有据可考的文献、文物记载在距今400年左右。清代乾隆年间沈复在《浮生六记》中记述,在扬州商家见有虞山游客携送黄杨、翠柏等盆景,并有较详细记载:"剪裁盆树,先取根露鸡爪者,左右剪成三节,然后起枝。一枝一节,七枝到顶,或九枝到顶。枝忌对节如肩臂,节忌臃肿如鹤膝。须盘旋出枝,不可光留左右,以避赤胸露背之病,又不可前后直出。然一树剪成,至少得三四十年。"作为江苏盆景流派的重要支系,1979年在北京举办的全国首届盆景展中,对苏南展馆的介绍就特别提到常熟树桩盆景有"六台三托一结顶"式造型特色。

在吉佩龙的盆景工作室园内,我见到倾慕已久的吉佩龙先生,向他请教培育黄杨盆景的常识。我不懂方言，他说不好普通话，见我似懂非懂的样子，他就和我进行笔谈。他为我讲解，专注认真地又画又写，近三米长、一米多宽的黑板几乎被他写满。他的真诚热情都叫我不好意思不投入了。我见他的书架上，不但有专业著作、文史哲、《辞海》等书籍，还有《周瘦鹃文集》。周瘦鹃的盆景造诣在江南也是闻名遐迩的。

其后，我漫步在他的园子里，欣赏这些沾着他灵气、辛劳的盆景。他为生活捧出一片安然，为情怀披上一缕雅致。这源于自然之中，又夺造化天工之妙的心灵之作在他这里变得妩媚多姿、灵脱丰满了许多。这是东方哲思与大自然对接、沟通的物语。为营造这份宁静的和谐之美，吉先生有过多少付出，有过多少探索，只有他自己说得清了！

我品读他的文章，感知他心灵饱满明亮的色泽。先生之所以能做出如此风格的盆景，是因为他有一个丰富、纯粹的内心世界。我喜欢他文字里闪烁的那种真挚、纯净的光亮。他在《三随录》文稿中的札记，是他长达二十多年的格言体心灵记录：

拼搏到无能为力，坚持到感动自己。

有些道理可以用一辈子，有些道理却要用一辈子去悟。

我是一棵生长在乱石堆中的小树。我拼命扎根，努力生长。

做事要顾人，艺术要从己。

　　吉先生的盆景作品是本土的一个品牌，所展示的是常熟人的情操。他的盆景同常熟的湖光山色、农业品牌、工业品牌一样，展示着常熟从远古走来闪烁至今的光芒。

我在找

我在找……

一开始，我是自信的，这东西不可能丢。我清楚地记得，前几天女儿要回京过春节了。我让她把汪老的手稿从她单位给我拿回来，本来我是让她给我复印的，她老说忙，没时间给我复印。我有些气恼，说，给我拿回来，弄丢了，我赔不起。

年近了，要扫房了，我清楚地记得，我怕把汪老的手稿弄脏、弄折，就找了本精印的大画册，把手稿夹在里面，又装在一个专用的塑料文件袋里，然后才放起来。

突然手机响了，那个我约了多日的朋友要过来，说明天有时间给汪老的文稿照相。我每次都是这样，汪老的文章，我几度细嚼烂咽之后，都复印一份，再照相存档一份。因为我知道汪老文集的价值。先不要说那思想厚度，那诗词歌赋的行云流水、琳琅华彩，单是那精到、自成一家的书法就足以让人爱不释手了。汪老说过的一句话让我印象深刻：文章著作过三十、五十年后还有阅读的价值，那就是文化了。

我在找，我在翻天覆地地找……

书桌上下，床下，书架上的所有文件袋、书籍。没找到。到女儿屋里找，到孙子屋里找，翻遍每一个犄角旮旯，老有一种眼前一亮的幻觉："噢，你在这里！"

来照相的朋友到了。我还算镇静，和他说笑，和他一起吃了"京味"火锅。告诉他搁忘了地方啦，哪日找到了再麻烦你。

他吃得满嘴油渍麻花地走了，我又开始找，开始在自己的大脑里找。我仔细回忆这几天的每一个细节。天色暗淡了下来，我开始给最近几天来过我家的朋友打电话，拐弯抹角地问人家，看见两本线装蓝皮的手稿了吗，汪老的手稿。人家笑呵呵地奚落我：那好东西，你就让我们看啦。

我在找，我在翻天覆地地找，我在心焦如焚地找……能找到，不会丢的。我喃喃地安慰自己。

这是一个80岁老学者不求闻达默默地"焚膏油以继晷"的心血之作啊，且是孤本手稿！我在回忆那篇篇文章里的真知灼见、翰墨文采。《关于〈论语〉》一文里面，引经据典，考察了《论语》一书的成书年代，论证了"慷慨激昂、意气风发"的青壮年孔子和"温良恭俭让"的正迈入暮年的孔子。文章笔笔有据地指出：历史上一般公认《论语》成书于孔子去世（公元前479年）后50年时间内。《士——往日价的中国知识分子》上下纵横3000年，论述了中国知识分子的历史面目，也诠释出作者对于知识分子的理念：知识分子是一个社会历史分工所赋予的阶层群体，而非阶级，与其出身、权势、财富及其社会地位无关，是满足人类精神需求并探索未知的产物。《欧洲油画发端于中国宋元之一说·读〈万木草堂画目及柳氏文化〉》，是一篇玲珑老辣的小品文，是作者与康有为的一次隔时空对话。

我在找，我在翻天覆地地找，我在心焦如焚地找，我在我的心里找……此册手稿的目录大致如下：伊尹——中华历史上第一奇男子；诸子百家；裹足史话；行正·气通·神凝心畅——读内经养生；宋元之书院制度；梁启超独推崇管子——读《诸子集成》；"社会"一词……

我在找，我在翻天覆地地找，我在心焦如焚地找，我在我的心里找，我在绝望地找……我在不断地说，丢了，这不可能，绝不可能……可那点希望的毫光在我眼前渐渐黯然。

丢了？丢啦！这丢失的不仅仅是我的人格，人格是一种很自我感觉、很泡沫化的东西，不值钱；这让一个笃诚守信的严谨学者从此破灭了对所谓"忘年交"、所谓"执弟子礼"的"后学"的信任；

我说什么他都不会信了，他只会信"世风薄俗、人心不古"，而我的心中会有一块永远不会结痂的痛，我将永远无法漂白我的灵魂，永远无颜再去见他。这是我十年来景仰呵护、敬畏感恩的情谊啊！

我手里有常熟的"市礼"——《常熟市碑刻博物馆碑拓精校》；有徐克明老师以抱病之躯编辑注释的《翁同龢对联选》；有草根摄影家李笛的《常熟记忆》……我与汪老说过，您的作品必将成为常熟文化历史经纬坐标上的一个结晶体——形式美，且思想内涵厚重。如今这一切都成了居心叵测的"谄媚之词"。

几乎一夜未眠，大年三十了，我嘴上起泡了！事态严重，我拨响了远在北京的女儿的手机。她说，您会不会把东西裹在了拿到乡间的废品里了呢？我说那不可能……要那样就惨啦，那早就被亲家拿出去当旧货卖了。我心虚冒冷汗地说，你打电话问问，马上！春节前和女儿大扫除，我把过期的报刊、纸壳都打包成捆，叫楼下收旧货的来，可人家已经回家过年了，没法子，只好让女儿拉到乡下亲家那里，由他们处理。

倘若如此，那后果就不堪设想啦！

座机响了，是亲家母的声音，我听不大明白她讲的常熟话，可我听明白一点，有，有本蓝皮的书。我说是两本，我马上去，这就去！

有，我拿到了！亲家母瞪着眼说，也怪了，卖三次都没卖成，喏，连手这里都刮破了。

我激动地把这两本书稿掂在手里，几乎落下泪来。

敬惜字纸，天佑儒林！我找到了你，终于。你可知你在我心里的位置！

不废翰墨万古流

——汪圭璋教授书稿书道窥探

第一次见到常熟理工学院汪老的书法作品是八九年前的事了。和他交往了一段时间后，去登门拜访，知道他是执教国际政治经济学的，很想聆听他对国内外一些问题的见解。进门所见让我感到惊讶的是，他正在整理自己的文稿，那些文稿竟然都是毫颖墨迹！这是我第一次窥测到汪老的书道，且又如此全面地见识到了他的国学底蕴。

那都是长达几米乃至近十米的手卷，有《论语》《孟子》《道德经》，有《诗经》《唐诗三百首》……其中有不同书体的眉批、横批、朱批、钩玄提要，洋洋洒洒、琳琅满目，还有他自己正在誊写中的《随笔》文集、《旧体诗词曲赋》文集。

和汪老的接触慢慢多了，对他这个人的了解也多了，对他的学识见地也有了进一步的认识。

他16岁参加苏州中共地下组织，为迎接新中国的曙光，献出了年轻的忠贞和激情；后来成为人民大学的高才生，主修政治经济学；后来成了右派、劳改犯，服苦役；再后来又成为执鞭杏坛的学者、教授。

命运竟是如此大幅度地在他的人生曲线上起伏跌宕！

拜读汪老的《随笔》集，我看到了一代"焚膏油以继晷，恒兀兀以穷年"的学人风范。

其文内容涉猎广泛、丰赡精博。其文视野广阔、焦距清晰、瞻视独具。文章的着力点在世界文化大背景下，探究中国典籍的蕴涵、价值、定位。这里涉及儒家文化、释家文化，春秋时的"百家争鸣"，魏晋时的"玄妙清谈"，唐宋的"浪漫激情"的滥觞之源、之因……他的文章如同其书法一样——精练得只剩下线条，然其雷光电火、珠玑闪烁的思想火花，却给我们透视出对于诸多重大问题思考的蹊径。

随笔《易赞》是从纵观世界文化的视角，对中华文化赖以繁衍存在的《易经》献上的礼赞。赞云：《易经》"展开了时空建构，程序稳定，场效应平衡，具有无以摇撼之整体性优势，为中华文化奠定了一个源远流长的坚实基础"。

《士——往日价的中国知识分子》，纵横捭阖、上下求索，从奴隶时代的"巫"到形成于北宋的"先生"称呼，再到今天的"知识分子"，文章如江河奔腾、风云舒卷，让人悲悯之怀戚戚生焉！

像他十几年前写的杂文《马丁·路德·金做梦的枕头》，其字结体遒媚，布局严谨有序，行笔淡定从容，有师者谆谆教诲之相。而文章内容的真知灼见更给人以震撼："'我有一个梦'是金牧师留世的名言。我倒不稀罕他所做的那个梦，却特别羡慕他能够做得出那个梦的那只安稳的枕头。应该说是杰斐逊为他预先准备好了的一个金枕头：人（民）权至上的《独立宣言》。"这文章起首的一笔，就有霹雳开山之烈！

《关于〈论语〉》，则探究了《论语》的成书年代，壮年时期的孔子和老年时期的孔子的思想变迁；儒家历史上的几次定位及其内涵。我曾向他请教过儒、佛、道的精髓与差异。他讲到了儒家的入世执着、规范后世；道家的道名转换、老辣玲珑；佛家的空色之变、沐浴身心、和谐造化。他说，我从不礼佛，可我心中有菩萨。他走过了儒家的执着，走过了道家的玲珑老辣，最后栖止在佛家"空色"之变的醍醐灌顶中。

和汪老对面相坐，听他舒缓有力的言谈，慢悠悠的好像在寻找每一缕思绪最恰当的表述方式。他犀利透彻、确凿有据的观点，有质感、有重量，给人以石头般的感觉。

文章是条理分明的思维，诗词是内心情愫的喷发。

对于汪老的书道，我更欣赏他的《旧体诗词曲赋》中的墨迹。诗好词雅，墨迹更是潇洒率性，有"乱石铺街"的风韵。笔随情走、情激笔落，见缝插花，羚羊挂角，苍头突起！他的书法特点在他的诗词歌赋中得到了淋漓尽致的发挥。他的勒笔掠画飘逸峻爽、刚绝果断，如春风梳柳，如美女的舞姿婀娜、衣袂飘举；我很欣赏他的"白"字，起笔一反传统，露锋右倾斜插，如剑指天，这让我想到了他受不白之冤、身陷囹圄的经历，想到中国知识分子血诚报国、九死不悔、卓然立世的狷介品质；而其结字内宫放胆、虚实相映的结构，在诗词中更加彰显，揖让回顾，一派天成。

读着汪老的诗词曲赋，我走进了他心灵的一角，这是他人生波澜起伏的历程，触摸他的爱恨情仇，聆听他在逆境碾磨之下的坚韧吟唱。

汪老特别向我介绍了他的压卷之作《念奴娇·中秋月》，而让我泪行随着诗行而下的却是他的《凤凰台上忆吹箫》：

承破袜补遍，青衫缝断，噙泪频吐红茸，伤神处、鬓影衣香，想当时即卜分袂，何必相逢！

"纵横古今，出入秦宫汉阙，广寒宫可堪寂寞！"《念奴娇·中秋月》是他人生大起大落后的归真淡定，而《凤凰台上忆吹箫》是他身陷缧绁、戴镣起舞、岩浆喷爆的结晶！

叫我感动的是，又过了数年，他允许我拿走了他整理好的《旧体诗词曲赋》《随笔》等稿本，使我得以有暇细细拜读，去领略他的黑白攻守之道。

就我所见的汪老的书法，有南人的润秀，见"莺飞草长、杂花生树"之盛；也有北派的硬朗挺拔、豪宕率性、挥洒纵横！其字当数俊爽瘦硬的一格，结体抑左扬右，因势造型，繁简约略，内宫或开或合虚实映带，如山石竦峙，透筋透骨且笔带烟霞。章法布局不但气度开阔、大开大合，又引进了新的时尚元素，赋予了叫人眼前一亮的形式美。

汪老的书法谋篇布局不呆板不迟滞，且有时尚亮色，其形式如微风掠过湖面，细雨滋润畔草；又如朗月疏星，参差错落。细看其用笔瘦劲锐利，纵横争折，取势胸襟开阔，在江南人疏朗俊逸的骨子里又透出北人"风萧萧兮易水寒"的丈夫气。他的墨迹如悬崖之枯藤，如飞渡之乱云。残阳老树，枝丫横逸斜出，意境奇谲。行笔收放劲爽，寓神于形、以形彰神。

字是人的另一张面孔，是一个人清晰可见的文化修养的心电图，是人生的坎坷磨砺了他，铸造了他的翰墨面目；是他的学养、博大精深的知识体系支撑了他的书道灵魂。他是诗人、是思想者，他经历过炼狱之火的煅烧。汪老的书道流传着中国知识分子"上穷碧落下黄泉"的求索精神。

在汪老书斋侍谈，向他请益过对于汉文字的看法。他说，社会激烈动荡转型一定会造成对文化的冲击，作为文化的载体——文字，往往会首当其冲。20世纪80年代电子计算机兴起之初，更有一些语文学大家纷纷断言：电子计算机是汉字的掘墓人！结果呢，谁也没有料到，我们的汉字有这么强的适应能力。在如今的网络时代，也这么游刃有余风骚卓立！不只如此，在联合国现行的六种通用文字文本中，汉语总是其中最薄的那本，这表明汉语是最凝练的文字。有的外国美学家不认识汉字，但他能够看出我们书法的线条韵律之美！中国书法成为世界文化遗产之一而被联合国教科文组织所认可。

优秀的歌唱家的歌声是有形有质的；美好的墨迹是有情有义的。

汉字是中国哲学看得见、摸得着的物化形式。

我劝汪老出版自己的文稿，最好是影印本的，可汪老说不愿出版。他说，文章著作，要经历三五十年的沉淀，如果还有阅读的价值，那就叫文化了。

这让我很是感慨！时下，抄熟几首唐诗宋词，来几笔"怪力乱神"、癫狂涂抹，就算是书法家了，就可以互相抬轿子、自立门户了。

魏晋的"玄妙清谈"，为我们润泽出了《兰亭序》。中唐的家国之痛催生了颜真卿的《祭侄文稿》。而清代刘熙载的《艺概·书概》云："书者，如也，如其志，如其学，如其才，总之，如其人而已。"

我想用"神与物游，道法自然"几个字来赞许汪老的书法造诣。一个临池者要达到这个境界，是他的经历阅历使然。"灵光乍现""一日得道"，来自他人生起落的磨砺或是天长日久的集腋成裘。

中国的翰墨之道如同中国的其他文化哲思一样，在他的情怀里流淌，成为支撑他生命的重要元素之一。

祝福汪老圭璋先生，不废翰墨，人书俱老！

叩禅兴福寺

一

　　江南常熟齐梁古刹兴福禅寺，确实在山遮树阴中。抬眼看，远景是虞山峰峦遮幕，近处看是高大的枫香树遮天蔽日。山门上的楹联是清阁老翁同龢的手迹：

　　山中藏古寺，门外尽劳人。

　　楹联简约直白贴切，有佛门的淡定空明之境，又有对于碌碌红尘的悲悯情怀，见真见性。

　　可悲，我是一个没有信仰的人，对佛怀的是敬而远之的心态。所以我进山不敢拜庙，进庙不敢礼佛，是因为我自知积业甚重，又生性散淡不肯戒持，且口无遮拦，总怕玷污佛门净土。

　　进山门逶迤东来，倒是一个幽静的好去处。救虎阁前灰白色石栏围护的莲花池内，鱼儿自在唼喋浮游，莲叶田田、莲花朵朵。莲叶小而圆，睡在水面；奶白色的莲花，很有质感。

池西北角，有株斜卧水面的百年玉兰，枝干已枯去大半，依然喷发着枝叶，叫我一时震撼感动得不知所以。

一池佛家妙谛！

沿着碎石路信步东来，假山花木错落其中，一个月亮门的门楣上题额"暂息尘劳"，给人以僧俗两界相通相融的亲切之感。

走进来，小小院落，花木扶疏，格局错落有致。枫杨、金钱松、冬青树高大挺拔；青枫、梧桐、五针松婆娑多姿。空心潭、空心亭，就在这葱茏掩映中。不远处的佛堂里，钟磬梵音中，若断若续地传出僧人和信众的诵经声。见有一茶室，名为"禅茶一味"，在此禅茶一杯，漫品人生苦辣酸甜。

做梦也想不到，我会老在这江南天下常熟之地。想着京城那些渐行渐远的往事，想着那些把酒临风"俱怀逸兴壮思飞"的朋友；还有那明眸皓齿、醉颜酡容、软玉娇嗔……功名利禄，乍惊乍喜、患得患失……一切的一切，都如一缕烟霞、一滴掉入水中的墨痕，渐渐淡化。

空色之变，我本非我，佛家妙谛禅机。

何谓佛？何谓禅？

二

往里走，过高僧殿，见殿门有匾云：为甚到此？这问佛门弟子的话倒让我心中一惊。佛法圆通，慈航普度，这话口气有些峻厉，不似佛门妙音。

我绕过大雄宝殿，往后山走，修篁竹影，曲径通幽。不想在这里碰到了老乡！唐朝诗人常建是河北邢台人，唐时称河北道邢州；我祖籍在与之邻县的衡水故城，唐时属河北道德州。

我在想，一千三百年前的一个夏天的湿漉漉的早晨，万籁俱寂，我的乡贤诗人常建蹀躞在这江南古刹，意动神流，诗兴触机而发，吟出了千古名篇《题破山寺后禅院》：

清晨入古寺，初日照高林。

曲径通幽处，禅房花木深。

山光悦鸟性，潭影空人心。

万籁此都寂，但余钟磬声。

由于常建在唐时诗名在李白之上，此诗使此禅寺声名远播，流传至今。功德无量啊！他的千古名句"曲径通幽处，禅房花木深"，让宋代大文豪欧阳修羡慕不已，他浩叹说"欲效其语作一联，久不可得，乃知造意者为难工也"。宋代米芾改"曲"字为"竹"字，实了，

其神韵差矣。我还想起了常建的另一首诗,与此诗有异曲同工之妙:

江上琴兴

江上调玉琴,一弦清一心。

泠泠七弦遍,万木澄幽阴。

能使江月白,又令江水深。

始知梧桐枝,可以徽黄金。

其诗意境清迥,语言洗练自然,寂静幽邃有禅意。看来曼陀罗花不只开在佛门哪!

三

高高低低、走走停停,逶迤蛇行,到了一处布局妙不可言的院落。这里有亭曰"钹亭",钹是佛教中的法器,诵经文时每每做提示用,此亭题额可谓用心良苦;而更用心良苦的是与之相对的一池水,池呈瓢形,题曰"瓢团"。当是"箪食瓢饮"之意。出自《论语·雍也》:"一箪食,一瓢饮,在陋巷,人不堪其忧,回也不改其乐。"

这一亭一水,就是出家人修持的写照:物质生活清苦简单,精神追求充实乐观。向西看,有一亭靠壁,题额:对月谭经。亭外有一石兔形石碑,刻着"玉兔闻法"四字。这开示着佛陀上达天庭、下化万物的愿力。

北面是依山而建的圆通殿，里面供奉的是千手观音。观世音，梵文意译，又称光世音、观自在、观世自在等，意思是"观照世间众生痛苦中称念观音名号的悲苦之声"。全称尊号是"大慈大悲救苦救难观世音菩萨"。据《妙法莲华经》记载，"若有无量百千万亿众生受诸苦恼，闻是观世音菩萨，一心称名，观世音菩萨即时观其音声，皆得解脱"。

看来此观世音是新镀的金身，通体灿烂，熠熠生辉，法相庄严。人靠衣装，佛靠金装啊！

殿内挂了不少信众送的锦旗，大都写着"有求必应""心想事成"等感恩戴德的话。现在宗教用品也不便宜，来上香许愿还愿开销也不小，我的许多朋友都热衷于此事。现在一捧香，动辄几十元，甚至一两百元。我见过最贵的"万事遂心香"，标价为999元。我老笑他们是贿赂佛门、玷污净土。想来观音大士了解了这种情况，也会拂柳生嗔吧？我也为佛门捐过款，但从未许过愿。捐款只是出于我对宗教文化、对寺院建筑的崇敬和珍爱之心。给人家俩小钱，就要人家回报你，还要高额回报，这岂不太"小我"了些？心中有佛，眼前皆是佛；在家积善事，何必远烧香？其实香者信也，故称信香，信香者，信号也。其作用仅仅是告知佛，我来了。我见过高僧大德上香，仅三支短香，为此我特向老僧请益过。

绕过观世音法相，还有后门，凌空又见一阁，上去看看。抬眼见眼前石壁上的几个字挡住了我的去路：一切放下！这对我不啻当头棒喝。我放不下呀，妄念、分别、执着，一样都放不下。佛前不打诳语，我不去啦。

佛教讲，一尘不染，四大皆空。我看难矣哉！

刚才在四高僧殿前，看到佛堂里有十几个眉清目秀披着佛衣的年轻僧人，正互相挤眉弄眼地为一家信士做佛事。其仓皇忙乱之态，全无一点佛家的庄严气象。阶下一大铁匣里烟熏火燎地燃烧着黄白之物。想起有个女士告诉我说，他们的QQ群里，就有自称寺里僧人的，言语浮浪，大有恨不得巫山云雨之势；我也亲眼看见，青年僧人拿着手机，在街上呼朋引伴，勾肩搭背，一派生机。心中不免怅然若失。

阴阳和而万物生，男女和而人脉续。有的宗教教徒持戒，不近女色，岂不违背天地人伦造化？佛祖定下三皈五戒，夫妻祥和，人之大端，何淫邪之有？就我所知，佛祖释迦牟尼有妻有子，其后来专心佛事，断了男女之事，这也是正常。而其妻与子，都成了他事业的好帮手。宋代，僧人是娶妻的，而且是当时妇女的热门人选。

我佛慈悲，这些年轻僧人也怪可怜的。

佛法无边？

宗教从本质上来讲，当是恐惧未知渴望的产物。

宗教无论古今中外，都被王者或视为奴仆，或视为装点门面的饰物，宗教要看当权者的脸色说话。被王权压迫了伤到心了，以宗教去疗伤去麻痹去止痛。统治者巧妙地利用了宗教"恐惧未知渴望"的特点。

观世音在唐朝只因一世字与唐王李世民同，就避讳而叫观音了；玄奘大法师为李世民所推崇，他恃宠而骄忘乎所以，要立佛教为老大，道教次之。他没考虑到，老子李姓，是李家祖宗，遭唐王呵斥。再说，玄奘法师就没有弄明白，他之所以被唐王重用，不仅仅是因为佛法圆通，重要的是他起到了一个"间谍"的作用，为唐王提供了大量有关西域的珍贵的军事情报、政治情报。

历史上兴佛者王权，灭佛者王权。当今佛教尊者赵朴初赵老有着凌虚俯瞰三界外，达观透彻四相中的慧根。要我说，毛泽东才是佛学精髓的大成者，在他的著作中，在他的治国治军的政治生涯中，他把《心经》中的"无"和"有"发挥得淋漓尽致、奥妙无穷。

在当今世界上，最大的宗教、教育流派应算是儒、道、佛、基督、伊斯兰。儒说，仁恕，克己复礼天下归仁焉；道说有无，无为而治，我自然；佛说空色之变，我非我，因果积业六道轮回；主说，我爱你们……

　　我所信奉的，当数儒家，因为儒家重师道且有人间烟火气，实在、亲切。人，生身是父母，这是人道；铸魂是老师，这是师道。在某种意义上，师道比人道更重要。而我们的父母前辈，往往就是我们的蒙师。

　　所有的宗教文化和哲学思想，越人性化，就越有亲和力和生命力。孔子老人家说了实话："吾未见好德如好色者也。"他对《诗经·关雎》爱情之章，欣赏有加；亚圣孟子说得更直白："食色，性也。"儒家经典《礼记·礼运篇》也说："饮食男女，人之大欲存焉！"

　　对于"怪、力、乱、神"，孔子采取的是"存而不论""敬鬼神而远之"的圆通玲珑态度。他心中的神，就是祖宗先人，所以对于祭祖，他是很虔诚的，"祭如在，祭神如神在"。孔子是信命的，所以就有了晚年痴迷《周易》，竟到了"韦编三绝"的程度。他说，不知命，无以为君子也。

　　可惜，这位圣哲也没给我们找到解答命运的密码。我也信天地之间有一大数控制着我们命运的走势，如曹雪芹说，正是乘除加减，上有苍穹。这当不是妄言！

五

中国的佛教，是中国人的佛教，与中国的儒教、道教已相通相融了，有了东方的智慧与圆润。其实，信仰只是一个人的定力和戒律，要有所为，有所不为。滚滚红尘、汹汹欲海，世俗给宗教输入了太多私欲功利心。穷打卦富烧香，都想"心想事成"的美事，只忘了"积善之家，必有余庆"（《易·坤·文言》）的古训。

我不赞成那种偏执狂热的宗教情绪，但这并不妨碍我对宗教的敬畏之情，不妨碍我对信教朋友的敬重，更不会妨碍我和他们之间推心置腹的交往。所以，我在信教朋友的带领下参加过教堂的布道；在老僧人的引见下，住宿五台山塔院寺，吃过斋饭，算是与佛与上帝都有缘吧。我深信任何一个流传了几千年的宗教信仰，都是人类智慧的结晶，是人类对自身归宿和前途的求索，是人类理智的内省行为。

佛教徒对物质生活要求的简单朴素，与自然的和谐相处，应是我们人类共同的生活准则；出家人以慈悲为怀，宽容大度，不妄言，不打诳语，也应是我们为人处世的操守。

我始终有一个解不开的谜。在信息封闭蛮荒的2500前，人类的三大圣者孔子、老子、释迦牟尼同时临世，又过了500年，耶稣诞生。在那个时空阻绝的条件下，他们之间不可能有任何沟通，但他们的核心理念和终端追求，确实有相通之处。甚至连论证方式都偶或相通！佛祖释迦牟尼和孔子、老子、耶稣等圣贤的学说，确实是我们人类智慧不可逾越的巅峰。

这真是不可思议！

但是，纵观历史，我们又看到另外一种现象：当国家为政者唯求国是于神佛前之时，就是此国朝分崩离析之日！教俗两界，只能互为补，不能互为用。所以，儒家经典《春秋》里说："国之将兴听于民，国之将亡听于神。"

这个世界上不可理解的事情太多啦！

一颗菩提心，般若大自在。呵呵，这岂是混沌如我辈所能达到的境界？

思绪，伴着我的脚步缠绕在这江南古刹的殿堂廊院里，花树葳蕤中，透明轻盈，漫无涯际，在古往今来里飘飘荡荡、恍恍惚惚，荒芜杂乱、无章无序。

我又信步回到莲花池旁，久久地凝视着那棵枯残的百年玉兰树，看着它生机盎然的枝丫。

　　它为什么引起我的震撼和感动？是美丽的挣扎还是挣扎的美丽？人生要努力前行，认认真真做事、清清白白做人，如这兰、如这莲，直到生命尽时！

　　这是禅悟吗？我是红尘中人。

那声声啼鸣叫得我心痛

　　在江南，我住在一座三层小楼里。楼前是一条小河，楼后一个小小的院落之外就是开阔的田地了，我在二楼的电脑间正对着院后，这里是鸟儿飞临聚集的地方。我常常透过北窗，观察鸟儿的情形。

　　天天在这里叽叽喳喳的是麻雀。黑色，短而有力的喙，褐色和栗色编织的翅膀，圆圆的眼睛机警而执着。不知道什么时候，也不知道从什么地方，它们中的一只就会钻到房间里来。我发现这些鸟儿的思维是直线式的，不拐弯，它们撞了几次玻璃之后，即使你把窗子全部打开，赶它，它们也不肯往那里飞了。记住教训，反而失掉了它们的生机。

这还害得我好一阵手忙脚乱，捉到它，把它还给蓝天。有时，也许是只燕子。

要是小孙孙在场，还要费一番周章。他会叫我把麻雀放进一只笼子里，供他观赏。当然，我会在趁他不注意的时候放飞麻雀。他发现笼子空空如也了，会瞪着麻雀一样漆黑执着的眼睛，问，鸟呢？

我说，它想妈妈了，找妈妈去了。

它妈妈在哪里？

我说出女儿所在的外企。

那它会说英语吗？孙子不依不饶地问。

我说，会，它们会鸟语。

二

叫我惊喜的是白头翁的到来。

白头翁不但戴着黑色眼罩有"侠士风标"，且鸣叫朦胧圆润。羽毛颜色对比鲜明又过渡自然。雪白的头颌、黄绿色的背、玉石白的腹。它很机警，尽管我总是小心翼翼地偷窥它，但也常常被它发现，飞窜得无影无踪。

"愿得一人心，白头不相离。"

白头翁，爱情鸟，把爱的誓言写到了头上。事实也是如此，隔壁的养鸟人说，白头翁雌雄相随，雌鸟的叫声单调，只有雄鸟才会发出那动听的鸣叫，所以养鸟人只逮雄鸟。被逮住的雄鸟，往往寿命不长。

白头翁是为了追求爱情才被人捕捉。捕鸟人布下网后，取出一个特制的哨子，吹出雌鸟的鸣叫，不管多远，雄鸟都会闻声赶来，要为它心仪的姑娘献上一曲，倾诉爱慕之情。

不承想落入了网中，从此失去了爱的空间，抑郁而死。

那天，我到一家花圃去买花木，看到身旁只一人多高的乔木上，落着一只白头翁，它只在枝头上跳来跳去，不肯飞去。我很是惊讶，问花农才知道，它在那里做窝生崽了。我小心翼翼地走过去看了看，两只黄嘴的小白头翁落在枝上，窝里还有一个小家伙，探头探脑的。

见我靠近，鸟妈妈发出焦躁的叫声，在枝头上愤怒地蹦跳着。这时我身旁的小树上又倏地飞落一只白头翁，它嘴里叼着条小虫，见我它犹豫了一下，就坚定地跳到窝边去喂它的儿女了。

我感动——为这对鸟妈妈、鸟爸爸献身无畏的爱！其实我们人类的许多引以为傲的品德，在动物身上都有展现。而动物往往比我们人类更纯粹、更忘我。

白头翁鸣叫起来也很有范——提胸挺颈，昂首向天，纵情高歌，大有歌唱家的风范。当然，是美声歌唱家的。

有句词，千年流传不衰——"问世间，情是何物，直教生死相许"。这是著名词人元好问的词《摸鱼儿·雁丘词》，一看题目就知道了，是在歌颂鸟的忠贞爱情，与人无干。是说一对大雁夫妻，一只落入猎人罗网，另一只盘旋不去，哀叫声声，后见无望竟收羽自绝！元好问向猎人购得此对大雁夫妻，安葬了它们，并填是词。

伯劳鸟偶尔也会光临，本地人管它叫"棕背儿"。此鸟羽色层次分明，鲜亮妖艳，鸣叫声也变化多端。它能学猫叫、狗叫，浅吟低唱起来很有韵致，不输画眉。

只是，这家伙有鸟中杀手的恶名，所以又叫屠夫鸟。它食肉，暴力血腥。喙带钩、趾带钩，叫声常常急躁得不行，一瞧就不是什么善良之辈。它往附近高高的电线上一落，就有雄踞一方、俯视苍生、生杀予夺的霸气。别的鸟都飞得远远地躲开，只听它一声声凶巴巴地嘶喊着，叫得急躁、突兀。

此鸟不但捕食别的小鸟，它们之间也弱肉强食。有时，由于食物短缺，年老体弱的伯劳会被子女捕食！

伯劳鸟用自己的血肉完成了它们嗜杀基因密码的传递。

那天，我突然听见一声声"喔——喔"的啼鸣。声音粗犷雄壮，但有些怪异，是一种我从来没听到过的鸣叫。我循着声音寻找，天哪,是锦鸡,锦鸡竟如此斑斓辉煌!

我先看到的是雄鸡。

屋后边的田里油菜花开得正旺,飘荡着一片片嫩黄色的花云;麦子穗已秀齐,正在扬花呢,在阳光下一明一暗地起伏着油绿的波浪。那里原先是一片竹丛,后被主人砍光了,只剩下一座堆满柴草的土丘。

我看到雄鸡紫红色的羽冠下,闪耀着金属光泽的翠绿色。它的尾巴美丽壮观,宛如织锦,一副雄赳赳气昂昂的样子。后面相随的是它娇小玲珑的妻子,装饰不如它那样亮眼。它们绕出浓密的油菜花的遮挡,来到一块新整的畦面上,在那里依偎摇抖,互相嗛理,好一幅琴瑟和谐的夫妻恩爱图!

它们嬉戏了好一阵子,就又转入那浓密的油菜花里了。这样,我就只能看到雄鸡灿烂的头部在小丘与油菜花中闪动。它不时地"喔——喔"叫两声,向四周巡看着。

我在寻思,也不知它的妻子在干什么呢?

从此以后,这"喔——喔"的鸣叫声就一直伴着我。我像着了迷一样,每天都瞭望着它们,甚至用上了望远镜。但多数时间看不到雌鸡，只看到雄鸡在阳光下来回逡巡的雄姿，听它那一声接一声的"喔——喔"叫。它像是在宣示着什么、守候着什么，神采中带着警觉和躁动不安。

我突然想到，是不是那只雌鸡在孵卵呢？

它粗粝雄壮的叫声，倒是把猫吓得畏缩不前，也许还有什么其他的小动物吧。但有些动物它是吓不跑的……我倒为它担着心了。这锦鸡给我留下的印象是志大才疏、忠诚有余、智谋不足。那样子有些虚张声势的滑稽。

我每天都在关注它，为它辉煌的翅羽所倾倒。它金棕色的扇状羽形成的披肩下，又镶嵌着绿色羽缘；下背呈棕色，丰盈的腰身又流转为古典的朱红色和油绿色；暗褐色的飞羽，庄重典雅；长长的尾羽，有黑绿相间的云状斑纹；腹部富丽得金光灿烂。

其实我们人类的服饰，很多灵感都来自天地造化、飞禽走兽。鹰隼虎豹的勇猛，不单来自它们彪悍的作风，它们的翅羽皮毛的色泽图案，就彰显着威猛的力度；画眉、绣眼、白头翁乃至伯劳鸟，它们身上的色彩，本身就是流动的乐章；在锦鸡张扬的雍容华贵里，我们就能找到非洲服饰元素的韵味。

五月的风摇落了油菜花，五月的太阳烤黄了麦梢儿。那天我突然看到雌鸡出来了，它的身后拖着一串褐色的绒球球！

小鸡出生了，这是上苍馈赠给人间美丽的天使！

五

麦子黄透了，油菜熟成了姜白色，远近传来了收割机忙碌的隆隆声，几乎日夜不停。好在这块田地是交通的死角，要四周都收割完了才能收这里。我在盼，盼着小鸡赶紧长出翅膀，飞向远方，逃过这一劫。

锦鸡经常飞来飞去地觅食的麦田、油菜地都变得光秃秃的了，只有麦秸、油菜残梗凌乱地撒在田间。人们开始为赶种水稻而放火烧荒了，一时间浓烟四起。这一夜，锦鸡叫个不停，拖家带口的它，感知了危险的来临。那尖厉的喔喔啼鸣，充满了烦躁和绝望。这声声啼鸣，像一把凿子，一下一下凿得我一惊一乍的。

天未亮时我正在蒙眬中，就被楼下散乱的脚步声和呼叫声吵醒了。我扒着北窗往外一看，窗外田间火光冲天，浓烟滚滚。亲家担着水往房后跑。此楼的后面还有一排平房，平房后就紧临农田了。亲家怕火大失控再烧了平房，他挑了一担水，在房后监视着火势。

我也下楼跟了出去。

大火离那土丘仅几米远，滚滚的浓烟、乱窜的火星借着风势向土丘袭来。

我犹豫着向土丘走了一截，亲家喊我"做什么去"，我又退缩了回来。

天亮以后，我去了土丘，可什么也没见到。

只感到心里空落落的，我与这锦鸡家庭相伴也有一个多月的光
景了吧。

见到了爱

——记一对相濡以沫的夫妇

　　来到江南这天下常熟之地，我最大的困惑就是听不懂这里的方言，无法与人交流。那天，我去医院做按摩，吃力地跟大夫们唠嗑，有一个女性问我："你是北京人吧？"她地道的北京口音，让我惊异。刚才，她讲的还是一口常熟方言呢！我侧头去看——是个大姐。

　　于是我们认识了。

　　女性有玲珑的美，有雅致的美，有健康开朗的美，这位大姐属于最后一种。但是由于岁月侵蚀，她已经红颜不再了。像是大火之后的城堡，只残存着昔日美丽的轮廓。

　　交往后，我才知道，大姐就是北京人。她对北京的犄角旮旯都了如指掌，她说的许多事情，都是我所不知道的。而且当年她所住的地方就是北京的心脏部位——西交民巷。

　　大姐是新中国成立初期的那代青年人。作家王蒙在《青春万岁》

小说中，对他们这代人做过史诗式的描写。健康、向上、朝气蓬勃，对新中国充满梦想。大姐喜欢游泳、滑冰、骑车、跳舞。当年，她该是一位怎样美丽、开朗、充满青春活力的北京姑娘啊！

但她后来沦落到了爱人的原籍常熟，原因是她的爱人在一番风光之后被打成了右派，几经曲折坎坷，他们被流放到常熟农村。

她跟我说，当年的常熟是很落后的，农村更是艰苦。但大姐舍弃了北京优越的生存空间，选择了与爱人共赴人地生疏的江南水乡。他们在这里生儿育女、白手起家。

艰难中，爱成了他们克服一切的动力。

年过六旬的她，依然乐观开朗，喜欢摄影、旅游、交朋友，多次闲谈中，我都想问她当年的某些生活细节，想知道他们当年的苦难与挣扎，揣摩他们灵魂深处的痛。因为那些痛不仅属于她个人，也是我们的一个时代的疤痕。但我始终也没好意思开口。

在我们的历史上，有《文姬归汉》，有《昭君出塞》，我想这被历史沉淀后的璀璨是由她们的滴滴血泪结晶的。

她带我游了尚湖、登了虞山，还陪我浏览了常熟小街小巷的风致雅韵，并兴致勃勃地为我拍照留念。

有一天我们聚会，大家都喝了许多乳汁般的米酒，大姐话多了。她说，她就不会烧农村的灶台，一烧就烟熏火燎的，熏得人掉泪，总是由他来做饭。身为法律工作者的他说，后来她行了，就是每次做完饭，脸上总弄得黑乎乎的，我们囡囡老问，妈妈要去唱戏吧?

大姐笑了，笑出了泪。

人生有爱，就是最大的福分，任你天涯海角、地老天荒；能够见证别人的爱也是一种净化心灵的享受。

好汉仙人掌

北方人来到江南，总为这里繁多的花草树木所倾倒。

冬青在这里竟会长得这么高大，在北京它只是矮矮的灌木丛；常常被南方画家入画的苦楝树，枝杈曲折、遒劲而又婀娜。秋冬暮霭中，远远地瞧见一两棵苦楝树，显示出一种清贵狷介、孑然立世的风骨；梅花随意地悄然开放在河边墙角，冬日一缕幽香，夏日一身苍绿，叫人不免肃然起敬。

这些花草如此葳蕤繁茂，得益于江南的水土丰沛、气候温暖湿润啊。

可让我感到惊讶的是这里种在房顶上的仙人掌。住在江南常熟的一个小镇上，我发现这里几乎家家户户的房顶正中，都种着一捧仙人掌，远远看去，刀斧般挺立着。

记得有一次我在北去的列车上，与一位江南的老教师对铺，我向他请教江南此俗来源。他说，此俗兴于清初。当时清人入关，一统华夏，江南士子反抗强烈，遂有"扬州十日""嘉定三屠"。此后，江南人依然不服，在房顶上种仙人掌如盾抗日，种瓦楞草如剑刺天，以示不屈。再后来就转变成一种民俗了，仙人掌成了驱邪化煞的吉祥物。

此传说颇有铮铮铁骨的英雄气！可惜我当时出于疏忽未问此说出处，至今为憾。"传说"这东西，往往是听之有声，查之无据，似是而非。但它毕竟是一种特定社会形态的特定社会心理反映。野史传说多数被湮没在历史的长河中，只有少数流传了下来。

我在北京的家里也种过仙人掌，侍弄它一定要小心。一不留神碰到它，它那毛刺扎在身上就拔不出，要等发炎化脓后才能连脓痂一体拔出。

仙人掌具有十分广泛的用途，不仅能够食用、药用和保健美容，而且有很好的观赏价值。爱花者说它是花中卫士，风水师说它有避邪驱煞的法力。

我知道仙人掌的生命力极强。

可这房顶上的生存空间也忒艰难了些。住在这里，我也常遇到十几日暴晒无雨的天气；2008年那场雪灾，这里的极温也是零下六七摄氏度啊！

东邻家顶楼的泄水斗里垂着一株累累的仙人掌，无论冬夏，它都披一袭绿甲、抖一身豪气挂在那里。我问邻家阿婆，是你们种的吗？她说，不是，是它自己长出的。两年来，我总看它开出重重叠叠的花朵。2008年雪灾过后，我担心这棵仙人掌被冻死了，总是有意无意地望望它，担心着它的生死。忽一日我无意间抬头望去，看到这仙人掌开花了——好漂亮的花！在晨晖中闪着金黄色绸缎般的光泽，显示出与皇家宫殿一比高低的豪迈。

我心中暗暗喝彩：仙人掌，你倒是条好汉！穷也过得，富也过得；冷也经得住，热也顶得住。有对你非礼者，你就敢舍身拼刺。在任何苛刻困窘的环境中，你都毫不气馁地喷薄着盎然的生机！

为你喝彩：好汉仙人掌！

以诗证史　曹大铁的家国情怀

　　1937年8月，淞沪会战中国军队战败，战火蔓延到了常熟。这一年，曹大铁先生21岁，遭逢"师旅遽三舍，荼毒贻生灵"之艰险，经历了"辗转流亡山泽中，已经卅日审榛荆"，遂有了"噫嘻乎！心忧魄悚出入死生之纪行"。

　　叹息"昊天厌中国，积弱任夷陵"（"夷陵"疑是"夷凌"之误），这就催生了气靡前彦、垂范后人，足以彪炳中国诗史的《台儿庄战役赞歌》和《踏火行·序》两部鸿篇巨制。

　　没有《踏火行·序》的"东邻西舍俱毁灭，颓井残垣塞道边。伏尸街心殊不解，阔步践踏几仆颠"心忧魄悚的啸哀，就不会有后来的慷慨激昂、热血贲张的台儿庄礼赞。

　　《踏火行·序》看诗人的"情"；看作者对国难家仇郁勃愤懑的情感驾驭功力，凄戚在景中、愤郁在难中：

人言前日之日斯间凶杀诸事迹,余述今日之日身陷敌营所经历。

难能可贵的是,面对国破山河碎,"天地暗兮尸枕藉"的目不忍视的惨景,一代才华卓异的年轻诗人曹大铁依然在《踏火行·序》末呼号出他的信心和祈盼:

> 春回大地容有待,行看跌宕扫阴氛。

> 戎马之际薄文史,长篇诗记鸿雪痕。

我们在曹大铁先生的九死一生的歌行里,感受到一个孱弱民族的呕心沥血之痛和不屈不挠的民族精神!

这就是他诗中要表达的"本真"之情。这种"本真"之情,终得以在《台儿庄战役赞歌》里喷涌爆发。

此歌行一扫《踏火行·序》中的仓皇哀戚,挥洒得慷慨激昂、有声有色、有形有势,叫读者振奋。在《台儿庄战役赞歌》里,充分展示了作者描述大场景气势磅礴的天赋及他的万千挽合之力:

> 兵车络绎阵云横,铁翼在天地铁甲。

> 杀气凭陵生死间,微山湖畔烘天热。

> 敌方矫报据全城,实处拉锯负隅守。

> 城塞作战场,血肉惨飞扬。

> 九攻九拒相持不得下,以人投人予及汝皆亡。

从艺术表现层面来说,《踏火行·序》《台儿庄战役赞歌》出色地继承了中国诗歌的优秀传统,里面有汉乐府、唐歌行,甚至有唐诗宋词的凿痕。

杜甫的"三吏三别"、白居易的"长庆体"在新的历史背景下，被继承发展了。而《踏火行·序》开头让人想起了李白的《蜀道难》的起手：

　　　　噫嘻乎！心忧魄悚出入死生之纪行。

　　　　吴天厌中国，积弱任夷陵。

　　　　吾生廿一载，未见海宇宁。

　　　　狼子野心侏儒恶，蚕食不足跻吞鲸。

提纲挈领，气氛营造，为以后铺陈打开了局面。

《台儿庄战役赞歌》采用的也是这种手法，不过结构更为起伏繁复，很见诗家纵横捭阖的器识行藏。这也就是诗词家所说的"格由意生""句由格生"。《踏火行·序》里的"噫嘻乎！心忧魄悚出入死生之纪行"的声情凄紧、苍凉凄楚的哀号，在《台儿庄战役赞歌》里变成了"浩浩乎，堂堂师旅山河气，正正旌旗天日蔽"的豪壮。

这黄钟大吕的宫调，是何等慷慨悲壮、豪放雄浑、激情拗怒的声情。

　　　　兵家胜败何足言，雷震岳峙动天地。

　　　　淞沪已沦陷，金陵亦守弃。

　　　　石头城下三万人，黎元碧血漂橹逝。

　　　　狞兽噬人旷古今，衔哀饮恨裂心肺。

> 丸泥封函谷，台儿庄见珍。
>
> 寇欲据此贯南北，国魂凌厉显贞纯。

在《台儿庄战役赞歌》里，诗人还大胆使用了口语、白话，像"军民一条心""孙军闻报直震怒，'尔敢尔敢'斥责重""以人投人予及汝皆亡"……像"赞歌"这个词当时在古体歌行中也不多见。诗人就这样把当年"城塞作战场，血肉惨飞扬"的战争场面呈现在今天的我们眼前，以诗证史，弥足珍贵。

直到今天，我们读来还有毛发悚立、血喷三尺的激荡情怀。

以上说的都是诗歌技巧，让我们赞叹的是，年仅21岁的曹大铁先生，在《踏火行·序》里所展现的冒死寻父的孝道；辗转生死间，他落入日寇魔掌，因为他会日语，得到日寇的青睐，而他被"群寇莞尔语，导余河桥处。甘言炉炭容取暖，羊羹豚脯兼饷予"，面对敌寇这等优渥的待遇，他因目睹"茅茨隙中遥见一二识者过，手持降幡安渡桥堡无蹙沮"，他不甘做日寇的"鬼伥"，冒死潜逃。

这就是一个中国文弱书生的家国情怀，这就是中国士子在国难临头时的气节和担当！

在《台儿庄战役赞歌》里，年轻的诗人用大开大合的全景式扫描，为台儿庄血战留下了热血飞扬、举火烧天的一笔：

> 台庄之战于斯终，万方祝捷庆元功。
>
> 顿开世界长鲸眼，藉挽生民颓废衷。

巍巍乎，壮哉！

曹大铁先生，做到了：

春秋五战遗文着，欲以歌诗入史业。

国学大师钱仲联对曹大铁的诗词如此评价："可补史事之不足，且事中又有大铁之人在焉，斯足当'词史'，而无愧矣！"

这是确论。还有人读，就是民族精华了。

现在，我们仍然需要这种"以人投人予及汝皆亡"的气概。

我们依然要做到"顿开世界长鲸眼"。

曹大铁属于常熟；曹大铁属于中国；他是虞山诗派经纬交接点上的一个坐标；他是中国诗史上的一颗灿烂星辰。

风骚百代赭石砚

在文房四宝中，砚台无疑最有收藏观赏价值了，为历代文人、收藏家所青睐。而在砚台家族中，除端砚、歙砚、洮河砚、澄泥砚四大"天王"之外，尚有风采各具的三十二"尊者"之多。一方砚的价值，无非是通过三个方面来体现，即质地、色相、用途。"体重而轻、质刚而柔"，此为其质。"色如碧云、声如金石、湿润如玉、墨峦浮艳"，此为其相。"贮墨不变质，十数日不干涸。发墨细快，保温利笔"，此为其实用处。常熟虞山所产赭石砚，其质地，其色相，均不占优。唯其实用处有着研磨自己、增辉翰墨丹青的品质，却堪可称道。

近代有史可考的让赭石砚名扬天下的当是清末书画大师吴昌硕和常熟藏砚制砚名家沈石友。

清末民初的沈石友，他的《沈氏砚林》是砚谱中的魁首，所藏158方精品砚，润透历代名人的手泽，一砚一风物，一式一情怀。只因在抗战时期，被日人觊觎，几经波澜终流落日本，如今"出口转内销"的极少。

清末，沈石友以赭石砚赠吴昌硕。吴昌硕作画用赭色时，拿出此砚，用牛皮胶代替墨渗水研磨，赭色散出，便可涂抹，得心应手，虞山赭石砚由此声名大振。此砚还有一个特殊功能，用它磨出的墨汁写大字楹联，黑亮的大字，在日光映照下，会泛出若有若无的红晕，紫气缭绕，吉光隐隐，这种效果被人称作"中国黑"。此砚化色相为丹青妙处的特质，叫吴昌硕爱不释手。他又和沈石友、赵泥古"俱怀逸兴壮思飞"，联手制砚。他设计造型，沈石友题款，赵古泥雕刻，留下一时精品！

而在国画史上让虞山赭石砚鸿雪留痕的是元代四家之一的黄公望，他首创的"浅绛红"就来自虞山赭石。黄公望世居常熟，他生于斯、长于斯，后来虞山西麓又是他的终老之地。他用虞山赭石砚研磨作画，以浅赭色渲染山石，辅以墨赭复勾，突显山石精神。他画树也是如此。著名的《富春山居图》，就是这样创作的。今日国画山水，还是赭红、藤黄、花青三原色。虞山赭石传为天下最佳，这又由黄公画作垂范后人。

在历史的长河中，文化往往会结晶为文物，留下一个民族辉煌灿烂的记忆，如我们的铭文钟鼎、秦俑汉简、木雕玉器……它们虽然没有了或神圣或实用的价值，却挥发出斐然烂漫、颐养身心的美感，沁出一个民族悠远绵长的幽香。出于某种原因，我长年往返于京城和常熟。当知道常熟有赭石砚之后，就四处探寻，是否还有传人刻砚，想购买一方收藏。"文房四宝"实用处已经很小众化了，有了电脑、打印机，人们连字都懒得写了。然作为家藏摆设，仍不失其东方古国所特有的神韵，若能偶然涂鸦两笔，领略祖国文化的精微教化，则更是得大欢喜了。经人介绍，找到了制砚师宗洪兴先生，有幸参观了他的工作室，浏览了他的藏砚，叫人好不艳羡。原来他就是门里出身——其父原是歙砚厂的技术科科长。民国到新中国成立初期，常熟王市人陈端友被称作近代琢砚第一大师，他一生制砚五十余方，有一方竟雕凿了十余年，作品无一不是天下极品。

宗家所承即陈端友的金石制艺。

清朝乾隆年间有个僧人叫释宗安，他在住持虞山兴福寺的十五年间，写了许多吟咏虞山景点的诗，其中有一首题为《朱砂洞》："洞空砂出矿，余气染枫林。草长紫芝秀，花开红药深。人来忘客虑，坐久定人心。蹀躞声随应，铿然金石音。"

虞山有朱砂矿，赭石里的成分就有朱砂。朱砂在中医药中有入心经、定神志的作用。正如僧人释宗安诗中所云："洞空砂出矿，余气染枫林。草长紫芝秀，花开红药深。人来忘客虑，坐久定人心。"风水所聚，常熟代代风骚联翩，人才辈出，所谓"物华天宝，人杰地灵"，也许正应此说吧。

在制砚师宗洪兴处见到了1984年为纪念黄公望逝世630周年重修其墓的画像、碑文丹稿。参与者都是常熟当时的儒林耆宿翘楚，黄公造像为曹大铁所画，碑文系李克为作，书丹者汪瑞章，题额言恭达，刻碑宗洪兴。我与宗洪兴说，临近黄公望逝世660周年了，据我所知，这几人中，有人已羽化登仙，有人已年至耄耋，有人南北匆匆，不在常熟。你何不请当年此碑书丹者汪瑞章先生为此书丹题跋，全文使一方珠璧，神接古人，焕然来者。

后，汪瑞章先生为所书丹作跋如下：

《黄公望传略》跋

白驹过隙，为国画百代宗师黄子久先生重修墓庐及祠堂并立碑者三十有年矣！当时主事碑者五人。曹公大铁造像；李公克为撰文；言恭达篆额；汪瑞章书志；宗洪兴刻石。逝者如斯，叹曹公已寂然作古！癸巳秋，京华寓虞友人闫宗川先生于宗洪兴家见吾丹原迹，颇嘉之。乃亲访吾于菜园村邀跋于原稿。噫吁兮！吾告闫先生曰，铁公吾师也，当时市府主管议择人书丹，吾师力荐，为邑中善楷者汪某，宜当此任。议乃定。复嘱吾曰：子久书出赵，吴兴，汝当以赵字为之。书成，师甚许。而上嘱：勿落书者名款。上旨未究其因也夫，其中故实乃后终湮于流光。今宗川先生请为跋，以资后

116

者考焉，吾故理不可辞者。爰为记。

癸巳孟冬　汪瑞章

《黄公望传略》跋·宗川

虞山福地自古多风骚，元丹青四家之首黄公望无疑是百代标程。余南来北往断续客居常熟有年，在勒石制砚者宗洪兴家见重修黄公望墓墓碑《黄公望传略》墨稿，此当属重要文史资料。重修黄公墓立碑三十有年矣，询当时襄此盛举者五人。叹黄公像临摹者曹大铁先生已羽化登仙；碑文作者李克为年近期颐，精神矍铄，题额言恭达操觚染翰于京畿，南北匆匆；碑文汪瑞章所书也，此君今依然朝晖夕氲相伴虞山琴水倾情于翰墨毫颖，君书道风格多变面目迥异，由书入画，其画润泽雅逸，一派江南风致。邀汪君书跋成文苑一段佳话。青山依旧，斯文不老。欣然命笔遂成此文。

寓虞京华客　闫宗川　癸巳孟冬

咬定青山不放松　做好自己

——读治印大家归老之春

　　没有想到，年逾百岁的春老讲起话来还是这么声音洪亮、气沉丹田，表情是这样丰富生动，动作也是那么灵活，全不像是年过百岁的人。

　　我注意到了他的一双手，尤其是右手拇指间有一道纵痕，这是80多年持刀治印留下的痕迹，"一画开天地"，归老就凭着这道痕划开中国先秦"石鼓文"的大门，破译了1000多年来一直未识的石鼓文疑难异体字20多个，这是一个了不起的贡献。由此，登上了中国古文化的峰峦。

　　其文化成果的意义在于填补了自唐发现石鼓以来的1300年的空白，起到了更正舛误、弥补缺漏的作用，引证确凿地校正了当年郭沫若等学者的论断。在我们和先民的沟通方面又打通了一些孔隙，让我们更接近了自己的祖先，更切实地触到了先人的脉搏。

这些贡献足以证明归老不单单是一个治印者，他更是一代学人，孜孜矻矻在治印的道路上，纵横古今，出入石鼓篆籀之间。

他的研究成果有《石鼓文年待考之管见》《虞山派篆刻的传承与创新》《赵古泥印集》《赵古泥年表》《石鼓文三百字注》《二春草堂金石文集》《虞山印人录》《石鼓文研究文集》等。

《石鼓文三百字注》被北京大学、清华大学、北京师范大学三所大学的图书馆来函要求收藏，分别寄来了收藏证书，主要是作为教育的参考资料，供学术研究之用。该书自发表至今20多年，尚无人提出异议。

"石鼓文"是中国篆籀之祖、之巅，1300年前出土以来，沾满了中国鸿儒泰斗的目光：

欧阳修、韦应物、韩愈、苏轼……顾炎武、杨慎，近代的康有为、马叙伦、罗振玉、郭沫若等，到而今又要加上一个人的名字：归之春！

吴昌硕也喜欢"石鼓文"，但他不是研究者，业内人士说他写的"石鼓文"墨迹霸气；翁同龢是书法大家，他书写的"石鼓"作品，深得堂奥。

归老是家学渊源的后裔吗？不是，他是个普通人家的子弟，是个小学教师，最高职位是小学校长。他打通了我们和先民的沟通孔隙，让我们更接近自己的祖先，更切实地触到了先人的脉搏。

要说归老的皇皇业绩，不敢置喙，因为我是闯进瓷器店的牛，别说"置喙"，"抬蹄（题）"也不敢哪。

归老的女公子旧香斋主向我介绍说，归老很早就开始搜集有关"石鼓文"的资料，真正潜心研究，是"文革"时期被下放农村喂猪时开始的。猪场做猪食的大铁锅经过烟熏火燎，周身都是灰，归老喂完猪后就翻过来用树枝在上面写"石鼓文"，研究石鼓文。当时，写下不少石鼓文字的学术论文。

归老得到平反昭雪后，陆续在各大书法报刊上发表作品。

这故事有点黑色幽默，可是"结果"很高大上、很辉煌。

旧香斋主负责打理老父亲的日常事务；归老常出去讲课，参加社会活动，则由其兄负责。有一次，其兄有事，由旧香斋主陪着老爸去，她听得入迷，心中暗道，我老父亲讲得这么好啊！后来，她也操刀治印，老爸夸她，还行，刻得不错。

归老是个没脾气的人，总是温和、笑面对人。我来常熟有年，但我听不懂常熟话，由旧香斋主来做"翻译"，我们谈着，归老起身了，她也起身为老爸整理上衣，系一颗扣子，归老推开了女儿的手说，我要休息了，说着就站起身朝卧室走去。一会儿，他从卧室又转身出来了，送我一本他签字的心血之作：装帧精美古朴的《石鼓文研究文集》。

回家后，此书我是认真拜读的，弥补了我许多知识空白点。

不怕笑话，以前我真不知道石鼓文在我们文化史上有如此重要的地位。

作为一代硕望宿德，归老一定有他特殊的禀赋，能定身、能静心，能沿着自己认定的目标勤为路、苦作舟，坚定不移地走下去。

归老门下桃李芬芳，他的弟子们赞他从不藏不掖，只要学生有所疑惑，老师必穷尽所答，授业解惑、弘扬国学、躬行师道。

这就是一个民族的自信与自豪，这也是一代学人的坚守。

这在文化方面是何等厥功至伟啊！

这就是"咬定青山不放松，做好自己"。

我和许多人一样都关注归老长寿的秘诀。

旧香斋主把老父亲做自创操的视频发给了我，并介绍说：每天早晨起来，父亲都操练，根据他自身的需求，自编自练一套活动手、臂、耳朵、腰部的动作。

真正的菩萨未必只在佛门。我在朋友圈第一次看见归老的视频，很惊异他的相貌，天庭饱满，地阁朝天，中岳高耸，一脸慈祥。我跟帖说，这不是一尊菩萨吗！充满活力的"常青树"，是因为有追求不息的目标，有只为耕耘不求收获的情怀。

喜欢归老的墨宝，由于他是治印出身，归老的书法严谨，有金石气，观之让人如沐春风细雨，身心通泰、神清气爽。

在归老的《篆书自嘲诗》中，我看到的是一个心地宽宏、宅心仁厚的老人：

急风暴雨停，晚霞草堂明。篆刻平生爱，书诗陶冶情。

闲研秦鼓注，已值暮钟鸣。老吾无佳作，瑕瑜不掩评。

归老近年所治印，对虞山治印的风格有了新的开拓，那就是一个"圆点"。这"圆点"走过严冬萌春酷暑，犹如秋天彤红的枫叶，如挂在枝头闪烁的果实，闪烁在印谱里。

终于圆满、圆熟，技艺臻于化境。

祝福归老。后学在此合十鞠躬了：

寿考腾越双甲子，篆籀铭刻华夏心。

窥测生命

——试析金曾豪先生的几篇作品

文学是人写的；文学是写人的（神怪志异作品是人类思维模式的折射变形）；文学是写给人看的。这是毋庸置疑的常识。所以在八十年前，高尔基就给文学下了"文学即人学"的定义。纵观古往今来能传世的作品，无不闪耀着人文主义的光辉，表达着作者对生命的关爱与思索。

我在金曾豪先生的作品里就读到了这种闪烁着人性光辉的悲悯情怀。

野；蛮牛；人与狼的紧张对峙与搏斗，在"子孙丸"被狼咬碎生命尚有一息的情况下，仍与自己的女人野合交媾，种上自己的"种气"，完成生命的传递；"拼死吃河豚，怕死莫进门"……没竞争就出不来灵性……"妈妈的六牛山"的汉子，爷爷毛汉在生命的最后一刻撒下种子，长出了儿子大象；大象的种出了儿子阿麦。阿

123

麦是被现代社会矫正过的人，他自然接受了现代社会的文明意识。当"文明"的儿子与"野蛮"的爸爸发生冲突的时候，爸爸怒吼道："疯你个小虫！滚一边去吧……"大学毕业的阿麦终于抱上了"稳瓶"，找到了坐办公室的工作。这让"野蛮"的老爸死不瞑目。当儿子被"血管里热辣辣的"躁动鼓动得回归"野蛮"时，老人才安然平静地死去了。

这些就是金曾豪先生在短篇小说《险幌》中，反复给我们传递的意象。作品中充满了"对勇莽精神的崇尚"。

在世界已经变成地球村的今天，"一体化""克隆"遍地，要保持住一个国家、一个种族的来自远古的"种气"传承，保住一个地方的特色，这已经是很难很难的事了。

作者在字里行间对"六牛山"的人文景观倾注了那么深情的浓墨重彩，给我们留下了久久挥之不散的留恋，留下了久久萦而不断的考量。

什么是恰到好处的现代文明？在所谓的"现代文明"中，我们得到了什么又失去了什么？我们的生存空间、思维形态在受着怎样的戕斫荼毒？人们到底还能坚持多久？

与《险幌》穿越时空七八十年不同，同是短篇小说的《穿过小城，很累》所截取的只是一个生活的瞬间，但同样表达了作者对生命的关注与思索。

我国的文学作品中历来有"将胸中块垒付诸笔端"之说。这"块垒"是什么？是作家特有的生活阅历、特有的气质与特有的表达方式。老舍一生写了约八百万字的作品，有人计算过，他的常用字也就三千字左右。可就这三千字，老舍给我们构建了那么气势恢宏的文学殿堂。就这几千字，在不同的作家手里就能码出不同风格的作品，就发酵出不同的况味。或婉约或豪放或凄戚或睿智，或俗不可耐或猥琐不堪。总之，花自香、鱼自腥，山自巍巍水自流。

就这几千字，就这些人所共知的表现手法。对于码字为文的人来说，拼到后来，拼的就是自己的境界悟性；拼的就是自己的襟胸气度，格调高低；拼的就是自己对于生活的穿透力了。

短篇小说《穿过小城，很累》轻盈跳脱，带着花季少女的俏皮狡黠。

少女刘小佳——一个电影化妆师的女儿，"花了两个小时，我把十六岁的我变成了六十一岁的'她'"。同盟军还有她的表姐，两个花季"老太婆""兵分两路穿过熙熙攘攘的小城"。小说字里行间喷发的是冰雪聪明少女的精致淘气，而实际上，作者以出世又入世的慈悲情怀，带着我们进行了一次穿越心灵、穿越生命的体验。

这里有"老人"与老人的感动交融；有"老人"与年轻人的碰

撞；有花季"老人"买纽扣时发自心灵的内省；当然，也有"老人"照相时，被他人疑问冷落的"吓了一跳"……

花季"老人"说，"有一种说不出来的焦躁情绪催我赶快完成这个艰难的行程"。之所以这样，是因为我们每个人最终都要踏上这个"紧靠我们又远离我们的世界，所以我很累"。

生命的换位体验，让人拍案叫绝！这篇小说披着那么亮丽轻盈的霓裳，却承载着这么凝重的生命主题，举重若轻的潇洒倒让人见识了作者非同凡响的睿智。

然而，叫我动心的是那篇用小说手法写的散文《八音刀》。记得在一篇文章里读到，高尔基读福楼拜的《一颗简单的心》后，竟激动着迷得像个野蛮人，把书拿到阳光下，一页一页地对着阳光照，寻找那文字背后的魔力！

这也是我读完《八音刀》后的感觉。

每个优秀的作家都有这等功力，他的文字凝聚所产生的魅力、魔力，会震撼到我们的灵魂深处。

故事发生在江南水乡一个普普通通的剃头店，店里有刀功了得的沈兴，"传说他年轻时能用剃刀劈死飞过的苍蝇"；雄生的剪子功好，"剪子在他的右手中分明成了一只活泼泼的燕子"；还有个年轻些的永生，眼光"尖"，爱给人掏耳朵。

文中的"我"爱看雄生理发椅前的那幅西洋画——"小河在潺潺地和小草接吻,风车在悠悠地向长风倾诉;马铃的叮当声已经渺不可闻了,而树叶与花草的清芬在天地间无休止地流淌……"作者给我们留下的却是一幅或深或浅的江南风俗画。这里"有接触,有色彩,有声音,有气味,有一种老派的亲切……"

岁月递嬗,时光流转,书中的"我"由"白弟弟"长成青年了,沈兴由富态切换成老态了;爱喝口黄酒,爱哼评弹的雄生退休了,"我"终于在一个阴冷飘雨的下午,领教了沈兴的理发绝技"八音刀"——他就要退休了。"我"在"老派的亲切"中离开了理发店,"我发硬的心一下变软了,眼眶开始发涨。我点点头,赶紧跑出门去"。

读者至此也鼻酸眼胀,感到了一种生命的空寂与无奈。

行笔至此,曲终情未了。在扬琴声如流水般闪烁的烘托下,二胡又如诉如泣地呜咽出了辽远而空旷的主旋律:

三十五年之后,我父亲去世。其时,沈兴和雄生都不在了。父亲临终前嘱咐他去世后要请永生来为他剃最后一个头。

我们请到了永生。永生也老了。

读到此处,我竟久久走不出作者所营造的寂寥虚无的氛围,不

127

知在想什么，不知该想什么，一切都变得那么稀薄透明、空空荡荡。

一个优秀的作家，他是特色鲜明的"这一个"，绝不混淆于"那一个"。越优秀的作家写出的作品越简单淳朴，越脉络清晰。他们的作品，水乳交融，浑然天成，不见雕琢痕迹，不矫揉造作，气韵生动，已入出神化境。然那简单淳朴的背后，藏的是厚重的底蕴，是文字凝结成意象而产生的震荡人心的力量。这也是金曾豪作品的特征。不同的是，金曾豪有一颗不褪色的赤子之心，所以他是儿童文学领域中的翘楚。读者从他的文字中读出了他关注生命的苦心与耕耘。元好问说，文章出苦心！正此之谓也。

读一本好书，认识一位良师益友，焉不快哉！

画家的凿空与张力

——读姚新峰画作

题记：《史记·大宛列传》记载："然骞凿空，诸后使往者皆称博望侯。"《裴骃集解引》苏林曰："凿，开；空，通也。骞开通西域道。"唐代徐彦伯《胡无人行》诗云："十月繁霜下，征人远凿空。"

这里是指艺术家开拓、创新的求索。

一

笔者是通过姚新峰的画认识姚新峰先生的，在一次画展上，看到姚新峰先生的江南水乡童趣图，很是抢眼。那画面占了大半的是芭蕉叶，横斜出几竿秀竹，小弟、小妹就在这样背景的河塘处钓鱼嬉戏：一幅江南水乡盛夏童趣图就呈现在读者面前。画面在打破和谐稳定的结构中越发溢出灵动自然，闪跳着江南湿漉漉的生机盎然的光泽。

绘画是作者心灵世界的呈现，这是一幅江南水泠泠的童话世界。

从这时起，我开始留意姚先生的画作。眼见他的笔致风情多变，涉足更广阔的篇篇丹青笔墨。

事要顾人，艺要从己。

"学我者生，似我者死"，齐白石这话说得够狠。达·芬奇讲起来艺术中的无"我"，也很情绪化，他说："画家，谁也不该抄袭他人的风格，否则他在艺术上只配做自然的徒孙，不配做自然的儿子。"

从事艺术创作的人，最难找到的是"蓦然回首，那人却在灯火阑珊处"的"那人"，也就是那个有别于他人的"我"。

只要生活在继续，社会在发展，作为反映生活、反映社会的艺术就不会止步。

不过有的人反映的视角、艺术手法俗了些，在别人的套路里跳舞。

二

作为视觉艺术，姚先生的画作有自家面目。他的工笔画纤毫细腻，丝丝烂漫中闪烁出辉煌富丽的质感，如他的《莲·鱼》系列作品。再有那破皮而出的石榴，披红镶玉待客尝的螃蟹，他的莲尤其给人以痛快淋漓之感。画面多是仲秋挂霜的残荷，荷叶又多有破漏处，茎梗也有折叠，这是一种"残缺美"，这里折射出佛家的悲悯禅境。

画面有鱼儿游动其间，甚至有晶莹透彻的鱼缸，典雅朴拙的花错落其间……落笔工意交合，五彩纷飞，黑白争夺，风格寂静纯粹。磊落风霜色中又给人以超然物外、神游八荒的飘逸感。姚先生突破时空、奇思妙想的构图是他作品的重要标志之一。

对于一个艺术家来说，传承是传统的继续，但不能缺少的是自出机杼的"我"。"笔墨当随时代"，这是书画圈爱说的话，其实这话讲得肤浅了些，少了底气。笔墨当开拓时代、引领时代、彪炳时代。这是被中外无数优秀艺术所证明的，也是历代大家所主张的，姚先生画作所特有的正是这种神采奕奕的光芒。东方画的点与线、渲与染，西方画的光与影、面与块在他的画卷中得到了完美的结合，如他的《莲·鱼》系列作品。

读姚先生的画作，无论鸿篇巨制还是玲珑小品，都有其独特的点在你面前闪烁。

然观姚先生的画作，给我以震撼的不是他的花鸟画，而是他的写实人物画。在这些画作中，他以独特的方式丰富了中国的绘画语言，显示出了一代丹青手凿空开拓的精神。我在他的人物画中不但读出了任伯年的精妙，还读出了米开朗琪罗的气魄和达·芬奇的细腻传神。更重要的是，我们在这里读出了姚新峰独特的视角，读到了他对时代变化的敏锐的觉悟和奋力的讴歌。

他在得天独厚的江之尾、海之隅，受着时代大潮的淬砺，激荡出他艺术家的激情，豪迈奔腾于笔端，为一个伟大的时代风貌立此存证。

如他的人物画中的《河口》系列、《苹果熟了》、《快乐鱼童》……都是他画中的巨制。他的作品展现了各行各业、方方面面的人物，聚焦草根，接地气，血脉偾张而又细腻的笔致、独特的构图，真实地反映了我们国家自改革开放以来，在江南，在常熟这鱼米之乡引起的日新月异的巨变。作者的笔触在基层：张网吆喝的渔民，开着载满果实的拖拉机的商贩，在工地殚精竭虑、细致谋划的建筑工人……像钱塘江一波波的涨潮浪，在读者面前汹涌澎湃、密密匝匝、挤挤挨挨的。

时代的主旋律在这里轰然奏鸣。

姚新峰的人物画，是浩瀚国画殿堂里一朵激情澎湃、面貌亲切的花，是一个时代的印章！

笔者喜欢他的《鱼童》系列。

一群憨厚可爱得像熊猫一样的孩子，在抢抱一只狗狗，他们的追逐喧哗扑出了画外，每一张脸都充满未凿的天真，每一张脸都洒满了阳光的快乐，童年在这里跳跃闪烁！

还有一幅画画的是一群孩子在船上斗蟹，他们的目光大都集中在女孩手中的蟹上。只有一个孩子的目光怨怒地瞪着画外，这给读者留下了想象的空间。

这是一种极具创造性的化无为有的"画外音"。

目光里的惊讶怨怼折射出画外可能是他爸爸在呵斥他：给我回家去！

姚先生的佛教画宜细细观摩，这里的佛不是简单的临摹，每一尊佛的面目表情、身躯姿态，都是作者深邃哲思了无涯际的呈现。姚先生是有佛家觉悟的人，佛家的悲悯之心、禅思究竟，就缭绕在这些神采各异的造像中。读者能感觉到，佛家的"色空"之变、悲悯之心，是他绘画思想基础的主要修为之一。

三

笔者被姚先生其中的一幅画深深打动，记不清自己有多少次站在这幅画前流连，为它的构图，为它的人物内心世界的袒露，为它背景所传达的妙谛，为它勾皴点染中飞扬的激情与深邃的哲思……依笔者浅见，这幅画超越种族与时空，当是姚先生画作中最具人文

133

情怀的皇皇巨制！

这幅画就是诞生于西藏高原的《启程》！

首先，背景是离天最近的青藏高原，山在脚下头顶天。这就让人怀想屈原在《天问》中的思索：

上下未形，何由考之？

冥昭瞢暗，谁能极之？

冯翼惟象，何以识之？

画中的人物分为三组，从前往后看：第一人背着行囊，他前瞻的目光，用力的手，一副毫不犹豫地前奔的姿态，就勾勒出他是坚定带路人。他是信念、求索的载体。第二组是三人，紧里的人物，我们只看到她的多半张脸，没有戴眼镜，这是一张佛教徒的大慈大悲的脸，有着"远离颠倒梦想，究竟涅槃"的向往。再看与她并排的喘着气的胖子，一脸稚嫩，一副懵懂的样子，他似乎在嘟囔着什么，这是个犹豫不决者的形象。在他身后的汉子，是个历尽沧桑的"仁者"，也可能是胖子的父亲，他似乎在语气和蔼地启迪自己的儿子。最妙的是最后一组男女，他们当是夫妻或情侣，男人昂着头，嘴角微微下垂，一副高傲志得意满的派头，表情略显冷漠，他的底气从哪里来？那个女人充满媚气与诱惑的眼睛在注视着读者。她的注视在向读者传递出叫人心痒的消息。

这双女性熠熠生辉的眼睛简直是妙不可言的神来之笔！

在《启程》画作中，人物所处环境的描绘恐怕是最简单也是最见匠心的了。作者只在他们前方脚下做了一个广角镜头式的特写：这里没有天空，没有脚下，也没有"路在何方"的迷茫。读者看到的只是高原特有的云雾翻卷下的山峦庙宇，这就创造出了"山高我为峰，路长脚丈量"的人文担当的意境，完美地烘托了人物情态和他们的内心活动。

此画非同凡响的开端，与画尾那位女士望着读者的目光相呼应、相衬托，给人以凝视思索后的震撼。

这六个人反映出人生不同阶段的心态，他们每个人身上都写满了故事，让读者去猜想。作品的深邃处是，千万年来人类对未知领域的凿空与探险，一直顽强执着的生生不息的信念，这就是作品的张力所在！

也许这才是所谓的"普世价值"吧。

这就是中国人物画的"以神赋形"了，彰显了作者大慈大悲的哲人情怀。

至于此画的技法，就无须多谈了。作品中的人物脸部神态描绘得非常精彩，那让读者能听到他们气喘吁吁低语的生动五官，准确地突显了人物个性。手部特写极尽细致，筋脉骨节毕露，而他们的衣饰又点染皴搓得粗犷豪放，尽显青藏民风。当然，那位女士的衣饰表达得很精致，她右手手势与众不同，还戴着一枚宝石戒指，充分反映出了她的富足与得意，给她和她的先生生命所处的阶段一个准确的定位，从而也精确地表示出了他们的心态。这就是中国人物画的"画龙点睛"了，在这里，作者用他独运的匠心叩击着读者的心机，期待着人们的触机而发，敬畏天地，爱护我们的大自然。

姚先生为此画命名为《启程》，让人感受到了人生路上的求索，信念、问天、觉悟的因与果。这不是什么只在密宗、显宗佛教徒中存在的"究竟涅槃"，这是生命共同面对的宏大主题。

诗中有画、画中有诗，这是宋徽宗时代对于王维画的定调，这是那个时代的"精英"，囿于审美观念偏执病态的"高、大、上"。其实，优秀的画作是有声音的，像北宋的《清明上河图》就是一部市井喧嚣的民族器乐交响曲；再有近代的《田横五百士》《伏尔加河畔的纤夫》，就都能听到声音。徐悲鸿的《田横五百士》传递出一个民族悲怆压抑决绝的黄钟大吕；《伏尔加河畔的纤夫》发出的是纤夫们挣扎嘶哑的低吼；姚先生的《启程》是一阕叩击生命和天意的华彩乐章。

姚先生用他特有的独立绘画语言与精神特质，向人们传递出他对于生命的思索。

这就是此画的核心价值所在。

笔者认识姚先生的画在前，与其偶遇稔熟交流在后。

搞艺术的人当然要有先天资质。姚先生绘画生涯的"第一次"，是他的一幅习作被1975年江苏省举办的少年儿童画展选中，一本证书、一个笔记本，就是他一个小小少年的第一次辉煌。而把他引上这条路的，是他的父亲。父亲花一毛二分钱给他买了一本《怎样画素写》的书。这本书就是他"初心"开始的地方。至今，他还珍藏着这本书，这本书装满了一个江南少年躁动的情怀。

当艺术的种子种在了土壤肥沃的心田，会生出怎样伟大的成果，这是不可估量的。读者看到的是，姚先生的艺术之路上出现了一幅幅坐标式的画作，呈现一派"莺飞草长，杂花生树"的气象！

姚先生是一个"讷于言而敏于行"的人，临摹国内画坛前贤巨擘，临摹达·芬奇，临摹米开朗琪罗，从新疆雪域到印度恒河，从美洲到欧洲，世界风色开阔了他的视野，丰富了他的笔墨，在他的画作中撞击出中西合璧的绚烂火花。

江声浩荡，芦花瑟瑟，月影寒塘，雨打芭蕉，他走不出的是外婆的声声呼唤，这呼唤滋润着他不老的童心，他的童趣画作，就是这时生活的凿痕；提起父母，他的目光中充满了深情与感恩，是父亲的过庭之训给了他以严谨的操守，这也成了他作品一以贯之的风格。

五

搞艺术的人，思想与技艺的关系有如锤子和錾子。有深邃思想的锤子来驾驭技艺纯熟高超的錾子，自然会凿出优秀的作品。光有深邃独到的思想，没有熔百家于一炉、唯我独尊的技艺，作品会生硬尴尬；技艺纯熟，没有思想内涵的支撑，作品就会轻浮浅薄。

学无涯，艺相通，搞艺术的人最难找到与众不同的视角，然后用精当独特的语言把它展示出来；在别人的窠臼里转悠，只能是"今天的村庄／还唱着过去的歌谣"，散落一地自以为是的笑话。

新峰美术馆，位于长江畔的海虞镇海福新城。千百年前，海虞地区就是常熟的行政中心，这里的福山曾是历代骚客把酒临风的逸兴遣怀之地。今天，这里是姚先生的心灵栖居之所，在这里，他接纳海内外的宾朋；在这里，他鸟瞰思索世界。这里的风土人情孵化出他一幅又一幅画作。这里的一届又一届政府领导都对他的绘画事业投以呵护和期待的目光，期待关注他用纯粹而深刻的心灵绘画出能发出嘹亮声音的画卷。

言子第 N 代薪火传承人周老师

　　我写了《侃侃什么是歌词》后，发在了公众号上，由于内容涉及《诗经》，提出了《诗经》是中国最早的歌本。没想到的是周向东老师在给我发来的短信中指出：

　　《诗经·小雅》中《南咳》《白华》《华黍》《由庚》《崇丘》《由仪》六篇仅有篇名，没有文辞。南宋朱熹在《诗集传》中称这六首诗为"笙诗"，认为古代宴飨宾客时，按照礼制吹笙与歌唱交替进行，笙诗是专门用于吹奏笙乐的。

　　他还指出，很早以前大概是歌词附属歌曲的。

　　我对《诗经》的理解很粗枝大叶，这弥补了我对《诗经》的空白点，由是感激。

　　周老师就是这样，有儒家"学而不厌，诲人不倦""知无不言，言无不尽"的风范。

139

怎么界定他的身份呢?

他是诗人,在旧体诗方面的造诣很深,他的诗有虞山派的涩劲。

虞山派诗歌自然跳不过钱谦益的门庭,在改朝换代的特殊节点,钱谦益作为一个时代的领军人物,他是痛苦的,在降臣与守节之间面临左右彷徨的选择,所以写下了《后秋兴》组诗,自诩为"凿开空蒙手洗日月"之作。钱仲联是常熟宿望,在历史的转捩点上,他又步钱谦益后尘制律《后秋兴》组诗,把杜甫感怀身世的悲愤沉郁表达为一种政治诉求,是针砭时事的表达。

周师画学王震铎,王震铎师从我国当代著名书画大师陆俨少。书道执着者,他的书法厉害,兼书诸体,榜书气势恢宏,行书信手挥洒,很见性情。那日欣赏他的行书,我说,你的行书有绍兴周家的味道。

他笑吟吟地问,怎么说?

我说,我老感觉,鲁迅、周总理的书道有相通之处,他们的墨迹都是遒劲内敛、风神开张。

他呵呵笑道,我们家祖籍是无锡的,高祖应该是北宋五子之一的周敦颐,今天的湖南道县人。

20余年来,唯一不变不倦怠的是他是老师,开馆讲国学,延续2500年前言子点燃的薪火。周老师从书法到诗歌，到作文，构造孩子们的心灵，让他们认知自己的文化血脉，把家国情怀变成温暖的小溪，注入孩子们的心田。

他教学生从蒙童教起，多是小学生、中学生，因材施教，书法是从楷书、隶书教起，先打基础；诗歌是从《千家诗》教起，用中国人审美的眼睛来认知眼前的世界，认清"我是谁，我从哪里来，我要到哪里去"。

现在他教出的第一拨学生早就像蒲公英一样飞往南北西东了，可他们寒暑假期间还是候鸟般回归，落到周老师的旁边，向他请益，与他辩疑解惑，请他临池正腕，流连忘返于国学宝库的殿堂里。

当然他的身旁也聚集了一些老而弥坚的"大"学生，来弥补自己年轻时所失去的"不坠青云之志"。

人生有爱好，有追求，生命就饱满，就鲜活，就有动力。

周老师是个脾气温和的人，我没见过他气咻咻的样子，倒见过他严肃地指正、要求学生推倒重来的样子。

谆谆邈邈，"随风潜入夜，润物细无声"。

我总是联想，当年的言老夫子是否也是这个脾气呢？当年在武城，在奉贤，在苏州，夫子弦歌起舞，身影匆匆，把薪火四处点燃，也应如是吧。在常熟像周老师这样设馆授业的老师应该还有许多吧。

一代又一代学人杏坛设教，弦歌相继，精心细致地培养常熟的学子，夯实常熟的文化基础。所以才使得常熟衣冠滚滚，俊彦珠联。

这里就不引用周老师的诗词歌赋了，那日去他家做客，看见他8岁孙女写的诗，不错。诗意丰盈灵动，很有想象力，让我连连称赞。当然是蒙童的想象力，成人就失去了这种天真稚嫩的造像能力了：

黑夜天空已关门，只有月亮像把手。

星辰就如小灯笼，神仙提着何处走？

注：周向东，江苏常熟人，1967年生，号抱琴客，又号隅山主人，斋名勉庐。书画师从虞山王震铎先生，并问学于汪瑞章先生；学习西方哲学及美术理论，师从江南王林先生；诗词师从沽上王蛰堪先生，并问学于姑苏周秦，虞山吴正明、查韵法诸先生。兼擅新诗、评论等。中华诗词学会会员。著有诗集《吾山吾水》，另有待刊书集《虞山诗派七律选》、《石谷亭》（新诗、文赋、古诗词、书画的集合体）、文艺评论随笔集《在路上》。

为《有你真好》序

一

如果你是20世纪的80后，一本薄薄的小册子在你的手上，你打开了它，它竟勾起许多关于你"人之初"的回忆，字里行间的喜怒哀乐拍打你心灵的堤岸，引起激湍飞雪，涟漪道道。我们心中总有真挚柔软的情愫，总有情肠衷曲因某种机缘，而被撩拨得在同一频率共振。这本小册子情感真挚，人物活脱，场景纤毫毕现。故事中的亮点像夏秋之季绵绵雨中的"雀水鱼"一样，和你不期而遇，使你对生命、生活产生某种感慨、某些感悟。

这就是月红所写的"处女秀"《有你真好》。

这本薄薄小书的价值还在于，可以让你的孩子读读，让他们知道生活不只是美好和欢笑，有时还会布满艰难困苦，阴云翻滚，但要坚信，阴云翻滚之上，太阳依然在运行，走过坎坷就是大道，等待你的依然是笑声和美好。

这也许能让孩子们的心智因阅读磨砺而有所健全，能让他们从中学习到怎样从琐碎的生活中，发现闪光点，从而使其作文的能力有所提高。

不止这些，作者说了，她是"作文家"。她的这些"作文"不错，能让人坚韧、坚强起来，热爱生命、热爱生活，用笑脸直面生活道路上的挑战。

二

我与月红相识有七八年了。说来惭愧，她管我叫"老师"，原因是她学习书法是我引她上路的。她的书法现在已经甩我几条街了。我很佩服她非凡的定力和悟性。

今年七月的一个晚上，她突然在手机里和我说，我写了点东西，念给你听听。这就是她的第一篇文章——《囡囡和二倌》，当时写了不到五百字。我听了以后，大大赞赏。我说，写下去，你的文字感觉真好，感情真挚，人物活脱。正宗的江南风色，有一股浓浓的江南气息。

这样，几乎每天晚上听她朗读她的文章，就成了我们的必修课了。她的一些苦难的历程，常使我哽咽不能自已。我发现她先天就有一种为文者求而不得的本领，不露声色的叙述，用泪滴映出阳光的灿烂！

天生慧根，心地光明啊！

月红永远有股孩子气，是个充满阳光的人，她最不愿意让人看到的就是她的泪水，她充满悲戚的面容。

2018年8月底，天降霹雳。

那天傍晚因为剧本的事要和她商量，我拨通了她的手机，电话里她一反常态，不说话，我只听到她绝望、声嘶力竭的号啕大哭。我蒙了，急切地问她，怎么啦？你在哪里？说话啊！她不回答，只有被风撕碎的号啕，敲打着我。过了很长时间，她才说，我的粉猪被上海医院确定为绝症了！

为了不给家人添伤悲，她现在正在长江边。

怎么可能？

那个厚道腼腆的小细娘，做起事来总是默默的，像个暖瓶，你看不出她的热度和激情。十天前还和我一起观赏社区"拥军爱民"的奖品呢，默默地，很认真。后来我们在一家小店一起吃麻辣烫，她指着墙上贴满的"黄贴"，说，那个是这里开业时，我画的。一个风格简约的憨憨的卡通猪脸。那天她穿着一件圆领T恤，我看着她又宽又平的肩膀说，去当兵吧，做一朵飒爽的兵花。

后来她在上海住院，就再也没见过她了。突然有一天，微信中她的头像亮了，又忽地暗了。我心中蓦地升起一种不祥之感，急打电话问月红，粉猪怎样了？她声音疲惫空洞，没有了生命的张力：我们准备回家了，医生说她不会超过十天了。

人有第六感吗？我不知道。

大概又过了一周吧，一个寒冷的黎明，我怎么也睡不着了，心里被一种不安的情绪揉搓着，我的手机传出铃声，是月红打来的，她说：

我的粉猪走了……

她没有哭，声音辽远渺茫，空空的，空空的，在飘飘荡荡……我没有回话，这时还有什么可以让她宽慰的语言？没有，一句也说不出！她也再无言语。半天，手机里传出嘀嘀声。

一会儿，手机朋友圈里又跳出一条消息：

爱女蒲思遥远去不归，妈妈徐月红泣告，对不起。

我泪下如雨，呜咽失声。

碧玉年华，蓓蕾凋落，叫人心痛得发紧发颤，一抽一抽的……

窗帘的缝隙闪出微光，泪水流进耳畔，我眼前浮动着一幅画面：爸爸有了新的妻子，那个家庭对她们关闭了家门。无奈的妈妈也有了新的家庭先走了，出于种种原因暂时不能带她们过去。她和妹妹挤在一间用猪圈临时改建的房子里。一个柜子、一张床、一张桌子、一把椅子就是姐妹俩的全部财产。

南方的雨绵长密集，下起来就没个停，地上满是积水，床上湿透了。半个用塑料膜遮盖的屋顶积了一兜一兜的水，还时时不堪重负突然爆裂，哗哗的流水四溅。姐姐抱着妹妹，妹妹抱着姐姐，坐在唯一的椅子上，头上也顶着一块塑料膜，盼着雨停，盼着天亮。

少年父母离异，中年痛失爱女。

人间的苦难接连地向她袭来。

我怕这种筋骨血肉撕裂之痛，会把她打倒，从此一蹶不振。那些日子，年关将近，真可谓"急景凋年，鹤唳华亭"。每天下班后她不走，把自己关在办公室里，默默抄写《心经》以为女儿百日之祭，宣示母爱永在！

我见证了她在公共场合，依然一脸微笑；一旦投入工作，依然还是那样反应机敏，了事果断；一切都按部就班，有条不紊，指挥若定。那天是旧历年的最后一天，人都走了，大厅里空荡荡的，我走进了她的办公室，为她送上一张我手制的贺年卡，把最美好的祝福送给她。她在整理她所抄写的《心经》，低着头，双手微微颤抖，一声不吭。突然，她抬起头，泪流满面，哽咽着：一百份，我终于……

147

四

她要写本小册子，主要是写她和妹妹的童年往事，我看是好事。这能让她找到一个新的关注点，可以调节她的心绪。但我没有料到她会写得这么好，好得让人嫉妒！

首先是主线分明，人物是那么丰满，每一朵生活的浪花都那么绚烂。再就是真情满满，爱心满满。这本小册子的主线是她和妹妹二偌的故事，主题是和国家当前放开二孩的战略方针合拍的。作为文学形象的奇正相形，如囡囡和二偌的形象；爷爷和妈妈不同的爱的表达方式；作者从全知者的多维度视角展开描写，如《一只气筒》这个叫人泪崩的篇章里的二偌只身爬进楼的描写，那是一种全景式扫描。随意着笔，一点都不突兀。

在她的作品中，让我最佩服的人物是二偌，质地坚硬、最能吃苦耐劳的人物是妈妈，而最神秘、最神圣的人物是爷爷，他是一个家庭优良传统的传递者，在我眼里他是个哲人、圣者。他对子孙教育达到了教化的最高境界：随风潜入夜，润物细无声。特别是，他预料到他的孙女将面对家庭破碎的危机时，他对孩子的热爱生命的教育，让我潸然泪下。他的修养教育都是那么及时到位，他的情感表达是那么细腻贴心。当二偌被重男轻女的爸爸送人时，他愤怒得像一条点了引信的爆竹，火花四射，吱吱作响，随时都要爆炸，不顾天黑路远，老人家操起刀就找人拼命了。

这位老前辈的大德懿行，心地正大，让我虔敬！我老问月红，你爷爷是干什么的，他怎么会这么睿智宏瞻，思虑深远？月红也语焉不详。

五

什么是好文章？历来见仁见智，门派攘攘，各领风骚。

老子说，信言不美，美言不信。李白继承了老子的思想，提出了"清水出芙蓉，天然去雕饰"的艺术主张。《魏书·祖莹传》记载了祖莹提出文章需有个性化的主张："文章须自出机杼，成一家风骨。何能共人同生活也？"

我国是文化大国，文章自古就云蒸霞蔚。《诗经》的风雅颂、比赋兴，为我们奠基了厚重的基石。而后来的文化巨擘、才俊精英不断地用自己的智慧才华，积淀了我们文化的山峰。我们的文化，无论诗词歌赋、小说戏剧、散文杂文在世界的文化殿堂里，都是一串串"当惊世界殊"的明珠。

这就是中国人的底气，这就是我们对于民族文化的自豪与自信！

六

那天和月红的舅舅聊天，他又兴奋地聊起了外甥女的书。这位退役老兵说，我已经和几个兄弟打了招呼，我们也要出本书。不管水平如何，但要写，把我们兄弟姐妹几个自小团结友爱、互相帮助、互相谦让的事情记下来、传下去。

这不就是一种正能量的传递吗？我们通常是要给子孙房子、票子、车子，而忽视了一脉良好家风的传承。现在我们已经成了手机的附庸，碎片文化、垃圾文化正在侵蚀、阉割一个民族的元气。我们甚至失去了深入思考的能力，家庭生活也已经被手机化、网络化了。

在仅存的世界文明古国中，我们中国算一个。为什么我们能传承五千年而魂魄不散呢？答案很多。但有一个答案恐怕是大家所公认的，那就是文化的传承，文化是一个民族传承有序的"脐带"。

2013年以来，党中央深入开展党风建设、政风建设，还有家风建设。家风建设是一曲音质明亮、细腻和谐的民间小调，要琢磨，要花些气力去引导、去扶持。

"讲好中国故事"是习近平主席所倡导的。而家庭故事是"中国故事"不可或缺的元素。老子说，"合抱之木，生于毫末；九层之台，起于累土"。"家"就是"生于毫末"的木，"九层之台"的土。

这本书的价值在于，简洁明快，真情满满，老少皆宜。

可以让家长和孩子们一起读读，让他们知道生活不只是顺心如意，有时是布满艰难困惑的，会阴云密布、举步艰难。

但要坚信，阴云翻滚之上，太阳依然在运行。

走过坎坷就是大道；度过黑夜就是天明。

等待你的依然是明亮和笑容。

这也许能让孩子们因阅读他人的磨砺困苦而使心智有所成长；能让他们从中学习到怎样从琐碎的生活中，发现爱，发现温暖的闪光点，让他们受到真善美的情感教育。

不止这些，作者说了，她是"作文家"。她的这些"作文"不错，能让人坚强、坚韧起来，热爱生命、热爱生活，用笑脸直面生活道路上的"黑洞"。

家风家训

据徐月红《有你真好》改编剧本。写此剧是为了对我们的下一代进行生命教育，"身体发肤受之父母，不敢稍有损伤"。青少年轻生是社会存在的现象，是生命教育的缺失。

背景：20世纪90年代。春夏之际。在江南的一个普通人家的院子里。

妹妹在写作业。

出去挖野菜的姐姐兴冲冲地从外面进来。

姐姐进门就喊：二倌，二倌，你看，你看，姐挖了这么多荠菜，待会儿让爷爷给我们做荠菜汤还有嵌油片吃。谁叫你不去的。

低头写作业的二倌：你去挖就代表我了，吃的时候我代表你！

姐姐：就你想得美！走近一看，啊的一声大叫，哭喊着：我的作业本，我的作业，我的作业啊，你赔，你赔！

爷爷从屋里走出来：怎么啦，怎么啦，囡囡？

囡囡：看看，看看，二倌在我的作业本上画满了小鸡。

爷爷接过作业本，说：二倌，你怎么在姐姐的作业本上乱画呢？

二倌：是那些小鸡找我来让我画的。

囡囡：哼，骗人！是你又吃零食掉了一地，招鸡来吃的。

爷爷：囡囡，你是姐姐，你就让着她吧。走，进屋跟爷爷吃饭去。

囡囡：哼，为什么我老让着她？我不吃饭了，我两年不吃饭，等她，让她当姐姐。

爷爷：憨囡囡，你两年不吃饭你也是姐姐。

二倌：爷爷，我吃，我把姐姐的一份也吃掉，长得又高又大的，给她当姐姐。

爷爷：你呀，你吃成了一头大象，她也是你姐姐。

二倌：不是吧，爷爷，今天爸爸又和妈妈打架了，说要离婚。爸爸说，让妈妈把我带走，姐姐留在这里，我要有新姐姐了。

爷爷抬手要打二倌，手停在了空中。

囡囡拉住爷爷的手，贴在自己的脸上：爷爷嗲二倌，舍不得打二倌，打我，是我惹爷爷生气了。

爷爷轻轻推开了囡囡的手，遮住了自己的眼睛，闷声坐在了小凳上。

囡囡：我不离开爷爷，我不让二倌走。我们不分开，爷爷！

爷爷把两个孙女拉到身旁，让她们坐在小凳上，神情凝重地说：你们知道什么是"孝顺"吗？

囡囡：不让爷爷生气。

爷爷：不对。

二倌：好好学习，长大挣钱给爷爷买好吃的。

爷爷：唉，我的二倌就知道吃，吃货！

囡囡、二倌：那什么是"孝顺"啊？

爷爷：你们说，你们要是有病了、受伤了，谁最心疼？

囡囡：是妈妈。

二倌：妈妈和爷爷都心疼。

爷爷：对，是你们的亲人最心疼。所以你们要爱护自己，不能让自己受到伤害，要吃饭，要爱护好自己的身体，不论在多么困难的时候，都要保护好自己。要坚强，要经得住打击。

囡囡、二倌：爷爷，我们不离开你。

爷爷：你们要向爷爷保证做到不管风吹雨打，不管多难，也要坚强地往前走。只要有明天，就什么都会有！

囡囡、二倌：我们保证做到。

二倌：爷爷，我们拉钩吧。

祖孙三人拉钩盟誓：我们一定坚强，坚强到底！（这里有大手拉小手，象征热爱生命、呵护生命的特写镜头。）

爷爷：走，我们吃饭去，你们永远是爷爷的好孙女！

（此刻已经有十几名穿校服的同学站为前后两队，他们在爷爷和图图、二倌对话后期入场，互不相扰，两代人打破时空，穿越相遇。爷爷拉图图、二倌进屋吃饭时，二倌回头看见他们，拉着爷爷和姐姐加入他们，与他们齐声背诵。）

女娲炼石补天，打造出一个更美丽的天空

这是一个特殊的群体，他们或是由于肢体不全，或因为认知上的障碍，或因为意外和"不幸"的降临，"雾霾"遮住了他们的天空。

海福新城社区的暖色调描绘着社区的每一个角落，其中就包括这些被"雾霾"遮蔽的特殊群体。

这些作品就是他们生活多姿多彩、馥郁芬芳的写照。

朱美琴的十字绣《富贵吉祥》是她对于生活的美好感受，《向日葵》是她艺术灵感的乍现。支梦辰小朋友家境困难，可她的画充满了天真可爱，那个癸卯兔，圆圆的脸、大大的耳朵。幸福满满的样子，就是她的明天，就是她的期待。我们帮助她、祝福她。

由于种种意外，一些人肢体残缺了，正是这种缺失，会使他们的心灵更加饱满，对于美好的事物有执着不舍的追求。

盛秋菊的团扇设计很有创意，叫人惊叹！一把素团扇、几朵干

花，就被她灵光乍现地组成了一幅生机勃勃、美好如春的画。

朱雪平有一双发现"美好"的眼睛。他的秦淮花灯是变废为宝而来的，虽然用料简单，但色彩馥郁、姿容妩媚，有秦淮风月的遗风，很有艺术感觉。

远古时天塌了，我们的始母女娲炼五色石补天，她为天下生灵打造出了一个更美丽的天空。

习总书记说，中国梦，是民族梦、国家梦，是每一个中国人的梦，也是每一个残疾人朋友的梦。

我们海福新城社区就是在他们身边补天的女娲，就是帮助他们圆梦的端口。

让我的血液澎湃你的生命

——记海福新城社区无偿献血者群体

前言

他们是一粒粒微不足道的菜籽，用自己开出花装点一季的繁华，引来人们流连忘返，然后就默默结出籽、榨出油，滋润着我们的生活。

他们是爸爸、妈妈，同时也是儿子、女儿，多重身份让他们感觉到自己的社会责任重大。他们在一个个小小的献血室里实现了自己做人的尊严与价值。坦诚率真面对天下，能扛山、敢顶雷，是他们内心世界的胆气。

谁的血液都是宝贵的。我们社区的这些无偿献血者，用他们热爱生命的血液去圆别人的梦，他们像常熟常种常熟的土地一样富饶多情。

"人人为我，我为人人。帮助别人的同时就是在帮助自己。"这是他们都爱说的一句话。助人自助、度人度己、奉献大爱之心是他们共同的境界。

他们重视家教、重视传承，心胸宽广，克己容人，善待他人，所以这些人往往都有一个和谐温馨的家庭。

顾林俊是一位造血干细胞捐献者，他的造血干细胞重新点燃了远方一名患儿的"生命之光"。他是常熟市第22例、海虞镇第二例造血干细胞捐献者。"救人一命胜造七级浮屠"，这是中国古老的遗训；"热爱生命，大爱无边"是我们今天对"生命"的诠释，一个危在旦夕、十个多月的小生命，在他的爱心善举里重生。

他说，我的捐献值了。

因为他所挽救的是一个生命，是一个家庭。

还有一个献血者，她的公公就是社区的志愿者，儿子是忠于职守的医生，她自己在2020年抗疫时，首先挺身而出，加入了志愿者队伍，顶风冒雪，为居民筑起了一道"安全墙"。她自己是无偿献血者，身后又带起了一支队伍：她的儿子、儿媳也加入了她的队伍。

要珍惜生活，充实过好每一天，要活就活出个样来。不要沮丧，因为你要相信，这个世界永远有美好的一面，凡事岂能尽如人意，但求无愧我心。

有位捐献者说的一句话表达得更现代化：

做人就要像一台电脑，就要有"复制""粘贴"生命的功能。

请记住这些无偿捐献者的话吧。

让我们为他们点赞！

让我们向他们致敬！

一

诚恳善良的血浆捐献者

——记海福新城社区无偿献血者王琴芬

在社区的志愿者队伍中，还有一个特殊的群体，那就是无偿献血者，他们把自己健康的生命之宝——血浆无偿捐献给那些需要的人。他们的大爱之心在他人的生命里脉动。

王琴芬是这支队伍中的一员，她前后献出1600cc血浆。

王琴芬是一个善良健谈且好接触的人，虽然不认识，和人一见面就稔熟了。

她的脸上有一块紫痕，那是前不久的一次意外车祸留下的，需要负全责的司机逃逸了，后由交通队查获，那个司机自然很害怕，怕有天文数字般的索赔。王琴芬没有提出任何赔偿要求，她选择了宽容，仅仅凭医院单据要了对方300元的检查费和医药费。对方要多加钱，她不要，她说，只是脸部、腰部、腿部受伤了，又没有伤到筋骨，这就万幸了。

对方对她感恩戴德，一番又一番地谢了又谢。

路上有人摔倒了究竟扶不扶，已经成了社会热点，是网络猎奇，夸大了事实，还是我们社会整体素质真的在无底线滑落，王琴芬用自己的行为做出了最好的回答。

在王琴芬的眼里一切都是美好的，老公好，心疼她，包下了家里的所有家务；女儿女婿好，孝顺；她自己的公公婆婆好，老夸她。公公婆婆在满足、幸福中告别了这个世界。

她还有一个"伟大"的计划，就是再买一个房子，把远在四川的亲家接到常熟来养老，给女婿一个完美的交代。所以，退休的她还在谋职上班，要挣钱帮帮孩子。王琴芬的生活理念是，人要有良知，要换位思考；坚信还是好人多，人心换人心。她说，她第一次献血200cc后，人家医生说她的血好，是O型的，后来她每次就献300cc了。

现在她不无遗憾地说，她才50岁出头，人家嫌她岁数大了，不要她的血了。

二

珍贵的"熊猫血"

——记海福新城社区无偿献血者冯燕红夫妇

冯燕红是个爱说爱笑的人，从2010年她30岁那年开始献血到现在已经有11个年头了。

笔者问：你第一次献血时紧张吗？

冯燕红说：不紧张，我心里有底，我的身体好，事先也做了点功课，了解了相关知识。那天和我老公在方塔街上遛大街看见了献血屋，我就和老公一起去献血了。第一次，人家问我献多少。我说，300cc。医生说，第一次200cc吧。我说，就300cc吧，没事。回到家，我嫌人家给我胳膊上贴的止血棉纱妨碍我做事，我就给撕了，结果又流血了，我又找了条"邦迪"贴上了。

笔者说：你可是勇敢者。那你回家休息了吗？吃点营养品了吗？

冯燕红笑答：你听说过一句话吗？"女人是个神奇的动物，流血、失血都不会死亡的。"我体质好，献点血，正好减肥。

笔者问：那天你先生献完血后，有不良反应吗？

冯燕红答：那天他可能是因为紧张，血压有些高，心跳有些快，没献成。后来才知道，就是他能献，常熟这里也收不了。他是"熊猫血"。

笔者说："熊猫血"？听说过，还真不明白到底怎么回事。

冯燕红答：你一百度就有，就是 Rh 阴性血。

Rh 阴性血比较罕见，是非常稀有的血液种类，所以又被称为"熊猫血"，其中 AB 型 Rh 阴性血更加罕见。

原来她的先生加入了一个"Rh 阴性血型"的圈子。一旦有需要，他们"圈子"里就会发出通告，或是去苏州，或是去上海，她的先生就会在常熟约上同血型的朋友开车出发，那一端也许是一个命悬一线的患者，在等待着这生命的传递。他们这种"捐献"是全天候的，不分昼夜，收到信息就要出发。开自家车、烧自家油、献自身血，还要找一个志愿者开车，不能叫他们疲劳驾驶。

冯燕红说：这叫帮助他人，感动自己。

谁的血液都是宝贵的。常熟人用他们的血液去圆别人的梦，他们像常种常熟的土地一样富饶多情。

漂亮的血管

——记海福新城社区无偿献血者谢兆飞

谢兆飞是个粗壮敦实的汉子，一张黝黑的四方脸，像是路旁的一棵树，遮得住荫，靠得住身。

他是苏北宿迁人，自小闯南走北，靠手艺吃饭。他说他的手艺完全靠自学，他没上过什么专业学校。作为手艺人，自年轻始就四处闯荡，足迹遍及大江南北。他的汗水和血液也洒遍了大地。现在他是常熟人的女婿，一儿一女，自家有个修家电的门脸，日子过得虽谈不上优渥，却也圆满而稳定。

他的献血记录是让人惊讶的，在南京献血26次，相当于10个人的量。其中包括全血400cc×3，800cc×2。在常熟捐献13次血小板25个治疗量……

说起他的献血史，第一次是在南京夫子庙，一个同门的小老弟带他去的，那时他在一家酒店打工，负责酒店里的电器维修。到了献血屋，医生夸他的血管"真漂亮"，粗壮、突出，好扎针、出血快。

就是这一次，让他找到了做人的尊严和价值，从此就一发不可收拾。每到一个新地方就要打听献血屋在哪里。用他自己的话说，总想做点好事，不献血心里就空虚了。

作为手艺人，他诚实守信、童叟无欺，在小区里、在镇上的一条街，口碑甚佳。凡是困难户，或邻居找他上门维修，他只收成本，不收钱的时候也是有的。

他的人生信条是，有信誉，就有人找；做好事，就不图回报。社区里的居民对他的评价是，一个平平常常的好人，过着平平常常的好日子，要不是这次社区统计献血者事迹，大多数人都不知道他有如此灿烂的"捐献"史。

就在笔者采访这当口儿，他的手机响了。

是他门市部打来的，有人家的冰柜不要了，让他去作个价。他问，是家用的吗？几栋的啊？呃呃，压缩机好不？呃呃，那就400元吧。

他又对笔者说，没法子，居民的，起码都是七八年的旧货。我们只能拆件用，能收回成本就不错了。可都是熟人，白帮忙也得帮啊。要是卖给街上收旧货的，给200块钱就不错了。

他说起了他的生意经。

现在开个摊子不容易，多少买卖挺个一年半载的就关张了。我们爱收这些用户的家电，多半新，低于二手价，碰巧了，收到几天就有人买走，有赚头。年头多了，人家都信任我，有好事都想着我。做买卖，开门脸，谁都要赚钱，但要诚实守信，不赚黑心钱，不能见利忘义。

说到这里，他突然巴巴地问，要采访多长时间啊？这里能抽烟吗？

谢兆飞是一个自在随性的人，每天两盒烟，中午两瓶啤酒，晚上八两白酒，2019年以后，血压高了，转氨酶高了，被"剥夺"了献血资格。

他憨笑着说，没法子，戒不了啊。半辈子都在外边，就仗着烟酒撑着呢。

我们只好把采访挪到室外。

自从闹疫情以来，怕给孩子添麻烦，他两年没回家了。

想家了。想念老父亲。他二十多岁时，母亲就去世了，他的手艺是老父亲手把手教的。

说到这里，他憨憨地笑了，笑得让人心里酸酸的。

让我们记住这位献血者，也许作为患者，你身上就流淌着他的血液；你要是海福新城社区附近的居民，他就保不齐为你家修过家电。他们用自己正能量的血液滋润着我们的社会。

坦诚率真面对天下，敢扛山、敢顶雷，是他内心世界的底色。

谢谢这条心地光明正大的汉子！

四

精致的奉献者

——记海福新城社区无偿献血者陈锋

陈锋，一看名字，就知道这位被采访者大概是条琴心剑胆的男子汉。时间约在晚6点，一位瘦高的、透着精明的男士走进社区大厅。笔者迎上去，原来是来社区问事的。再后来，又进来的是位面目娟秀的女士，她说，您是宗老师吧，我是陈锋。

身材玲珑，皮肤白皙，精致的面孔上戴着副眼镜，轻声细语的，一派江南女子的娟秀之气。这反差也太大了！几乎惊掉了我的下巴，这就是陈锋啊！

10年来她坚持每年献血2次，除第一次是300cc外，每次都是400cc。对于她自己献血的事情，她讲得很简单，轻轻一笔带过，只说在第一次献血时，手心有些出汗，后来就习惯了，没感觉了。她的老公也献过血，后来因为有些指标不合格无法献血，现在正在调理。

她的做人信条是做人要清澈、简单，既然是"捐献者"就别无他图。千万不要以做志愿者的名义去捞取好处，这样就玷污了"志愿者"的纯洁。所以她不但是所在社区的志愿者，也是常熟市公益组织"流水琴川"的志愿者，每月定时去参加市里组织的公益活动。

167

当笔者问她家里人支持她献血吗？她说很支持，她和公婆的关系很好。她骄傲地说起了她的儿子，身体好，从小只去过一次医院，医院要给孩子打点滴，他们就把孩子抱回来了，自己在药房里买点药，再加上物理疗法，孩子就好了，从那以后孩子再也没有得过一次病。人家问她养育孩子的诀窍，她说，要散养，不要圈养。

和她谈话，有如月光下的一条小溪在你面前流淌，晶晶闪闪、徐徐缓缓。她的眉宇辞色间，有一种忧郁，一种高贵优雅的忧郁。

我们谈到了生死。她已经办好了"遗体捐献"手续。这么年轻，难得，让笔者惊讶。

做人要宽宏大度，要感恩，活在当下，惠泽后来，为人处世要保持好心态，不要斤斤计较。

她说，我们的居民整体素质在提高。那天市里在福山组织采血活动，人很多，有几个人现场晕倒，有人喊医生，有人在帮扶晕血者，很有秩序，人群不乱，其他人依然在排队，这让她很感动。

说到这里，她笑了。她接着说，2019年5月，她的婆婆因为交通事故住院需要输血，她问她的"献血证"能用吗，医院说，婆婆也是妈，和自己妈妈同等待遇。助人自助，度人自度，大爱之心已成共识。

看她的样子，听她的声音，笔者感觉她喜欢音乐，喜欢唱歌。一问，果然是。她说，以前还去歌厅唱几句。她介绍了几首自己喜欢的歌,《感谢你》这首歌对她的生活态度做了很好的诠释。

感谢明月照亮了夜空 / 感谢朝霞捧出了黎明 / 感谢春光融化了冰雪

感谢大地哺育了生灵 / 感谢母亲赐予我生命 / 感谢生活赠友谊爱情

感谢苍穹藏理想幻梦 / 感谢时光长留永恒公正……

五

锻炼出来的献血者

——记海福新城社区无偿献血者袁建刚

袁建刚有21年的献血史了,献血量达到了1400cc,也就是说,他还是单身汉的时候就开始献血了。他说献血同锻炼身体一样,可以促进新陈代谢,对身体有益。

说起国家的"血荒",他忧心忡忡地说,我们国家每年光车祸就有几十万人需要输血,我们国家的血浆储备严重不足。最近,他又预备去献血了。

袁建刚的身材真好,四肢匀称,光看脸部就没有一点赘肉,很有雕塑感。一看就知道他是一个热爱运动的人。他坚持跑步,坚持练瑜伽。每个月要跑400公里,每周一、周五要长跑,每次跑步里程不低于19公里。其次还要接长不短地爬一次虞山，这才叫爬山呢，一天11次爬上，11次爬下，让人听后真为之瞠目结舌。

在运动方面他可以说是个专家了。现在他跑"全马"没事。"全马"，这是他们业内人士的专用语，就是要跑完42.195公里。他多次参加马拉松比赛，最好成绩是3小时18秒，还计划向新的目标进军，突破自己。

他说，他特别能吃，每次用餐菜蔬不算，光米饭就能吃一斤，要不是坚持锻炼，保证是"三高人士"。

笔者问他是不是从小就身体好，爱运动。

他笑答，正相反。

初中时，全年级多名学生，他跑最后一名，投掷、跳远、跳高都不行。老师揶揄他，袁建刚啊，你当女孩都不行啊，亏你还是个男生。被伤自尊啦！从那时起，他就开始跑步，此后再也没停下来。现在他不但自己锻炼，还是家里的"锻炼总督"，催着老婆锻炼，带着女儿锻炼。女儿是他的自豪，爱好运动，今年高考，现在运动的时间少了些。

老妈已是古稀之年的人了，他还敢带着老妈去登顶云南海拔4680米的玉龙雪山。当然，他是给老妈以足够细致的保护的，他让老妈背着氧气瓶坐着索道上去，他从栈道上去，真是个周到细心的"锻炼总督"啊。

袁建刚健康合理、科学向上的运动精神，值得我们大家学习；而他忧心国事，牵挂着国家的"血库"，又反映出了他个人心系家国的情怀。

相信明天的献血者

——记海福新城社区无偿献血者马林妹

马林妹献血属于"报恩"行为吧，作为母亲，她经历过生死诀别、骨肉剥离。那是她永远的痛。想起在医院里的病床上，那一滴滴血滴滴答答流进女儿的身体，她如花似玉的女儿似乎又有了生机，她感恩那些献血的人，但终究无力回天！

这晴天的霹雳，把她击垮了，让她丧失了生活的信念，她甚至产生了和女儿一起走的颓废心态，是老公的肩膀支撑了她，使她重新拾起了生活的勇气。她开始重新安排调理自己的生活。

为了回报社会，他们夫妇俩开始献血。

她体型微胖，血管又细，每次献血都很费事，需要的时间很长。可是她一直坚持。可惜55岁以后，她的身体指标不行了，壮志难酬啊。

为了填补生活中的空虚，她开始参加各种文艺活动和社会活动。

人生"除去生死无大事"，人间之痛莫过于母失子，那是娘身上的肉啊！对于生活中遇到如此不幸的人，马林妹会以自身痛苦得几乎疯狂的经历，去声泪俱下地宽慰别人。用她的心路历程来告诉别人，只要有明天，就会有奇迹；只要有明天，生活就可以重新开始。

她说，"人人为我，我为人人"。帮助别人的同时就是在帮助自己。

马林妹是个好胜心强的人，干什么都要弄出个名堂来。像跳广场舞，她是组织者，又是领舞者，跳得有模有样的，组织工作也做得一丝不苟。有些舞蹈就是她编的，编完后再和舞伴们切磋、改进，最后教大家跳。

后来，社区组织"金乡邻艺术团"，搞起了微型情景剧拍摄，对于剧本的每个细节她都花心思仔细琢磨，甚至给编剧提出修改意见，使剧本更出彩。她也演得有模有样，很出彩。她演出的特点是，没有程式化，见景生情，随时随地改变。

谈起她的人生观，她说，健康平安最好，身体健康是最重要的；要珍惜生活，充实过好每一天，要活就活出个样来。不要沮丧，因为你要相信，这个世界永远有美好的一面，凡事岂能尽如人意，但求无愧我心。

七

"虎妈"型的献血者

——记海福新城社区无偿献血者钱志英

作为献血志愿者的钱志英，确实显得年轻。一张脸精神饱满，老是红扑扑的。人家夸她年轻，她说可能是因为献血吧。像常熟许多人一样，她的第一次献血也是在方塔街，一帮人说笑着，有人提议说，我们也献血吧。她说，旧血换新血，可以美容。大家就欢天喜地换了。

我通过微信采访她，她就发了条微信过来：

无偿献血的意义：生命离不开血液，输血是抢救危重病人的一种特殊医疗措施。在目前人造血液尚不能完全代替人体血液之时，临床用血只能靠健康人体捐献。无偿献血是团结友爱、无私奉献精神的具体表现，也是一种互救互助的方式，你今天献血救助他人，以后一旦自己或亲属得病之时，将会得到他人的帮助。

现实版感悟就是，献一次血的同时也能知道自己的身体是否健康。此外，如果家人或自己需要输出的话也能得到他人的帮助。

献出一滴爱心血，救他人同时也是为了救自己。

我说，你这是抄的作业呀，不行。我坚持要采访她。

采访她，她说的过程还是这么简单，不简单的是，她把这种献血传统也传给了儿子。

我好奇地问，你儿子听你指挥吗？她果断地说，要听的。接着她讲了儿子结婚时给来宾说的一个歌颂母爱的故事：有一次儿子放学，她没时间就委托了一个熟人代她去接儿子，校门口有卖悠悠球的，儿子就让人家给他买了一个。回到家后，钱志英得知此事，厉声呵斥儿子：跪下！然后，把闹钟放在儿子面前，看表，半小时！

邻居有人来串门了，看到了跪在那里的孩子，劝他起来。

儿子讷讷地说，还没到我姆妈定的时间啊。

这可是个"虎妈"呀，大有孟母"子不学，断机杼"的霸道作风。所以和钱志英打过交道的人说，她说可以的事，一定身体力行；她说不行的事，就断然拒绝。采访她也就依着她定的时间，只能在她下班后的晚上。

钱志英很重视家传家教，她的公公就是社区的志愿者，儿子是忠于职守的医生，在2020年抗疫时，她是第一批走上岗位，为居民建立起一道安全屏障的志愿者。在那肃杀的气氛中，她又和老公合作，通过网络给社区演节目《当家婆训小倌人》，为安定居民情绪起到了非常好的作用。

老树穿风巧奏笙

——在查老新诗集《足印心灯录》发行仪式上的讲话

各位师友好，各位来宾好！

祝贺查老新诗集出版！

我喜欢查老的诗。记得前几年我第一次得到查老的诗集《韵法诗选》后，将它放在我的床头半年之久。我时时翻看诵读，读诗人的文化底蕴，读诗人的视角，触摸他的脉搏，感受他的行藏机锋，受益匪浅。

我与查老相识于曾赵园，在那里有缘结识了他的诗书画。查老的诗书画既有来自大自然的野逸天然之气，也有我们中国传统文人的书卷气。这自然来自他多年青灯古卷的不辍学习，也来自他诗人的慧根，更多的是来自他对大自然、对生活的细腻感受。

如他写家乡虞山的诗："景色终还乡梓好，风流蕴藉说峥嵘。"（《题家山》）"风流蕴藉""峥嵘"两个相互冲突的意象，活脱脱描画

175

出了江南虞山的昂扬而润秀的风采。"状物匆匆鬶黑白，经营缓缓付斑斓。岫轻原自心中出，峦重应从画上删。"（《题庐山图》）一读这诗就知道这是丹青行家里手说的话，用诗家语道出了国画的堂奥。

大家都知道查老有过军旅生涯，这在他的诗里也留下了擦痕。如他的《战友索画题记》里写道："当年执戟寒风冽，练就书生瘦骨铮。"

很见行色！

我很喜欢查老的《咏柳》诗，写得轻灵洒脱，给人以春天的大喜悦的节奏感："天施悦目浓浓绿，春送怡风款款情。"

而他写秋天的诗又给人一种老骥伏枥，壮心不已的悲壮情怀："清池敛碧期明月，老树穿风巧奏笙。"（《秋夜》）

查老的诗中也不缺中国文人旷达的胸襟。

"黄粱不熟邯郸道，无恙此身即是仙。"（《辛卯收灯日有感》）

诗人往往和浪漫多情有不解之缘，查老也不例外。他的《赠友》诗写的是追寻前世今生的爱，细处落笔情如花啊！"灵河梦旧还相识，浊世心与许画眉。"

今天查老的门下弟子甚多，此诗的蕴藉委婉、透骨缠绵处大家就去揣摩吧，我要说的是此情之声，不输前人！

我们有一些文人，字写得不错，可国学底子不厚，这就成了字匠，行文走笔就少了质感、少了厚度；有的人能画画，但字不行，一题额，就把画毁了。

查老是诗书画方面难得的通才，这是他多年日月劬劳矻矻追求的硕果。

快三年了吧，听说查老又要出诗集，形式是"众筹出书"，我很支持，积极参与。一晃过了很长时间，不见动静。后来偶然与查老相聚，一时欠思忖，我说了一句不得体的话，我说，您的书再不出版，怕有人说您诈捐，坏了您的清名。在这里我向查老郑重道歉。

因为我见证了前两年里，查老流年不利，他遭遇两次车祸，健康受到了很大的损害。尽管情势如此不爽，查老还是一次次站起来，执笔挥毫，为弟子讲学不倦。有人求书、求画，他依然强支病体，操觚染翰、笔走云山。

我常常想，什么是常熟? 什么是常熟人? 这里的人有哪些特质?

这里是图书馆，出门就是仲雍墓、言子墓。可以说这二位先贤就是常熟文化的宏大源头。

先哲仲雍是黄河文化的代表，他辞国让权南来常熟，常熟人民接纳了他，向他学习黄河文明；而仲雍先贤呢，也断发文身，融入了这里的生活。常熟人给他崇高的礼遇，尊他为自己的"人文始祖"。这就是有史书明确记载的黄河文明与长江文明相互激荡交流的第一波大潮，一波激励万代的大潮。它折射出常熟人胸襟宽阔、善于学习的行为方式。第二位先贤是常熟人言偃，他为取薪火，教化常熟，漂洋过海，去山东曲阜，投身在孔子门下。他学习认真，办事仔细，深得孔子青睐，成为孔门七十二贤之一。

多了不起呀！这就是常熟人善于学习、韧性坚持的特质。我在许多常熟师友的身上都看到了这些特质。

查老就是这些优秀品质的代表人物之一。

查老的诗必将成为常熟文化天空中一颗闪亮的星，作为朋友后学，我们会品读这些心血之作。常熟的后代子孙，会通过这些诗篇，触摸我们今天鲜活的所思所为。

今天我们又有幸得到了查老的新诗集《足印心灯录》，自然还没来得及细细品读。我信手翻看到《鹧鸪天两首》中的这句诗很能反映查老的为人处世："一生但守千金诺，三世无违一寸丹。"

向查老致敬！

忽然想到死

　　游山逛景，意在探幽猎奇，如果是一马平川，现代化的公路蜿蜒起伏而上，直抵山顶，就失去了许多韵味，再有一辆辆时尚现代的车，时时从你身旁呼啸而过，也使登临的壮怀扫兴不少。

　　我就是在这种情怀之下，蹀躞在通往常熟虞山极顶的公路上。

　　进了虞山门，走在虞山中路，看左边山丘上，草木掩映之中，有一些铁丝栅栏拦着，不知是何去处，想那边厢也许有精彩所在，不许人随便进，需要买票方可，于是平添了些兴头，往前赶。

　　走了一截才看清楚，原来是公墓。那是阴阳两界的分隔线。红尘滚滚中奔波了一生的人们的息止往生所在。再往前行，见枝叶掩映之中，隐约有一个路牌，抬眼看，心中一惊，上写：

　　常熟公墓欢迎您！

　　我心想，常熟人竟直白如此，虽是事实，却未免唐突。走近看，笑了。原来是：常熟公共欢迎您!

我站在铁栏杆前往里看，坟茔鳞次栉比，却有亮眼之处。

见一坟茔，是一女二夫，其后人立碑云：生父×××；养父×××。作为其后人的感恩之心，在这葱茏的绿色中闪烁出人性耀眼的光泽，让人感动。

有寡妻携女为亡夫立的碑，给人以伶仃酸楚之感；而爱妻×××之墓，又使人心一揪，痛得战栗，心里掂量着"爱"字的斤两!

这里的每一块碑都是一段人生悲欢离合的凝聚，每一寸土地都浸透了亲人的泪水!孔子云，"死生之事大矣"——这是儒家对于生命的敬畏；曹雪芹说，纵有千年铁门槛，终须一个土馒头——这是历经风云变幻后而出世者的叹息。人啊，都赤条条来、空荡荡去，无论你中间写下多少逗号、引号、惊叹号，最后音乐都到此戛然而止画上了休止符。

这点点坟茔块块墓碑啊……

站在栏杆往里看，鳞次栉比的坟墓挤挤挨挨，有如农贸市场的摊位，参差不齐、货色不一；亦如夏日旅游胜地的海滩，脚踩头、头顶脚、肩挨肩、背靠背，真拥挤。

由此我想到了自己的"大限"之日。吾非伟人，一辈子也没做过什么惊世骇俗的事，所以大可不必入土立碑，占一方净土，浪费宝贵的土地资源。人生啊，说短暂又漫长，你尽可利用有限的时间穿梭于无限的空间；说漫长又是那样短暂，只是刹那须臾。所以李白说，"朝如青丝暮成雪！"这话不是夸张。人要看破生死，把握生机，生机由我，寂灭随顺。

"宠辱不惊，闲看庭前花开花落；去留无意，漫随天外云卷云舒。"我喜欢这种对生命的态度。

为了不让我的身后事为难儿女，趁着明白，把话说透，多想几种预案供他们选择。

我对女儿说，我若是患绝症，或确实朽木不可雕也，千万不要再看医生，如其时"安乐死"合法，我愿为天下先。千万不要让我当医疗手段先进、儿女恪尽孝道的试验品；如"安乐死"不成，我怕痛苦，所以最好能搞点"吗啡""杜冷丁"之类的强效止痛药。

再者，我归去之日，皮相之身如还有可用之处，就拉巴拉巴施舍了吧。切记，此事要做。就我所知，我们的医院、医学单位缺少尸源。愿我泛着福尔马林气味的遗骸，能为那些医者认识鲜活生命提供些许帮助。可有个条件，所有在我尸体上动刀的人，要读我几篇文章，让他们知道，眼前这个干枯丑陋的躯壳里，曾装过一个不太丑陋的灵魂。研究研究我的心脏吧，我老怀疑我的心"编程"有问题，它老跟我的理性南辕北辙，不听使唤。剩下没人要的，如在南方，骨灰撒入长江；如在北方，骨灰撒入渤海。之所以如此，绝不是要学伟人——生前轰轰烈烈，死后浩浩荡荡。而是想让子侄们逢我忌日，水边一聚，权当野游，找找乐子。

如非要土葬，也别干那立碑的傻事。找个厚实点的纸盒子，装我骨灰就行（木盒别用，浪费；塑料盒别用，污染），葬于一棵树下，也为树添些肥料。如在北方最好葬于槐树下。槐树下，既有南柯一梦，又成全了穷小子董永的与天仙配。人生不过如此吧，都想梦想成真，结果都是南柯一梦。如在南方最好葬在苦楝树下。我犹喜冬秋叶片全无的苦楝树，薄烟暮霭，伸屈有象，如梦如诗。繁华落尽，回归本真。此树有毒，然又可入药济世，为人在世何尝不是如此呢？上帝身上有魔鬼，魔鬼身上有上帝。全在你如何相处。

但要记住，找个荒山野岭就行。花钱买墓地的事不干，现在阴阳宅在争相攀附，价码飙飞忽悠人。什么叫风水宝地？历代皇家贵胄、达官巨贾的墓地最好，都是堪舆大家千挑万选的，哪个逃脱了被盗的命运？哪个逃脱了褒贬由人的下场！

你们来祭我，那片片闪烁的树叶，就是我注视你们的眼睛；那摇曳的枝丫，就是我对你们热情呼唤的臂膀。

在树下置一石凳，供来往者小憩。凳面有铭文曰：

请坐，歇会儿，听我唠叨几句。

生有所恋，死无所憾；生就努力前行，丰满自己；老而不能，满足归去。生也由我，归去由它。这个世界不属于你，你属于这个世界，要学会吞咽尴尬，要学会夹尾巴做人。善良宽容韧性，是为人处世必要的底色。

我一朝不成了，不许抢救，不要用你们的孝心折磨我，遗体捐献，给学医的学生们用，废品再生。

嘿，慢走，别忘啦，我在那边等着你哪。

有位女友看罢此赴死预案说，那谁敢坐呀！

一叶飞扬秋思里（仲秋夜）

一叶飘摇，悲欣交集，乘着落日的余晖，闪闪烁烁飘荡遐想。

自从先祖在甲骨上刻下第一刀，在竹简上画下第一横，我就注定是我，别无选择。那来自远古的密码，就在我的心海闪展腾挪，燥热生风。

自古以来，文化就是一个民族的血脉，文人却只是权贵的附庸。当权者的纵横捭阖与文人的理想、鲠骨、恣意永远是冲突的。自秦始皇坑儒焚书始，一代又一代帝王，都不惮举起屠刀剿杀斯文！在这文明古老的土地上，文人与权力的对话，为什么就总散发着血腥气？！

司马迁被阉割，呜咽说："文史星历，近乎卜祝之闲，故主上所戏弄，倡优所畜，流俗之所轻也……伏法受诛，若九牛亡一毛，与蝼蚁何以异？"遭此荼毒，他还是忍着这最下等的腐刑，完成了"无韵之离骚"。

文以载道，传道授业解惑，这是中国文人代代相传的衣钵。而文人的境遇往往又是"文章憎命达""案有诗书家必贫"！

我不愿相信——

我不愿相信行吟泽畔的屈子会投江自绝。他高冠博带、长剑陆离的卓姿依然在我眼前回现。我不愿相信，一代诗仙李太白，无莱佐酒，酒入愁肠，颠倒迷幻，坠舟落江。我宁信那是谪仙归去。章台走马，天子降阶，佞臣去靴捧砚，醉草吓蛮书。

我信这神采飞扬的传说。

一代诗圣杜甫，怎么会穷愁潦倒困窘在舟中，舍不得扔一块发了霉的牛肉，使他的老病之身雪上加霜？从此诗圣的黄钟大吕断弦绝响！

一条大江，珍藏了我们空前绝后的诗峰双璧。四百年后，遭贬的苏东坡来到长江，面对滚滚东逝水，一声长啸：大江东去……道出了诗魂文胆的多少孤难愤郁。

一叶飘摇，飘过春潮如海，飘过骄阳似火，飘落在饱满斑斓的秋色里。

你可知道我受孕于地狱的炼火，诞生在山崩地裂时，行走在山洪暴发间。一次次的撞击，一次次的粉身碎骨，那些迷茫，那些绝望……记不得，有过多少次痛苦坎坷的崩裂；记不得，有过多少个百转千回的故事，才使我如此圆润、晶莹、凝脂。

君子佩玉。

你抚摸我、谛听我、珍爱我。你透过阳光，觑看我的纹理，探求其中的奥秘。那炫目的缤纷是我的心血精华沁成。一块羊脂玉，让你有了"路漫漫其修远兮，吾将上下而求索"的执着，有了"床前明月光"的幽思，也有了"秋水共长天一色"的璀璨，更有了"粉身碎骨浑不怕，要留清白在人间"的操守。你不辜负我的期许，孜孜矻矻在天地间求索。

一叶飘摇，悲欣交集，簌簌落在颊上，化作一滴玲珑泪。

一珠闪耀如火，我怀着她，在孤寒中踽踽独行，薪火要传承。我怕她断送在我的手中。献给你，要收下，我是老蚌献珠。这珠是我存疑解惑心志砥砺的结晶。撕开我、取出她，挂在你青春饱满的胸前。慧根在你心田里滋长茁壮，你勇气倍增，不怕撕裂之痛，不惜血肉经营，支出你的生命，去孕育新的生命，只为薪火传承。

我病啦　病得不轻

刀口疼得我心烦意乱的，可我偏偏爱动，尾骨处也累得不行，麻，灼热。我不断地翻身、跷腿、下地。护士查床，问我放屁了吗？我说没。哪儿放得出来呀，平时那一鼓作气的神力全都荡然无存了。越怕咳，越要咳，一咳刀口就一拽一拽地疼。想到了做剖宫产的女性，做个妈妈不容易啊。可人家妈妈毕竟是生出个皆大欢喜的宝宝，我开出的却是一截化脓变形的烂肠子！

过了个春节，我就住院了，得手术。呵呵，因为贪嘴。

我这个胃很有些海纳百川的器量，很是给力。川辣火锅、海鲜火锅、红烧肘子、白煮肉、生三文鱼片、西冷牛柳，中西合璧，来者不拒……再加嗜烟好酒，熬夜失眠，可谓五毒俱全了。脂肪肝、高血糖、高血压，都在我的躯壳里占山为王了。

我得的恐怕是当代人的通病，好像到了世界末日一般，我们都醉死忘生、欲望失控啦。

医生告诉我要忌烟酒、忌辛辣，多吃素食。女儿像得了他山之石一样，反复向我说这些话，还郑重其事地从网上下载相关资料给我。这倒让我想起一个笑话。

有个记者去采访一个长寿老人，问老人，你吃肉吗？答，不吃。又问，你喝酒吗？答，不喝。吸烟吗？不吸。再问，你有爱好吗？答，有，俺爱干活。追问，你有几个孩子？答，俺没媳妇。

记者说，那你活什么劲儿啊！

生命不是一张支票，存着也不会升值。去消费它，反而有价值。这是我一向以来的人生价值观。

住院后，北京家里人不断打来电话询问。

我从手术室里被推出来时下半身麻木无知觉，精神也恍恍惚惚的。模糊记得我要小便，女儿掀开被子伺候我……

她陪伴了我几夜，把孩子交给婆婆看了。告诉我，她和孩子说，姥爷住院了，要手术，很疼，我们怎么办？孙子说，那……那我们开个party（派对）。

乐得我刀口疼。这孙子，因为我平时对他要求严，从不宠溺他，他恨我。我疼得在床上辗转反侧，他倒要开个庆祝会！

作为孩子，总希望自己的父母长辈是个聚宝盆，吃的是矿石，拉出的是金条，态度还要好，要"俯首甘为孺子牛"。可我偏偏是狗的性格，常常龇牙，汪汪叫几声，一副凶巴巴的面孔。之所以如此，是因为我很欣赏一个故事的哲理。

马戏团演出，有狗熊跳舞的节目。狗熊懂音乐，还会跳舞，奇了！记者采访驯兽师，问其奥妙。驯兽师一笑告诉他，很简单，把狗熊放在一块有孔的厚铁板上，钢琴伴奏时，有人在铁板下用电烙铁戳它，久而久之，狗熊就会跳舞了。

人学乖了，知道天高地厚了，往往不是因为胜利，因为爱抚，而是因为撞墙，因为失魂落魄的失败痛苦。

这是我的"信条"。

能下地了，站在阳台上俯瞰。晨起，江南一蓑烟雨，一派蒙蒙之气。想起一句诗，忘了是谁写的了：只因一霎溟濛雨，不得分明看好山。

我眼前是一幢幢高楼大厦，是公路上川流不息的汽车，是一幅模糊不清穿梭交错忙碌胶着的都市画面。

想到女儿这么爱我，亲人们这么关注我，孙子这么"恨"我，我这张支票还是别乱花了。人世相聚一场不容易，要惜缘哪，为了我的亲人们！

就是世界末日到了，我们也要大手牵小手地融入末日。

人生的初始阶段是为自己活着，到后来就为别人活着了。爱是人间具有凝聚力的核心，它产生了责任感，产生了孝悌之心，产生了我们为他人牺牲的勇气。

人的心理结构主要有四种元素吧：爱、感恩、宽容、敬畏。

人生的意义在于牵挂；人生的价值在于负重。

进入生命的倒计时啦，要珍惜。

世外桃源酒家序

——仿《兰亭序》

世博前夕，正是虎啸之年，阳历3月28日，我们网友凑热闹，进行吃喝侃。这下子爱发糗帖爱放冷箭的可都粉墨登场了，没老没少的扎一堆忽悠。

世外桃源酒家这旮旯不错。山抱着，树围着，还有不少小花小草。有清澈如镜的尚湖，在南边呢，跟我们关系不大，就不白话它了。此地虽无曲水流觞，可我们有流水斯逝，有雨见风，更风生水起！列坐其次，有博文引吭，高歌大田班帮腔走板，胸毛粗大汉捧着大肚子唱《越剧·梁祝·九妹》！一通的饮酒忽悠侃，倒也足以令人畅叙胸怀。

今日这天真好！晴明爽气，春日高照无风，趔摸可以见海伦混上了一日掌柜，忙来忙去，挺专业的；迎面能发现批评家死水微澜审视的目光！她在一个制高点上纵目游怀，考察众位网友，一一记录在案，极尽耳视目听之能事！但大家不紧张都挺乐。

都说，咱们彼此亲近交往，缘分哪！有的人喜欢钩沉历史，满足于在历史长河中漫游；有的人爱写小说散文诗歌，思绪驰骋于人间红尘世相万端之中。虽然我们或内或外的取舍千差万别，好静好动的性格各不相同，但当我们有点可喜的成就时，都会感到欣然自足，竟然会高兴得比上班挣钱还乐呢。一个个都做着白日梦，等到发现自己真的不行了，也不免会引发点小的感慨，虽然"孔乙己"了一辈子，但若能"阿Q"一阵子，那我也乐了，也爽了，活得充实，那是我生命的孜孜以求啊！绝不能为之感念伤怀，更何况人的一生长短取决于造化，而追求取决于自己！快乐是一个追求的过程，不在于最终的结果如何。

古人说："文章千古事。"我们能不用心吗！每当看到史上文人所发的感慨，其缘由跟我们分毫不差，总难免要在前人的文章面前嗟叹一番，心里早就明白了这是怎么回事。我们当然知道把名家和发烧友混为一谈是虚诞的，把出书的人与网上发帖的人相提并论是荒谬的；没成功的人看待成功的人，和那成功的人当年没成功的时候是一副巴巴结结的德行，这正是我们的可自慰之处。

所以我要列出今天到会者的姓名，记录下他们的言行。尽管论坛有别，文章各异，但触发咱们情怀的动因，无疑是相通的。今天没来的，恐怕也会跟我们有同样的感慨吧！

父女情敌不住爱情

女儿大学毕业临近，四处找工作。那天她正走在公路上，手机响了，她接听。对方劈头就问，你是曼妮吗？我是你安叔。女儿回答了他。他又问女儿干什么去，现在在什么位置，女儿也回答了他。

他用命令的口气对女儿说，站那儿别动，等着。

女儿知道，我爱跟一些"狗男女"来往。我们时时聚在一起出城百里找关系户去买鸡买狗，当场就杀，大柴锅一炖，从车上拿下带来的酒水，开练！然后就趁着酒气，把老丈母娘瞎搅和，为孩子的事真着急……就都喷了出来。

这安子是我们"狗男女"队的主力之一。上次聚会，我把我的烦心事跟他说了。女儿大学快毕业了，交了个小朋友，江苏常熟人，天遥地远的，怎么能到那地方去……没承想，安子挺把这当回事，没几天就把事办妥了，并亲自开车，把她送到了那家单位！

信息发达是好事，可也没少办坏事，比如在我家。女儿每天下班回来，都躲进她的房中，接着就传出咯咯的笑声和热情洋溢的自言自语。终于有一天，她跟我说："爸，我要去南方。"

唉！人家都是梧桐招凤，我家的梧桐怎么会让凤给连根拔地带飞了呢？临走，我送女儿一幅字：

福，天下人所求。何谓福，理解因人而异。

在多数人眼里，得就是福，富且贵就是福。可道家创始人大思想家老子说，"祸兮，福之所倚；福兮，祸之所伏"。他从辩证的观点讲出了祸福相生的哲理。所以扬州八怪之一的郑板桥就说"吃亏是福"。这是一代名士对滚滚红尘、汹汹欲海的解读。清代名臣曾国藩多次告诫其后人要做耕读之家，懂惜福之道。这是一个在社会金字塔尖上的驾驭者在俯察世界风云变幻之后，警诫子孙后人的处世格言。一部《红楼梦》，洋洋百万言，简直就是祸福相生哲理的艺术图解。贾、史、王、薛四大家族富可敌国，富得忘乎所以，最后却树倒猢狲散了。

我们先人在制出福、富二字时，就告诉我们富不等于福。福、富二字相近而不相通，且先哲对于福、富二字赋予的含义也十分简单、纯朴：有家有田即为福富者也。

从现代的观点看，为人处世能有仁爱宽容的胸怀、勤俭刻苦的操守、积极进取的精神，就能使一个人保持心态的平衡和谐，就构成了一个人追求幸福圆满的最基本要素。

一个人能依环境的改变而调整自己的心态，能充实地度过每一天，做好自己的分内工作，就是自己为自己酿造的一份福气。如果这份立命安身的工作，正符合他的爱好，正是他之所长，那可就是天赐福田了。幸福是一种追求的过程，它就寓于这种追求奋斗的过程之中。

也就是说，幸福不是结果，是有效追求的过程。

我儿欲赴江苏常熟工作，父牵挂之怀无以言表！唯送以上短文为嘱，并诗一首：

　　　　读罢云峰读海川，一山一水一悠然。

　　　　多情造化随人意，人意随缘证好缘。

特请书法家煮书堂主宋渔伯伯书之赠你。珍重。癸未仲秋父于京华磨坊书屋。

接下来的事就顺理成章了。结婚那天，我带着亲属们住在常熟的一家酒店，她婆婆家来了一大群人接。盛装的女儿，在临出门的那一刻，来到我的面前，深深鞠躬哽咽道："谢谢爸爸的培养……"

这还是我的那个瘦骨伶仃的小女儿吗？

十几年前的秋天。

下午，我正在院子里收拾东西，背后传来一个细细的、怯怯的声音："爸爸，我得了一个5分儿。"半张巴掌大的田字格纸，已经皱巴巴的了，写着顶天立地的"1"，5分是红色的。

是她，这是那个我精心培育的满分的女儿！

她结婚时，我作了首歌词送给她：

爸为你披上婚纱

爸为你披上婚纱 / 祝福千万个 / 做你的陪嫁 / 在爸的眼里 / 你老也长不大 / 我的丑小丫 / 一朵瘦伶伶的花 / 父爱是一座高高的山 / 土也装得下 / 金也装得下 / 爸爸的这颗心 / 是你永远的家

爸为你披上婚纱 / 叮嘱千万个 / 做你的陪嫁 / 爸的这颗心 / 总也放不下 / 我的乖小丫 / 一朵瘦伶伶的花 / 相爱是一条长长的河 / 甜也流得下 / 苦也流得下 / 爱情是条风雨路 / 要珍惜你和他

女儿 你欠我一个小小丫
——参加老友女儿婚典归来

女儿 我把你交给他

这一刻啊

我心尖疼得发颤

风吹得 雨打得

爱是一座山

爱是一片海啊

盛得下苦也盛得下甜

你要顶起一片天

我的乖小丫

看着　看着

我这烛光里的泪光

还有　还有

我这杯杯饮下的祝愿

女儿啊　记住

你欠我一个小小丫

当我走路颤巍巍的时候

她来到我跟前

她扶着我

带我去抚摸嫩嫩的春天

拉我进我们父女相依的日子

还是这样小鸟依依

日子还是那般明媚温软

你可知道我这苍老唏嘘

还有　还有

我那些佝偻的期盼

我的谢桥亲家

我常熟的亲家公、亲家母都是勤快人，那吃苦耐劳的精神可是非同一般。

房前屋后、村头地头，只要有筛子那么大的地界都要种上菜蔬粮食，什么青菜、南瓜、玉米、芝麻、花生、黄豆……院子里一年到头都呈现出一派丰收的景象。亲家公只要下班回到家就像陀螺一样里里外外地转起来，没个清闲的时候。

种的"丰收景象"家里消化不了，有他们市里的亲属来帮忙。什么大小娘舅、阿姨、姑爸都来出手"帮助"。

亲家公、亲家母都是苦水里泡大的人。

亲家母只上了两年学，就在家看护弟弟、妹妹了，老爸劳累了一天，晚上回家要喝顿老酒，用一个咸鸭蛋下酒，她就把弟弟、妹妹带出去玩，让老爸喝顿安生酒。

十二岁那年她就上工厂打工了——缝毛衣，个体户的老板夸她手脚麻利，干活有灵性，工资不比成年工少，她成了家里重要的经济支柱。

是门当户对吧，亲家公这边早早就没了父亲，带着一个老年脑萎缩的、有智力缺陷的老妈过日子。亲家公也是个能人、巧人，电气焊、氩弧焊都是一看就会，开吊车也是自学的。他的学历比亲家母略高，读完了"高小"，那时候管五年级叫"高小"。

勤快、勤俭、勤奋是他们立世的支撑。

20世纪90年代后，他们迎来了人生的黄金期，在镇上开了个水果摊，生意很是兴旺。据女婿说，他们家每年能挣一套三居室的钱，可是他们不懂投资，把赚的钱都借给了亲戚朋友。我女儿在这时来过一次。看到儿子北京的女朋友来了，他们就把刚盖几年的两层小楼给拆了，盖了一座三层小楼，据说是按新加坡的图纸盖的，确实漂亮。女儿说，那时的身份也不好多说，其实原来的房子就很好，还不如在市里买套三居呢。

我们亲家公是个只做不说的人，知道我爱吃韭菜馅饺子，就在大门外两侧围起了几十厘米宽的长水泥板，种上了韭菜。浇水施肥，长得很好，我吃饺子，他的儿子、孙子吃馄饨。

亲家母看似是个粗针大线的人，其实心很细，知道我得了糖尿病，每次我去吃饭她都晾好一杯水，提醒我吃药。

我惊异于她的艺术细胞。她爱去跳广场舞，爱玩抖音，对口型唱她喜欢的歌或戏曲，有模有样的。这些技术活都是我们孙子教她的，我们孙子还给她起了个恰如其分的名字"胜美人"，她的面容确实长得精致。现在就是老了，眼角堆起了细密的皱纹，她自己学会了美颜，把这些都掩盖了，看着网上俊俏的自己，她乐此不疲，并且连我这"池鱼"也给"殃及"了。那天给我过生日，给我特发了一次专题，把我美颜成了个俊俏"小生"，我年轻时也没长出这副尊容。

有人说，语言不通会造成误会、隔阂，大约是对的，也不全对。

我来常熟20年也听不懂这里的方言，和亲家基本是没有交流，什么"哩格朗、哩格朗"（在这里）、"港笃"（傻瓜）都不懂，所以他们的嘟囔不满我也听不懂。

都说过日子哪有盆碗不磕的，我和亲家之间由于语言不通就盆碗没磕过，所以此地文友说，骂你你也不知道啊。

我是一个生活散漫的人，且事事往往以自我为中心，想怎样就怎样，很随性。我担心我们老了以后，我的女儿女婿孙子再也不会像他们的前辈一样勤快了，所以就栽了些黄杨、红豆树，希望我们走后，这院落依然草木葳蕤。我喜欢在雨后去看看，这是一件很喜悦的事情。我不换鞋就去，他们要是去的话，要提着一双鞋，进院后再换上干净鞋。我是蹭蹭就行，气得亲家公噘着嘴，一脸愠怒，在我走过的地方拿墩布没完没了地擦，时而目光还锥子似的往我身上扎，这让我好不自在。

鲁迅有句名言说“吃的是草，挤出的是牛奶”，这是对他们真实的写照。

我们不来时，老两口吃的整个就是一个“忆苦饭”；我们来了，必须是荤素搭配，有菜有汤地摆满桌子——用我们孙子的话说，就是“荣宁二府”祭祖啦。

我觉得对晚辈没有必要这样，把他们都惯坏了，觉得“啃老”是本分，安享尊荣，觉得一切都是应该，没有感恩之心，没有了直面生活的血气。

也许我的看法不对，可是常熟老人都是勤奋到生命的最后一刻，只要能动，就要干，就要向前，为此我写过一篇微小说，取材于我对周围邻居的观察。附后。

老榉树

扑啦啦一棵老榉树，树荫遮盖大半个院子。这树一搂多粗，高高的树梢已经超过了三楼顶。

树下的阿婆一如往日进进出出，保持着她一如往常的生活节奏。

每当走进这个院子，仰望这棵树，我总想起那英唱的那首歌

《好大一棵树》：

> 头顶一个天
>
> 脚踏一方土
>
> 风雨中你昂起头
>
> 冰雪压不服
>
> 好大一棵树
>
> 任你狂风呼
>
> 绿叶中留下多少故事
>
> ············

还是刚来这里不久时，和当地的同事相约到《孽海花》的作者曾朴的故居茶叙，见我细看喝茶的雕花八仙桌和茶几，他们说这是榉木的，我们这里榉树多。榉木木质硬，木性稳定，不开裂，不走形，百年不变，是做家具的好木料。

"怪不得我们邻居院里有一棵大榉树哪！"我说。

十几年前，我初到这江南小镇，与阿婆为邻。那时她的老伴刚逝去，是肝癌。她收拾了离家远的两间路旁小店，回到了村里的小楼，小店依然开着，就在耳房里。耳房又是灶台，又是她的饭厅，经营规模小多了，也冷清了许多。

她的儿子儿媳上班，孙子上学，院子里只有她一人，空荡荡的。我常带孩子到她院子去玩。见她总是手里不得闲，有麦秸，有稻草，有树枝劈柴，各放各的，都码放得整整齐齐的，像是军人的器械，放在院内外不碍眼的角落。家里有煤气罐，可她坚持烧柴灶，为此没少和儿媳发生龃龉。"没法子，人老了，还生活在过去的老一套里。"她儿媳对我说。

做饭了，柴草在灶膛里毕毕剥剥地响，火光在她脸上跳跃。见我，她抬头笑笑，一脸的淡定安然，充满了和善。

"嗯切哉？"（你吃了吗？）她用方言问我。

"切哉，切哉。"（吃过啦，吃过啦。）会说几句方言的我，笑答。来了几年，方言我能大致听懂，但不会说。

日落时分，她的儿子回来了，媳妇回来了，孙子也放学了，院子里有了生机。桌子上是江南常有的鱼、虾、红烧肉，再有就是茭白、青菜了。她的儿子是服装设计师，穿出来的款式总是时兴的；儿媳有很好的身材、白皙的皮肤，高挑又不失女性的丰盈，她也总是忙里忙外的。这里的人家家家院里有井，儿媳一天到晚在老榉树下的井旁洗呀涮的。"衣服没穿坏就洗坏了。"阿婆对我说。

那天我去接孩子，在路口遇到她，见她黧黑焦黄的脸，眉头皱在一起，眼里汪着泪，我叫了声"阿婆"，她喉头里传出痉挛压抑的呜呜声。她的目光不仅仅是悲哀，更是无力回天的痛，装满了绝望。

回到家里，我婆婆神秘兮兮地告诉我，她儿子住院了，也得了癌症！

正是盛夏，她儿子的遗体停放在有冷气的透明棺材里，我不忍心看她在儿子的遗体前饮泣，她蓬乱的白发，伴着她的号哭声簌簌地抖。

一丝风也没有，落日的余晖给默立的老榉树镀上一抹悲哀的昏黄。

儿子离世后半年，她孙子考上了大学，走了；随后儿媳改嫁，走了。老树婆婆，她这只老钟表依然嘀嗒在她固定的时空轴上。院子依然收拾得井井有条；房前屋后，应时按景地种着四时菜蔬。相遇，她摘下草帽对我笑，汗水浸湿的头发一绺一绺地贴在她头上、额上。

这笑容枯瘦了、空洞了许多，却依旧有着老榉树一样的定力。

她的孙子终于大学毕业了，一个老笑眯眯的小伙子，找了很好的工作，找了一个不错的女友，这院子又恢复了昔日的生机。

又是路口，听见有人在身后喊我"妹妹，妹妹！"，一听声音就知道是她。她佝偻着身子，步态蹒跚，仰起的枯黄发青的脸，堆满灿烂的笑容，我停住了，叫她"阿婆"。我猜她要请我去赴她孙子的喜宴。我一定要去的，只为她这十几年如那老榉树般的坚持，献上我的敬意。

"我也得了癌症啦。"她笑着说，说得那样轻松愉悦。

如五雷轰顶，我一句话也说不出。

她一步一点头地说："值得，值得的，我74岁了！"

不远处就是她家的院子，望着那棵老榉树，看着她艰难前行的背影，我泪水夺眶而出。

北京 我圆圆的梦

北京 走进你的古韵
飞出我的悠扬
梦中那扇窗
就在你胡同小巷
如梦如幻
和你神秘里相望
一次次惊奇相遇
丰满我的向往

北京 投入你的情怀
飞出我的梦想
梦中那朵花
开在你长街广场
载歌载舞
在你明亮里飞翔
一回回惊喜再见
托起我的向往

下卷

北京篇

大也北京　小也北京

一

　　此章和写常熟一章的《小也常熟　大也常熟》正好反着，叫《大也北京　小也北京》，为什么？

　　端详北京的历史，会发现一个惊人的人文景观。

　　北京城的擘画大师，都是僧人。

　　第一位擘画者是元朝的刘秉忠（1216—1274），初名刘侃，法名子聪，邢州（今河北省邢台市）人。刘秉忠于书无所不读，尤邃于《易》及邵氏经世书，至于天文、地理、律历、占卜，无不精通，论天下事了如指掌。第二位是元末明初的姚广孝（1335—1418），苏州府长洲（今江苏省苏州市）人，幼名天禧。年十四剃度为僧，法名道衍，字斯道。他是政治家、佛学家、文学家，精通阴阳数术，被称为明成祖朱棣的"黑衣宰相"。

他们两人都是国学大师，精通《易》理、阴阳数术，吞纳儒道佛三家精髓于胸中。

刘秉忠是北京经线的锚定者，元大都的中轴线从元明清一直沿用至今，起点就是钟鼓楼，向南望去就是景山、紫禁城三大殿、天安门，直至今天的国旗旗杆、人民英雄纪念碑、毛主席纪念堂，再往前是前门楼子。

研究中国建筑和风水的业内人士乃至居家安宅的老百姓，来这里都要一看再看，仔细琢磨，必有所感悟。

刘秉忠所锚定的这条中轴线再稍稍偏2度多，就是我们中国所敬畏的"子午线"了。除了社稷庙宇，民居没有占用"子午线"的，这是风水师最基本的常识，按照北方的说法是或"抢阴"或"抢阳"。

中国建筑师都知道子午线，都懂得子午线的重要性，这就是他们用罗盘的密钥。这不是迷信，这是人类和大自然和谐相处的理性认知。在设计一座楼或一个建筑群时，都要先定好建筑的走向，找好阴阳向背，辨明天时地利人和之机。在修建一座城市时，要先勘察好山脉的来龙去脉，河流徐缓急湍的来势，避凶纳吉、借势造势，惠泽于民。

这条神奇、神秘、神圣的子午线，熔古铸今，直到今天还发挥着不可替代的作用。

姚广孝是北京纬线的测定者，纬线的起点位于北京市门头沟区潭柘寺镇定都峰上的定都阁，东望北京城，就是现在中外闻名的"长安街"。

也就是说，中国的文化支撑了北京城的建设理念，孵化了北京城。

眼前的紫禁城是经过元明清三朝数百年的谋划建筑才完成的，她是民智民力的结晶，是历代全国精英尽心竭力集萃的奇迹。

而这条深深影响中国文化的子午线的测定者，是唐代高僧"一行"（683—727）。英国的科技史专家李约瑟就曾评价一行组织的子午线长度测量是"科学史上划时代的创举"。我国对子午线的测量早于西方近百年，这就是我们文化自信、自豪的底气。

人们一直在探究紫禁城的秘密。民俗有"冬至大如年"的说法，冬至一阳生，夏至一阴生。有建筑业的专家冬至到故宫太和殿去测绘，午时，太阳光穿过太和殿的门窗，被地面上的金砖反射，不偏不倚地照亮了牌匾上的文字，散发出金色的光芒。

大中至正是中国人的理念，其含义是极为公正、不偏不倚。这个准确的文字概念是王阳明提出的，而其思想内核是孔子提出的。

《荀子》中的《宥坐篇第二十八》说道："孔子观于鲁桓公之庙，有欹器焉。孔子问于守庙者曰：'此为何器？'守庙者曰：'此盖为宥坐之器。'孔子曰：'吾闻宥坐之器者，虚则欹，中则正，满则覆。'

孔子顾谓弟子曰：'注水焉。'弟子挹水而注之。中而正，满而覆，虚而欹。孔子喟然而叹曰：'吁！恶有满而不覆者哉！'"

在我们的古籍《尚书·大禹谟》中，我们的老祖宗就以"十六字心传"这样教诲我们：

人心惟危，道心惟微，惟精惟一，允执厥中。

我们在地球村只会"允执厥中"，不会当"村霸"欺行霸市、霸凌弱者、强买强卖，更不会干出以邻为壑的行径，但面对强盗，我们会视死如归、说干就干、生死看淡。

这就是我们来自洪荒的 DNA。

二

看看北京，这几百年来有没有出过一个有模有样的重量级人物？没有。有几个怕也是外来户。像我国文学巨匠曹雪芹，他的祖籍是关外辽东一带。南京是他度过"钟鸣鼎食"少年时光的地方，北京是他创作《红楼梦》"举家食粥酒常赊"的泪尽地。

诗人纳兰性德，明珠的儿子，与作家叶广芩同出一脉，都是叶赫那拉氏的枝叶。作家老舍算是正宗的土生土长的北京人吧，他是满族正红旗人。从老舍上溯 600 多年，马致远可以勉强算个北京人吧，有"曲状元"之称，与关汉卿、郑光祖、白朴并称"元曲四大

211

家",名气不小,可他也是个"北漂","夕阳西下,断肠人在天涯",混得不咋样,同是搞音乐的,他混得还不如当今的腾格尔哪。

渔灯暗,客梦回。一声声滴人心碎。

孤舟五更家万里,是离人几行清泪。

——元·马致远《寿阳曲·潇湘夜雨》

细琢磨,以上这些人都是外来户,没有北京"土特产"。

北京有条河叫"萧太后河",有些名头。此萧太后名为萧绰（953—1009）,契丹族,大辽著名的政治家、军事家和改革家。她可能出生在北京,那时京城一度称为南京,地域辖区与后来的元大都、紫禁城不同。

萧太后是个勤政有魄力、有气识、有创意的好领导,她善于学习汉文明,大胆使用有作为的汉族干部,用之以礼、惠之以利、委之以位。战争中,她舍不得伤害杨业,企图收服杨业,作为汉族的英烈,杨业是绝食而亡的。拿到眼下,让萧太后当个省部级领导,她干得了,也干得好。

后来的清朝孝庄皇太后就有萧太后的影子,她们有着几乎相同的经历,叫人不胜唏嘘。

这个时代应该是中华民族大融合的时代,黄河的耕读文明和游牧文明交织,其中自然包括人种血脉的交汇,碰撞出了多元素的大中华圈。

这个时代，北京人的性格、认知也就开始了最初的组合积淀。

要说北京的人才，还是以弹丸之地常熟为参照吧。

目前在册的常熟籍两院院士25名，其他党政军各界在业且声名显赫人士，这里就不提了。常熟历史上出过8名状元，户部、吏部官员，御史，巡抚都有。"两代帝师"翁同龢是研究近代史绕不开的人物，在清末他是内阁重臣。

在此，笔者随意搜索出一个人来。宗觐庭，清朝官员，国子监生，等于现在的中央党校学生吧，历任福建台湾府大甲司巡检，台湾府经历升用知县署彰化县知县。

烟火旺盛至今的台中大甲镇澜宫也就是"妈祖庙"，现在依然庙宇辉煌，是台湾老百姓祈求平安的寄托之所，也是台湾政客作秀纳彩头的兵家必争之地，此庙宇就是常熟人宗觐庭在台主政时主持翻修扩建的。

再列举一位近代标杆式的大家：

陆抑非（1908—1997），名翀，字一飞，1937年后改名抑非，花甲后自号非翁，古稀之年沉疴获痊，又号苏叟，江苏常熟人。他是中国现当代杰出的画家和卓越的美术教育家，擅花鸟画，尤以牡丹为长，作品有《花好月圆》《春到农村》《寿桃图》等。著有《非翁画语录》。

他曾任中国美术学院教授、研究生导师，西泠书画院副院长，常熟书画院名誉院长，西泠印社顾问，并曾任浙江省第四、第五届政协委员，中国农工民主党浙江省委顾问。

可谓宗师百代，风采卓然，桃李芬芳。

北京人特讲究有里儿有面儿，黄宗洛把老舍的《茶馆》里的松二爷那游手好闲的老北京人的面貌演绎得活灵活现，提笼架鸟的松二爷给王利发打千请安的戏份，演得也太"黑色幽默"了："你好？太太好？少爷好？生意好？"松二爷是旗人，出门要体面光鲜，提笼架鸟是他身份的标志，最后他说："……我想大哭一场！看见我这身衣裳没有？我还像个人吗？"

北京民间还有个关于旗人"穷摆谱"的笑话。旗人到茶馆喝茶，满嘴油光滑腻，叫一壶"高末"，说是吃得太油腻，拉拉油。正神气十足地喝着"高末"，一个孩子跑进来喊："爸，您门后边那条抹嘴的猪肉皮让猫叼走了。"他急赤白脸地喊："叫你妈追去呀。"孩子说："我妈的裤子不是让您穿来了吗？"

晚清，旗人在北京混成了"笑话"。

要了解北京人的性格，看看老舍的《茶馆》和曹禺的《北京人》

就行。那都是中国文学作品的经典之作，深入骨髓地剖析了北京人的行藏心性。

在曹禺的《北京人》第二幕里有句经典台词："我们整天在天上计划，而整天在地下妥协。我们只会叹气，做梦，苦恼，活着只是给有用的人糟蹋粮食，我们是活死人，死活人，活人死！"

我们分析这些文学作品的时候，总偏重于分析当时的社会背景，偏重于从政治角度进行解读。

那么，这些行藏心性就在北京人身上销声匿迹了吗？

某些叫人唏嘘不已、哭笑不得的悲喜剧就没再继续上演吗？

先说说北京人的口音特征。普通话不是北京话，我遇到过许多北京以外地方的人，普通话讲得很好，可那不是北京话。你到北京街头听到的话语也不一定是北京话，这些微妙的差别只有老北京人能分辨得出来。

像老版的《茶馆》里面的话，是北京味儿。我们目前所见到的影像资料，慈禧御前女官德龄公主在美国用英语演讲，她说了几句汉语，那是地道的京腔京韵；末代皇帝溥仪在东京审判的录像里，讲话也是京味儿。

当然他们的讲话有贵气，街头巷尾引浆卖水者之流说话与他们讲话是有区别的。北京人说话只用喉头发音，喷字快、吞字多，儿化音用得妙，有点连片子嘴。有人形容北京口音是"京片子"，是精确的。像有句北京童谣所唱的：

> 小小子坐门墩儿
>
> 哭哭啼啼要媳妇儿
>
> 要媳妇儿干吗
>
> 点灯说话儿
>
> 吹灯做伴儿
>
> 清早儿起来梳小辫儿

几乎每个字都是儿化音，不是北京人很难发出那个拽味。

梁实秋算个北京人吧，他祖籍杭州，出生在北京。他的《人间一趟，尽兴而已》中的《豆汁儿》是以标准的老北京口儿表述的，鲁迅的文字没这口儿。

在影像资料里，像马未都、冯小刚、王朔等，他们说话京味浓。王朔、冯小刚两个人说话是京腔，有点北京人的痞子气。马未都是文气，闷逗。按逻辑推测，老舍、启功应该是京口京白，可惜我没听过他们的声音。

《红楼梦》用了大量的北京俗语、口语，可见曹公受北京文化的浸润之深。

四川某些地方的方言有"儿"化音，但他们的"儿"化音"哏"，没有京味的飘逸。

五

有幸和一家国内家电公司合作过，就是上门服务呗，有时活多得忙不过来，我这"老板"也得上啊。

记得上海淀一用户家里，是新楼房，一派簇新，三居室收拾得很"中国风"。主人也斯文客气。他问我："你也是外地打工的啊？"我答："是。"他冷笑道："北京人买不起这房，他们都住在胡同里，破屋子，又窄又暗，拥挤在一起。"我附和道："是，能买得起这楼房的差不多是外地人。"临走的时候，他送我出来了，我满脸带笑地对他说："我就是北京人，有座独家小院。"

就是这天，我去了鼓楼大街住的一个大姐家。

那时候没有手机，都还是用 BP（传呼）机，我在用户家安装滚筒洗衣机的时候，有人呼我，在用户家里不好意思用人家的电话，所以出来就赶紧找了报亭打了个电话。原来是一个大姐叫我马上去她家，她儿子出事了。

这个大姐是个书店的工作人员，为人仗义爽气，与我交厚。

记得有一次我曾在东单旧书店见过一部书，书名是《佳句秀语

217

大辞典》，厚厚得像是块城砖，110元，我身上的钱不够，没买。后来带足钱又去了，可惜，书没了。那次我去她书店又遇到了这部书，带的钱还是不够。

我爱不释手地翻着这本书，和她说了这件事。她也没吭声，后来我走的时候，她把这部书包装好了，票据俱全地递给了我。我掏出身上仅有的几十块钱给她，她说什么都不要。

电话里她只说你来一趟吧，那王八蛋又出事了。

这里的"王八蛋"就是她的儿子，长着一张小白脸，总是笑眯眯的，穿着很是讲究。可他是个吸毒犯，一个流氓。只要不是人干的事他都干了。

没上几天职高就被学校开除了。在马克西姆餐厅当服务员，往外宾的冰激凌里吐唾沫，又被开除了。一开始混社会打架斗殴，后来又长了吸毒的"能耐"，蹲派出所比去姥姥家都勤。

大姐家在鼓楼附近的一条胡同里，大杂院。犄角旮旯凡是能开发的空间都已经被住户瓜分完了。挤挤挨挨的，由于前院房子高大，又有一棵树遮挡，所以阳光都懒得进院落。

走进这院里，全方位挤压，你要像鬼子进了高家庄一样小心翼翼的，保不齐就碰到了什么雷。

一进院门就听见索爷的高声大嗓，一腔悲壮：

"我算是干吗的呀，他们都出名了，都是角了，拿我当'愣儿'

啦。涮我，到我这儿还都又吃又喝的……还想要我这扳指，给一座四合院我都不换，这是乾隆爷的扳指……"

"非得喝成这样，睡觉去吧你。"索婶不耐烦地摆手说他。

要说索爷真有艺术家的范儿，《京韵大鼓》《琴书》都拿得起来，弹得一手好三弦。他在鼓楼斜街参加了一部京味电影的拍摄，有他七十多秒的镜头，剧组说好了有他的名字，还没上映，他就在大杂院里做了深入人心的宣传，片子出来了，挺震撼，结果没有他的名讳，这让他很屈辱。

这院的人我都熟，我冲他挑着大拇指说："索爷，我瞧见您的镜头啦，那活儿地道！"

北京人的日子啊，不是在尴尬的路上，就是在尴尬的浊水里瞎扑腾。像是辉煌的珐琅镶嵌的痰盂，不要打开盖子看，没的找恶心。

里面西厢房那边大姐在看我，等我，一脸的不耐烦。

一进门大姐就说："听他瞎扯，这院都快盛不下他了，他恨不得说他是电影导演了。"接着又问我，"你开车了吗？"

"开了。"我答。

"走，跟我找那王八蛋去，又跟一个小骚丫头搞上了，还是通州那边农村的。"

大姐是个风风火火的女士。整理头发，穿外衣，一切都行云流水。里面是件绣花的真丝薄衬衫，外罩一件栗色短风衣，系了一条绛紫色方巾，总给人以盛气凌人、非同凡响的感觉。我爱跟大姐一起出去，提气。

"我去吗，文凤？"姐夫在一旁问。

"你去能管用吗，嗯？"大姐不屑地看他一眼。

其实我从来没有管大姐的先生叫过姐夫，我很敬重他，一直尊称他"童工"，他是北京有名的古建筑修复工程师，北京的处处古迹都留下了他的印记。下雨要往故宫跑，雨越大越好，去看"千龙吐水"，那是难得一见的景儿；下雪要去北海公园，雪停了，出太阳了，登上琼华岛上白塔山放眼望去，银装素裹的北京，既色彩浓郁，又层次分明，一派妖娆壮美。

这些都是童工告诉我的。

他为人忠厚诚笃，总是一脸谦和乃至谦卑的笑容，在外是受人尊重的"童工"，在家是厨子、是用人，烧得一手好菜，荤素搭配，应时应景，色香味俱佳，又深合营养之道。他的红烧肉可谓一绝，只要是知道我去，他准做这道菜，我是吃不了就兜着走。

现在想起来都后悔，当年我盖房的木料都是他们公司拆下来的古建筑木料，是他派车送到我们乡下，那里保不齐有金丝楠木的木料，后来再次翻盖成钢筋水泥结构的板房时，就都被那帮搞建筑的拉走了。

也真是邪门了，这样一个几乎大成至圣的君子，大姐就是捏着半个眼边子也瞧不起他。

六

我们七拐八扭好不容易才找到这个叫野庄的村子，又七拐八扭地被人指点到了大美子家。跟大姐出来，我自然就是小弟呗，下车问路问人都是我的事。也许是我敏感，一提大美子这名号，村里人的眼里都流露出一种深邃幽幽的眼神。

在村民的指引下，我们来到了大美子家门前，一个妇女喊了声："大美子妈，找你们的。"一个黧黑面皮、耷拉脸的女人就朝我们凑了过来。这时大姐才下车。我赶忙伸手扶了大姐一把，只见她面色阴沉如水地下了车，说："我是童远航的妈妈，叫他出来。"

"哟，是您哪，快进家，快进家，这是怎么话儿说的。"大美子妈堆起一脸笑容说。

大姐依然阴沉着脸说："不进去了，叫他出来。"

这时大门里出来一个瘦高的男人，说："有话进来说吧您。我是大美子爸。远航、大美都不在家。"他的神色间有种玄机加持。

"到家了，就进来坐会儿。这里也不是说话的地方。"说着，他就侧身向着大门走了。

大姐犹豫着，和我对视了一下，我说："进去吧。"

大姐问："有狗吗？"

大美子妈说："有，我们家狗仁义，不咬人，放心吧您。"

正房三间，东西厢房各两间，院子里收拾得干净利索。一棵枣树，一架葡萄，秋天里几棵月季还开得不错。

进屋落座倒也畅快，大美子爸上来就开门见山，说："我们大美子也五六天没回家了，呼她也不回。我去了东单体育场，她的摊子已经转让给别人了，那是五六万的货呀。"

大美子爸给我留下的第一印象不好。他自打见到大姐之后，眼睛就止不住地往大姐的身上瞄，作为男人我当然理解男人这种眼神的意思，这让我恶心。我的身份是远航的舅舅，大姐刚才在车上和我说了，小航前后进货两万多吧。我就说："我们差不多也这数吧，现在的关键是要找回他俩，知道他们在干什么。"

大美子爸和颜悦色地说："那是，那是。咱们一家人不说两家话，远航上我这儿来过几回，白白净净的，对人也有礼貌，说话也靠谱，挺伶俐的小伙儿，我看得上。弄成这份上，这门亲事我认了。"

我知道，他这个底牌亮得给大姐恶心死了。我说："下来的事咱们再说，先找到他们吧。"

"那我们走吧，有事再联系。"大姐说。

"别价呀，大妹子，我们已经给您预备饭了。"大美子爸诚心诚意地说。

我敷衍说："我们真的还有事，咱们以后有的是机会。"

大姐已经起身往外走了。

一直到了大门外，大美子爸还说："大妹子，给我个面子，咱们生米已经做成熟饭了，我这人办事从不二虎。一个姑爷半个儿，小航这孩子我瞧得上。"

我直想笑，一种苦涩的笑。文雅的词汇当叫"哂笑"或"讪笑"吧。

七

我紧走两步开车门扶大姐上车。

她的脸色发青发黄，瘦骨嶙峋的手在一起纠缠着，对车下的大美子爸妈连看也不看一眼。我朝他们摆摆手，说了句："打扰你们了，请回吧。"

车开了好长时间，大姐一句话也不说，让我心里虚虚的，还有些怕怕的。车开到大北窑的时候，大姐说："找个地方停下，我心里乱。"我把车停在了立交桥下。她说："我们到后面去坐坐。"

她一直坐在副驾驶的位置。我直接奔向后面为她开了车门，等她落座后，我就坐在她身旁，她突然趴在我肩上号啕大哭。我愣了、我傻了，我不知道如何应对，只是结结巴巴地"大姐大姐"地叫她。

我知道她有洁癖，也不敢用我的手帕，就把她的方巾解下来，递到她手里，她用方巾捂着脸哭得更厉害了。

过了好一会儿，她的情绪平复些了，她眼巴巴地看着我说："你就是我的亲弟弟呀。"

这一下子扎着了我的软肋，我泪水一下子就涌了出来："大姐，姐，我就是你的亲弟弟，只要是你的事，我扛！"

"你知道什么叫无助无奈吗？姐命苦啊。童国章是个无能的窝囊废，那家里盖的小房、厨房都是我出面，和邻居打架都是我出场，找瓦匠、找木工也是我出面，他躲着、藏着，连个大气都不敢出。小航跟我犯浑蛋，骂我，他管都没管过，不吭声。他还背着我给小航钱，供他吸毒。"

"大姐，你太强势了，你的眼睛能杀人哪！"

"不强势行吗？能活吗？"

"我记得你们刚结婚时，我来吃饭，童工做一个汤，你就喝了一口，翻脸就瞪了童工一眼。童工赔着笑问，怎么啦，文凤？你骂人家，你丫的不会尝？后来有小航了，记得他上四年级的时候吧，养了只鸟，你拿起一块砖扔在小航面前，厉声说，是你砸死鸟还是我砸你？

"大姐，你这样处理问题不行啊，物极必反、矫枉过正啊！"

大姐沉吟了一会儿说："我要不是遇到一个这样窝囊废的丈夫，我会这样吗？一次派出所拘留了小航，我们去派出所和所长吵了起来，他就在一旁看着，那天刚下完雪又刮大风，我一个人连滚带爬地走在大街上，哭，撞车死的心都有。叫天天不灵，叫地地不应，只有绝望，绝望……"

"大姐，我就直说了吧，小航回头难了。他要真跟这个大美子有意发展你就别阻拦了，随他去吧。"

"不可能，我宁可断子绝孙。看她那个爸爸，那不就是个地痞吗？臭下三滥！"

话说到这份上我也无语了。我说："大姐，我下车抽根烟去。"她说："要不我就下车坐公交车走了，又耽误你一天。"

我说："我送您回去，童工还做肉了呢。"

下车后我狠狠地吸了几口烟。

我在想，无论是一个人，还是一个家庭，只要走上了不正常的轨道，要想回归正轨是很难的。

大姐为人爽气仗义的同时，心高气傲、目中无人、刚愎自用。她心中有一幅美好蓝图，结果被她弄成了烂泥塘。她雍容华贵的盛装之下包裹着腐败的烂棉絮。在外她是很好的朋友，在内她是个失败的家庭主妇。

远航在妈妈的航线里被逼成了叛逆者，凡是妈妈讨厌的就是他爱干的。他和我说过，你要恨谁，就让他的儿子吸毒。

其实童工是个不错的人，他是个中庸者，退让忍耐无原则，得过且过就是他人生的"核"。他常常说的一句话是，文凤啊，在外面是雷锋，一进家就成了马蜂了。他和我谈过他的儿子，他无奈地叹息道，就让他自生自灭吧。

以上写法像是小说了。

套用某些作者的常用手法声明一下，此故事是普遍现象，所在多有，不要疑惑只存在于你家。

在我们习以为常的生活中，往往隐藏着让我们醍醐灌顶的人生哲理。老外说，性格即命运；中国数术家说，八字造就。

我认为，中外的这两句话都很经典，有异曲同工之妙。

北京——我的桑梓之地。

"维桑与梓，必恭敬止。靡瞻匪父，靡依匪母。"（《诗经·小雅·小弁》）

北京是块风水宝地，西南西北有群山叠嶂，内有河道滋润，东有渤海回护；东北望，东北三省是战略转圜之地，正南是一马平川，锦绣江南。

胸襟浩荡，何其雄伟。

我一直在想，什么是北京人？谁是北京人？北京人有哪些特质？

触摸北京的前世今生，其实谁也不是北京人。

辽金不必说，自元朝以来，北京就成了逐鹿的大舞台，各族兄弟谁的拳头硬，谁就当家，想当家就必须拿下北京才进退有路。所以从血脉上来讲，所谓的"北京人"其实是个不断更新的各路"打家劫舍"的英雄好汉。

昨天的北京人是中国各族"好汉"的组合体，今天的北京人是世界精英的"批发站"。忽必烈的精英们被努尔哈赤的铁骑征服了、赶跑了，努尔哈赤的八旗子弟才入主紫禁城；连我们的解放军这支大军也是通过"进京赶考"合格才落户北京城的。

现在想落户北京也不是一件简单的事，依旧是"卖方市场"，你得是北京需要的人才，"敲门砖"的含金量够，北京才能要你。

那么，北京为什么不出人才呢？

是否刘秉忠、姚广孝这两位僧人定鼎北京之时，为了他们的"千秋大业"，给北京下了什么"镇物"呢？

这个不敢杜撰。

然而北京不出人才却是不争的事实。

就说我们目力所及的北京吧。元朝的痕迹不多了，能看到的就是清朝的史料，甚至有影音。现在的琉璃厂还有挂有八旗子弟的书画作品的门脸，皇家余脉毕竟还有些才气。在网络上还时常看到爱新觉罗的子孙有模有样祭祖的视频，也没看明白他们的通天纹开了没有。

祭神如神在，要慎终追远呀。

人一旦落户北京了，就进了温柔富贵乡了，身价就增加了，就自我膨胀了。像北京人到了外地说一句"我是北京的"，就分外神气。网上那个坐公交车的旗人老太太就瞧不起外地人，嫌外地人"没素质"，吹自己是正黄旗人，有通天纹为证。

天子脚下自然多了些保障，旗人是吃"皇粮"的，天上掉馅饼，躺赢。被甜腻腻香喷喷的日子捧着，他们没有追求的目标，失去了动力，容易饱暖生闲事。所以北京出玩家，出看见骆驼不吹牛的侃爷。还有一批有点出息的就出国了。像电视剧《北京人在纽约》、纪实小说《曼哈顿的中国女人》反映的就是这批人的行藏。

不管是历史还是当下，能杀入北京的都是"狠角色"，最次的也如"二师兄"，混个"净坛使者"的美差。

人落户北京后，紫禁城的荣耀也就镀上了他的金身，那里的优质资源就都与他相关联了，心理上的进取精神就顶上了天花板，成了走不出的瓶颈。

你看，像什么明星大咖，只有你在中央台"秀"过了，尤其是吃过了"春晚"的盒饭，你才算是入了"金陵十二钗"的正册。这样你出京就可以布桩支棚圈羊剪羊毛了，自会有人"跪舔"了。

身在北京就开了天眼了，心态容易浮躁，机巧之心重，还眼高手低。什么官二代、富二代、军二代、星二代……都是这种日子孵化出来的名牌产品。

古人有言在先：君子之泽，五世而斩。子孙坐享其成不思进取，经过几代人就消耗殆尽了。三代累积，一代清空。

父祖辈是老虎，儿孙辈就是病猫了。他们没有了磨砺的环境，也就没有了前人的格局器识，更没有了前人的血气。

有什么校正的办法吗？

有，就怕您舍不得。永远保留原籍，让子孙明白不能享受无功之尊、无劳之俸，回原籍淬砺，庶几能跳出"家族盛衰循环定律"。

逛潘家园旧货市场记趣

赝品

逛潘家园旧货市场，别老揣着"荆山得玉""平地捡漏儿"的心理去。那可是山外有山、人外有人的地方。像在电视上经常露脸的那些明星大腕儿，个个探头探脑神秘兮兮的，保不齐就能跟你撞个满怀。一日我在那里闲逛，碰到个画家朋友正和一个人品评小叶檀木家具，我也加入其中跟着闲磨牙，聊了一会儿才知道对方是个世家子弟，在国内也算得上是个大名鼎鼎的人物了。

潘家园的假货率很高。一日启功先生来此，见自己的书法赝品在这里到处都是。有人问他有何感想，他笑曰，都比我写得好。有人问他要打官司吗，他笑曰，让大家都有口饭吃吧。不愧皇家血脉，如此大度洒脱！

一次，我走进一家满满当当的小古玩铺，见迎面墙上的镜框里嵌着一幅横幅，署名是启功。我一笑说，这是真迹。老板接口说，眼力不错！他又反问道，您怎么敢断定是真的？我开玩笑道，没有外头的写得好。接着我又由衷地赞叹了一句，大家就是大家啊！

真的，大家的那种朴拙自然、超凡入圣又返璞归真的底蕴不是三年五载就能学得来的。

当然也有例外。

我去那儿买过两幅仿齐派的画，明知是假，但又想知道这"假"已经真到了几分。我无意间跟一个朋友谈论了这件事，她说，我一个大哥是干这个的，让他给你看看。

不几日，我们相约到这位仁兄家造访。没想到这位仁兄见到我拿的画就乐了，原来这画就是他的大作。他详细地向我介绍了齐派各家的风格特点，什么老点儿的齐白石、嫩点儿的齐良迟、愣点儿的娄师白……

听得我如坠五里雾中。

我问他："您觉着您仿齐派的活儿到什么火候了？"

我的朋友在一旁笑着说："一次齐良迟在大哥的画前站了许久，问他孙女儿，我画过这画儿吗？"

他说："反正这么说吧，过些年，我的画就是真的，齐良迟的

231

画儿就成假货了。"

我说："这可太恐怖了。"

玩古董的外国爷们儿

周末,我和女儿又来到这里。顺着镏金字灰砖瓦影壁往左一拐,就见一年轻的老外身边戳着几扇硬木雕花漏窗。

我对女儿说:"这外国爷们儿还敢玩这个呢!"

没承想那青年老外马上接口道:"你玩不?两万。"

他这地道的京韵京腔,着实让我吃了一惊,我连忙拱手说:"不敢,承让,谢了。"

"一万五。"他说。

我摇头一笑。

"一万。"他一脸滑稽,跟我逗开了闷子。

"五千也不要。"我也跟他逗开了。

"那五百要不要啊?"他琥珀色的眼睛里闪烁着狡黠的光芒。

"要啦。"我做出掏钱状。

"玩儿去!"他嘲笑地晃着脑袋说。

此老外的京腔京白,京片子特有的潇洒飘逸的贫劲儿,真让我喷喷称奇。他的水平在姜昆、唐杰中调教出来的那几个洋徒弟之上。没想到潘家园旧货市场所集散的不只是中国的古玩字画、民间工艺品，这里所集散的中国文化、中国的风土人情，也把这外国爷们儿浸润得如此"彻头彻尾"。

"咔嚓"一刀

我家原有一方铜砚，大概是清末民初的物件。上面镌着行书蝇头小楷骈文：山光绕水水绕廊，书生水面皆文章……是我父亲在"闹日本"那年月从鼓楼地摊儿买的旧货，又被我珍藏了几十年，虽不名贵，但很珍惜。没想到小孩子家爱显摆，被女儿拿到学校里弄丢了。我一直深以为憾，总想再买一方补壁。

在一个胖姑娘的摊位上，我见到了这种铜砚，就选了一方，行书小楷，镌的是刘禹锡的《陋室铭》。胖姑娘开口要120元，我心说不贵，按要100给50的规矩，我给狠杀成了50。

"连本钱都不够，那就卖给您吧，反正今儿我也没开张呢。"胖姑娘露出一脸亏本大出血的惨相。

等交了钱，东西归了我，我才猛然发现，这砚里的封条上怎么长着点点铁锈啊？用手指一弹，啪啪地响。我这才恍然大悟：上当了！这就是他们业内人所说的"行活"，里边是铁模坯子，外边包的是冲压成型的铜皮子。后来圈内人告诉我，这东西批发价才十多块钱。

我立即提出退货。

胖姑娘刚才还是"亏本大出血"的惨相，此刻咔嚓一下变了脸，她冷脸对我说："您觉着合适吗？万一您在我这儿是捡了600块的漏儿，您还来找我吗？"

我想起了这行的规矩："过手不退，玩的是眼力。"

得，不退了。花50块钱买个教训。好在花钱不多，此后，凡是我往卖铜砚的那儿一蹲，拿在手里用手指一弹，摊主马上透话："行活，爱要您瞅着给；那块啊，那是真货，低于800不卖。"

潘家园旧货市场深似海，您要不是行家十有八九要上当。可您要是行家，那儿可真有好货，我就在这里就捡到过"漏儿"。

淘书乐

靠市场东南端是一排五六百米长的书摊，是我每次必去的地方。

放眼看去，这里的书像是胡乱码满工地的砖瓦，一摞摞、一堆堆、一片片；人们像是观赏鱼池里的鱼，在不断地游动着、聚集着、寻觅着。我在这里淘换书，见那么多大师的心血之作竟如此沦落风尘，故常怀不忍之心买下，颇有救落难英雄于水火的悲壮感觉。

也许是好心有好报吧，我在这里买到过几本值得一提的书。

一本是湖南某大学教授研究西方现代文学的专著。此书虽是"百衲衣"式的剪贴之作，却填补了我在该领域的知识空白，而且其扉页上的题款十分有趣。题款表明，此书是此公呈文化部某官员"教正"的，没承想"飞入寻常百姓家"，由我来"教正"了。

再一本就是法国文学研究专家罗大冈教授写的《论罗曼·罗兰》了。扉页上也有罗教授的题款，是送给同道"斧正"的。字迹遒劲而秀美，好叫我赞叹不已！我知道，罗教授斯时已经作古，此为绝迹！

更为神奇的是我与另一本书的缘。

噢，就先聊到这儿吧，这话题得细说……

追寻失落的英雄

题记：归去吧，英雄；归去吧，共和国永远的精英！

多情丰腴的东北大地啊，当年一个十六岁的少年——他大名叫张国福，或张国富，乳名叫虎子——离开了你的怀抱，他把自己的热血与青春，化作你的荣耀与骄傲。如今，他又化成一抔净土，投入了你的怀抱之中。

他送给大地母亲的礼物依然是荣耀与骄傲的花环。

他的英骨增加了大地的厚重与芬芳！

——记黑龙江省鹤岗市所属解放军全国特等战斗英雄张国福同志珍贵史料发现始末。

上篇

知道我这人好猎奇，好搜集些史料，一个偶然相遇的老同学，说给我介绍个东北打工妹，她很传奇。

据她说，此人虽是打工族，可出身名门——其父是全国有名的特等战斗英雄，叫张国福，参加了1950年全国战斗英雄、模范代表大会。会议期间，她父亲和其他三位英雄代表，有幸被毛主席请到家中做客，一起用餐。

我有些怀疑。这年月编故事的人太多了，而且她所编的"故事"又显然有点过气了。尽管如此，我们还是在东三环边儿的一家饭店里见面了。见了面，第一印象还蛮不错。

我虽不学无术，可一般历史知识还有些。一番交谈后，我相信她所说的是真实的。原来她父亲刚刚在三〇一医院去世（1998年7月11日），她还沉浸在丧父之痛中。

人都有倾诉的心理需要。我们的话题就围绕着她父亲的故事展开。

她父亲十六岁参军时，正赶上那场中国向何处去的大决战拉开序幕。她父亲在所参加的第一场战斗中，就活捉了敌中将赵伯昭；在而后的一次我军遭敌伏击的危险形势下，他又凭着个人的机敏与勇敢，使全连官兵化险为夷。他个人军旅生涯的光辉时刻是辽沈战役中的胡家窝棚战斗。当时敌我双方混战成一团。面对敌人的一个火力猛烈的据点，我军的数次冲锋都被压了下来，许多战友倒在了血泊中。张国福凭着个人的大智大勇，愣是只身冲了进去。在敌人因惊恐而熄火的刹那间，后续部队纷纷冲了上来。让人没想到的是这儿是廖耀湘兵团的指挥部！这场战斗的胜利，摧毁了敌军的指挥中枢，从而推进了整个战役的进程。

这次张国福荣立了特等功，他被称为"起了天大作用的人"。这场事关全局的战斗，被后来的史学家称为奇迹。在经典史诗影片《大决战》中，这一史实也有所交代。

在尔后的湘西剿匪、朝鲜战场，张国福也都留下了传奇般的故事。

就是在那次英雄、模范代表大会上，向来风趣幽默的毛泽东主席把张国福从代表的人群中拉出来，让他与周恩来总理并肩站在一起。毛主席一脸严肃地打量着。张国福很紧张，不知所措地站在那里，一动也不敢动。半晌，毛主席才一脸灿烂地笑着说：

"高矮差不多嘛。"

领导人、将帅们、代表们也跟着笑了起来。

一个国家的最高军事统帅就这样向他的一名英雄士兵表达着自己的厚爱与希望。

战争结束后，作为军事精英，他被部队列为重点培养对象，送到了湖南衡阳军校深造。可就在这前程似锦的人生阶段，张国福毅然告别了部队，回归了生他养他的黑土地。从此隐姓埋名，过起了生儿育女、柴米油盐的日子。

我始终不解，这样一个战功卓著、前程似锦的英雄人物，怎么会隐姓埋名去鹤岗当一名普通的矿工呢？而且一直默默无闻到生命的尽头。

答案已经被老英雄永远地带到了另一个世界。而他留给子女的是一段段舐犊情深的记忆碎片。

张艺凡——我眼前这位女士，永远也忘不了她童年的往事。鹤岗的冬天寒冷而漫长。半夜，在暖乎乎的被窝里，在睡梦中，他们被一个圆乎乎的东西冰醒。原来出差十几天的爸爸回来了。他给他们带来了千里之外的苹果。每个人的枕前放一个。

这是最甜美、最沁人心脾的父爱！

家中的房子漏雨了，爸爸端着一锅滚烫、冒烟的沥青登梯上房。不料，沥青锅倾斜，洒在了他赤裸的前胸上。在老伴儿、儿女的惊叫声里，他镇定地把锅放平稳后，才去抚摸胸前的沥青，结果胸前连皮带肉掉了一片！

处变不惊，对于痛苦与艰难的承受与忍耐，是父亲留给儿女们最宝贵的财富。

多年战火的硝烟，在这个东北大地长出的金刚铁汉的胸膛里埋下了恶种。1998年春节前后，刚满67岁的老英雄就干咳发烧，鹤岗市大小医院都看遍了，就是治不好。在鹤岗市矿务局的关怀下，子女们送他到了北京。共和国不会忘记自己的功臣，由军委总政出面，把他送进了三〇一医院。

可一切都晚了，他已是肺癌晚期，他的胸膜较正常人厚近十倍！

我问张艺凡："你爸爸当年的军功章、立功证书还有吗？"

她充满遗憾地说："没有。打我们记事以后，就没见过爸爸有这些东西。"

今天的人难以想象，从那个时代走过来的人，对生活的追求竟是那样单纯而执着，当国家需要他的时候，他去了，他舍生忘死地献出了自己的一切；大功告成后，他走了，走得那么心平气和，心怀坦然。他的胸怀，有如东北大地那般厚重而广袤、朴实而富饶。

作为当代人，讲究生活质量与价值已经成为一种时尚。那么，这质量与价值又怎样去体现呢？红尘滚滚，物欲横流，欲壑难填。为了这种质量与价值，多少人因校不准人生的坐标，付出了太多、太沉重的代价。

我很敬仰张国福这位平民式的英雄。

一个国家、一个民族，不能忘记自己的英雄与先贤。这是我们中华五千年人文精神绵延不绝的秘诀。

我答应她，帮她找寻她父亲的史料，我判断，这样一个英雄一定会在共和国的历史上留下印记。可是，一晃四五年过去了，我也没找到这方面的史料。

可我一直在找。

佛家讲究一个"缘"字，我不信佛，可我信"缘"。

我爱逛潘家园旧货市场的旧书摊，不是因为这里的书便宜，种类繁多，而是因为有时会买到一些有特殊标记的书，叫你兴奋不已。我就在这里买到过几本很有收藏价值的书籍。

那是2003年一个乍暖还寒的春日的周末，我又去了潘家园旧书摊闲逛。目光毫无目的地在一排排、一摞摞旧书的波谷浪峰中驰骋。

猛然间，我眼前一亮，身子不由得定在了那里。

真有这本书！

真是这本书！

我的判断是正确的，果然有这么一本书！

几年来，我一直苦苦地寻找着你、盼望着你。

书是精装的，大十六开开本。紫色金丝绒包装，烫金字封面。经历了半个世纪的雕琢，金字有些斑驳，但依然清晰光亮。

《中国人民解放军英雄模范人物代表大会纪念专刊1950》——看着这个书名，我的心在跳，浑身在颤抖。我蹲在那里小心翼翼地翻开了这本书。

这是共产党人带领中国人民浴血奋战28年定鼎北京后召开的唯一一次规模如此宏大的英雄代表大会。

全国工农学商党政军都发来了贺电或贺函。新中国所有的领袖人物几乎都参加了这次英雄大聚会。

毛泽东主席为英雄、模范们题了词。

数百万大军，仅选出307名战斗英雄，而荣膺"特等战斗英雄"荣誉称号的只有78名。可见当时的标准之高，资格审定之严。而年仅19岁的张国福就位居这78名"特等战斗英雄"之中！

这本书历经50多年风风雨雨，人事更迭，不是孤本也是珍品了！据书尾标明，此书当时只印了3000册。

这天晚上，我去了张艺凡家，在柔和的灯光下，我神秘兮兮地对她说：

"送你一份礼物。"

她开始有些漫不经心，当我把书递到她手里时，她意识到了什么，可是又是一脸不敢相信的样子。她打开书，紧张焦急地翻了起来。突然，她的目光凝固在那页书上，接着就把脸贴在了书页上，呜咽着说：

"这是我爸，这是我爸……"

下篇

让我十分感动的是，为得到这本书而高兴万分的不只是老英雄的后代子孙，还有老英雄当年的战友、首长和许多素不相识的朋友。

老英雄的二女儿、四女儿从很远的地方赶来拜读这本书。他的小儿子张军耀要马上来京取这本书。他要把这本书作为传家宝，一代一代传下去。

老英雄原团的政治部主任，后来的国家核工业部总公司核动力研究室设计院原党委副书记穆建华老前辈，激动地打开书，欣然提笔题词。

作为这段辉煌历史的铸造者，他们没有见到过记录着这片辉煌的这本书。因为这本书结集出版的时候，他们正在朝鲜战场的硝烟之中，用新生共和国的力量与勇气和美帝国主义进行着殊死搏斗。

拿着这本书，穆老高兴地给他的老首长、老战友们打了电话。这之中有他们当时的师长，后来的政协委员、解放军原基建工程兵副主任黎原老将军；还有当时张国福事迹的报道者，后来的《解放军报》《老年报》的主编前驱老前辈，张国福的事迹就是从他的笔下走向全军、全国的。

老前辈们啊，我能理解你们的心情。

你们看到你们当年为之抛头颅、洒热血的事业，得到了我们后人的景仰与珍惜时，对于你们来说，一定是一种莫大的安慰吧。

我们不会忘记你们；忘记了你们就会迷失了我们自己；共和国的丰碑永远铭刻着你们的名字！

一派儒雅的前老，十分深情地回忆起当年和战友张国福的往事。当时，正是他带领着这些英雄、模范在全军巡回讲演。在他的印象中，张国福有些怪，由于山高路远，几乎每天都在大山里穿行，军里给他们每个人配了马和马夫。可张国福总让马夫骑，他倒去牵马。别人问他为什么，他说，我这两条腿可不能闲着，得锻炼，赶明儿还靠着它行军打仗呢。张国福不善言辞，可他平时与大家相处时，冷不丁冒出一句话来，能让大家大笑不止。一到台上，他讲话就结结巴巴了，其实那些事情都是他自己的经历。你给他写好了稿子，他也念得上句不接下句。

在前老的记忆里，张国福是一个乐观、爱笑的人。他看问题的角度，往往出人意表，很独特。再就是他的军礼行得非常帅气，有着军人的挺拔与朝气，非常潇洒。前老说到这里时突然沉默了。是啊，张国福在巡讲中，给无数战友行过无数次帅气的军礼。可给前老留下印象最深的、铭记在心的却是他最后一个并不帅气的军礼……

在三〇一医院。

总政派人来医院看他。已经病入膏肓的张国福，挣扎着从床上坐起来，给他的后辈军人行了最后一个军礼。

他推开了搀扶着他的家属，手臂颤抖着，手指弯曲着，慢慢地抬了起来……这些年轻的军官明白了这军礼的含义。本来他们已走到他的病床前了，这时又肃然起敬地后退一步，立正、挺胸，眼里噙着泪花给老英雄回了一个帅气的军礼。

这军礼太重了！

这是老一代军人给予新一代军人的无比信赖与最后的嘱托。军人为国而九死不悔的忠诚与骄傲，全都融化在这一举一挥间。

前老见证了张国福同志的最后的军礼。这最后的军礼如岩石般凝固在前老的记忆中。

英雄暮年何堪，烈士壮怀依旧！

前老捧着书连声说，太珍贵了，太珍贵了。他进了书房，很长时间才出来。他给题完词的书，配了一个锦匣，郑重其事地递给我，嘱咐说，要好好保存。

黎原老将军虽然已92岁高龄，但你仍然能从他的举止间，感受到将军当年的虎威。他将近一米九的高大身材，眉宇间有一种泰山压顶的力量。张国福就是他的兵啊！他久久地望着张国福的照片，一言不发。

老将军在想什么，我们无从知道，会客厅里一片寂静。当年345.6高地的那场阻击战，打了七天八夜，一连官兵，最后只爬回来张国福一个，血肉模糊的张国福向他报告："首长，我们的阵地失守了……"

那是叫张国福终生不忘的一场恶战。美军把所有的杀人武器都用上了。飞机、大炮，甚至化学武器、毒气弹……而我军连给养都难以为继了。那是怎样的七天八夜啊！地狱的炼火在考验着中国军人的忠诚与勇气。战斗到最后的时候，阵地上只剩下了张国福和副连长。与阵地共存亡是他们唯一的选择。他们都争着把生的希望留给对方。在又一次打退敌人的阻击中，张国福身负重伤。一切通信都中断了。副连长请求他马上回师部报告：我们的阵地要失守，请求支援。

在隆隆的炮火声中，身负重伤的张国福用皮带把一个伤号绑在自己身上，连滚带爬地撤出了阵地。而那个副连长和他的全体官兵，却都把自己的英名永远地留在了异国他乡的土地上！

晚年的张国福多次向子女讲述这场恶战，而每次讲起时，他都会泪流满面。他怀念他的战友，他珍惜今天的安居乐业。

共和国的军人啊，你们是我们永远的骄傲。你们用自己的生命和忠诚改写了美国人引以为荣的百年不败的军史，你们把"失败"两个字永远地钉在了一代霸主美国的军史上。

老将军抚摸着自己战士的照片，就像当年爱惜地拍打着他的肩膀，只是目光由当年的喜悦换成了今日的悲壮。他对站立在一旁的勤务兵说："拿笔来！"

老将军似手提千钧，重重地写下了八个大字：

革命英雄永垂不朽！

这本书所震荡起的波纹还在一波一波地扩散。很多朋友都以一睹此书为快，询问此书的来历和背景。

为此，《中华儿女》的记者卓成华在为十届全国人大三次会议召开出版的特刊上，写了长达数千字的文章，报道老英雄的事迹。文章刊出后，海内外许多热心读者打来电话，表达了对英雄的关心、敬仰之情。

这之中，有八一电影制片厂创作办公室的主任编剧，她是经典史诗影片《大决战》的作者之一——康丽；还有作家奚青汶，他也生长在东北这块丰硕的黑土地上。他们都为张国福的事迹所打动。

作家奚青汶动情地说："写呀，这样的英雄不写，让我们去写什么？这是我们国家的主旋律啊！"

我们达成了共识——张国福这个人物是值得大写特写的。当时，《激情燃烧的岁月》和《军歌嘹亮》正热播，它们展示的是我军高级干部的人生道路。

作为一名普通战士，张国福的前半生是辉煌的。但他取得这种辉煌之后的平实、朴素的后半生的生存状态，对于今天的我们，更有着重大的现实意义。

一位热心的企业家和一家文化传媒公司也来促成此事。一切都要水到渠成了，没想到有突发事件让此事功亏一篑，叫我深以为憾。

尽管如此，我依然十分感动。

我们的社会啊，在种种喧嚣、浮华的表象之下，有一种沉着、澎湃、日夜不息的伟大力量在支撑着、涌动着。正是这种力量，使我们从昨天走到今天，从今天走向未来，从一个辉煌走向又一个辉煌。

崇尚英烈贤哲，追求卓越完美，是一个国家、一个民族乃至一个人生存发展的永不枯竭的动力。

本来老英雄逝世后，解放军三总部准备把他的骨灰安置在八宝山革命公墓。可张国福临终时说："我在鹤岗搞了一辈子火药，还是让我回鹤岗吧。"他的亲属子女也愿意将他的英骨迎归故里——回到他生儿育女默默度过普通人日子的地方。

送老英雄走那天，我也去了。我们举行了一个简单的送行仪式。摆上花圈，烧了纸、祭了酒。我在花圈缎带上挽道：

红尘十丈拜忠骨，先烈化羽魂可安矣。

沧桑百年叩人生，后侪飞泪心何仪之。

张家大姐张秀荣紧紧抱着爸爸的骨灰盒，有如搂着爸爸余温尚存的躯体，痛哭失声道："爸爸，爸爸，我来接您来了，咱们回……回家……"

后记

在仅存的世界文明古国中，我们中国算一个。为什么我们能传承五千年而魂魄不散呢？答案很多。但有一个答案恐怕是大家所公认的，那就是我们中华民族的"舍生取义，杀身成仁"的价值取向。

马克思主义的奠基人马克思为古希腊的神话传说的魅力所折服，那是因为他没见过我们的神话传说。我们的始母女娲补天的传说，那是何等浪漫和富有人性的光芒；而壮士刑天与敌斗，头被砍掉了，犹化乳为眼，化脐为口，斗杀不止！陶渊明诗赞之曰：刑天舞干戚，猛志故常在。这就是我们民族的底蕴，这就是我们传承五千年不散的魂魄！

这魂魄根植于我们每一个华夏子孙的热血中。

不是吗？

虽然我们很少遇到生与死的抉择、剑与火的考验，但我们对于父母长辈的孝敬，对于后代子孙的呵护，对于选定职业的恪尽职守，对于亲戚朋友的古道热肠，逆境中的锲而不舍……这些都是我们民族精神的反映。

让我们向英雄致以崇高的敬意吧，因为我们的躯体里激荡着他们的血液，传递着他们的密码。

茫茫乾坤方圆几何

长传我千百年民族魂魄

旧日宫墙

寻常巷陌

是谁把英雄的故事一说再说

老前辈

　　我认识穆老也是因为我淘换的那本有关张国福的书。他是张国福的营指导员。解放战争的四大战役他参加了三个，后来又"雄赳赳气昂昂"地赴朝作战，保家卫国。

　　有家公司要招个看门的老头，穆老去了。负责招聘的是个外地小伙子，没什么阅历。看了这个干瘦但精神矍铄的老头的工作证后，觉得此人非常可靠，当即决定录用，并向经理做了汇报。

　　经理看了记录和此人的工作证复印件后，惊讶地问："人呢？"小伙子得意地说："这老头儿挺积极，连铺盖都搬来了，正在传达室搞卫生呢！"

　　经理赶到传达室，他一把接过穆老手里的笤帚，半调侃半认真地说："老前辈，亲爸爸，缺钱花，我每月给您送家去；家里要是缺看门的，我给您看门去。"

送走穆老后，小伙子诚惶诚恐地问经理："他真是您爸爸啊？"

经理说："我要有这么一个爸爸就好了！你没见他工作证上写着他是核工业部动力研究所的书记吗？厅级，懂吗？咱们国家的原子弹都是人家弄出来的。让他给咱们看门？开什么国际玩笑！"

的确，年过八旬的穆老的身份就是如此。电影《昆仑纵队》演的就是他们当年的事。20世纪60年代初，遭贬的彭德怀元帅奉毛泽东之命去搞三线建设，到核动力研究所调研，接待、安排工作都是穆老一手操办的；华罗庚去他们所搞技术攻关，也是由他负责具体实施的。

无论是穆老走在大街上，还是你到他家里，你绝看不出穆老的身价。从我认识他那天起，我就没见他穿过一件像样的衣服。那天，我去他家，见他家书房兼客厅多了套半新不旧的组合柜，我很是惊讶。一打听才知道，是邻居装修淘汰的东西。

穆老出生在"风萧萧兮易水寒，壮士一去兮不复还"的河北易县。老家村里的路不好，没钱修，他一捐就是四万块。乡亲们很感动，说给他挂块匾。他说，算了吧，你们把经济搞上去就行了。

退休后的穆老因有两大爱好，而生活得有滋有味。

首先是写作。抗日战争、解放战争、抗美援朝他都参加了，素材有的是。他常热泪盈眶地给我讲起这些往事，让我看他始终发表不了的、大摞大摞的手稿。

说实话，他的作品我真不敢恭维。似乎角度、深度、表现手法都同他的年龄一样——老了点。但，老前辈了，我真不好意思说什么。可我依然被他的执着与激情所深深感动。

穆老的另一大快事是有学校、单位请他讲革命传统故事。但他有言在先：一不准车来接；二不收任何形式的报酬；三赶上饭口，饭自备。

他的一个战友的女儿开了家美容院，想孝敬孝敬他，给他做个美容、足疗什么的，让他也体验一回。我陪着他去了。一进门，他就习惯性地朝那群漂亮的小姑娘抬起手，声音洪亮地示意道：

"同志们辛苦了！"

一群小姑娘乐嘻嘻地不知如何应对。后来，尽管我和老板死说活劝，但他什么也不肯做。他只是仔细认真地视察了一番，并做些原则性的指示，就打道回府了。

待人真诚和气的穆老也发过一次雷霆之怒。

那是一次遛弯去农贸市场的路上，穆老见到城管在和一个小商贩厮打。他走上前喝道："住手，把她的煎饼炉子卸下来！"

城管一见他是个破衣烂衫貌不惊人的瘦老头，就推了他一把，说："你少管闲事！"穆老怒不可遏，立马摆出"壮士一去兮不复还"的正气模样，大声说："叫你们的区委李书记、宋区长到这里来，马上！就说我穆老头在这儿等着他们哪！"

一个头头模样的城管迎上前说："你不要妨碍我们执行公务！"

穆老斩钉截铁地说："我在履行一个共产党员的义务！"

事情闹大了，造成了围观。那个头头毕竟有些阅历，他感觉这老头有些来历，不敢放肆胡来，马上打电话向上汇报，没想到的是街区工委书记真的赶来了。工委书记一下车，马上握住穆老的手满脸歉意地说："穆老穆老，我们的工作有些粗暴，您多批评、多监督，可是我们的市容管理也是……"

穆老毫不客气地说："那我不管，让你的部下向这位妇女道歉！李书记，我就问你，这还是共产党的天下吗？你们就这样管理啊？这样对待人民群众是要出大事的！"

说完他就气哼哼拂袖而去。

我敬重穆老，时常去看看他，爱跟他聊天。在这个八十多岁的老前辈身上，我总感觉到有一种水冲石不动的定力震撼着我。

我感动于他的纯正，我感动于他的虔诚。

我常常问自己：

在我们的意识里，还有着多少和他们一样的青山不老、绿水长流只向东的定力？

对一个男人两个女人顶礼膜拜

一

驱车几百里，来到了父母的墓前，摆好了鲜花和祭品，我跪在那里叫了声爸妈，泪水就涌了出来。

京俗，称人逝世为"过去了"。亲朋好友见面，知道对方长辈逝世了，会关心地问："老爷子过去啦？哟，什么时候的事啊？看看，看看，我怎么没听说哪！"

想想，"过去了"，一个很安慰人的说法，同佛家的"往生"有着同样的慈悲之怀。亲人逝去了，给我们留下了一个悲哀而空旷的黑洞。想到他们"过去了"，去到另一个世界了。这就给我们留下了一缕可供想象、安慰的毫光。

我的父母早"过去了"，连我自己也已经白发苍颜地"快过去了"。也许是生活中的许多熨不平的褶皱，我时常想起他们，时常想起和他们共同拥有的"过去"。

我们的那些光怪陆离、有些苦涩的"过去"。

（二）

爸辞世的前几天，他还瞪着眼质问大夫："你们到底治得好治不好我的病？我这病怎么让你们越治越添病呀！"其时我们心里都明白，爸已是快九十岁的人了，像是一台早已老化得没有维修价值的机器，任何一个部件的小小故障，都会造成整个系统的彻底崩盘。

可爸好像不愿相信这点。他的态度在告诉我们，至少今天、今夜，他不会离开这个世界。明天的太阳还会为他升起！

姐那天在电话里哽咽着说，她看不了爸那痛苦的样子，更不能眼睁睁地看着爸在她眼前消失。爸一直跟姐过，他人生的鼎盛时期和垂垂老矣的暮年，都是在姐的柔软细腻的指缝间淌过的。这样，我就去给爸陪床了。不承想，我所守护的竟是爸爸人生的最后一夜。

我说不清我是孝子还是不肖子孙。当年，妈妈昏迷了三天两夜，我来到她床头，攥着她的手，满脸泪水地喊了声"妈"，妈紧闭的双眼动了动眼睑，就走了；如今爸爸又是这样，已经病危了几个月，我只去守了两夜，就送他上西方正路了……

只有土地才觉得出阳光的重量；只有为人父母才知道生活的硬度；只有当生活被经历撞击出粗粝的痂，人才明白生存的涵义。

三

爸爸出生自山东德州，身高一米八的大个，十六岁出来闯荡。他年轻的时候，有过一餐吃下一只三斤半的红焖肘子，喝下二斤多白酒的壮举；直到晚年，他兴之所至，还有能一顿吃下二斤涮羊肉，喝下七八两白酒的"雅量"。

但爸爸不是酒囊饭袋。

闹日本那年月，回家探亲的爸爸，骑车与几个日本鬼子骑兵相遇。

鬼子骑兵在一条大路上，爸爸在一条与大路相平行的相距两三百米的小路上。中间隔着一条河，鬼子兵喊他停下，爸爸猫腰骑车就跑，鬼子边追边开枪向他射击。鬼子的子弹在他的身体四周发出尖锐的嘶嘶声，他只感到腿上被什么一下一下地拧着，他顾不得这些，只是拼命蹬车。等他跑回村中家里一看，他的自行车里外胎都被打飞了，裤腿上也满是枪眼，可他竟毫发未伤！

老北平唯一的火车站是前门火车站，日本侵华期间，在那里设了一个兵营。日本国旗高扬，两边有哨兵守卫，中国人走到那里要鞠躬。爸爸知道后，从不打那里走。他宁可绕远儿，也决不给侵略者的国旗鞠躬。这是他一次酒后对我们讲的。

他说，他们差点儿打死我，我给它鞠躬！？

新中国成立前夕，北京城外炮声隆隆，北京城里人心惶惶，有点权势的人都逃走了。那时，爸爸是个小工头，正带着百十号人干一个工程，没想到工程干完了，账算下来了，老板携款溜了。红了眼的百十号工人抄起铁锤和扳手，把爸爸围在中间，非要弄死他。爸爸是如何逃过这场生死劫的，其中的细节我不得而知，但他确实化干戈为玉帛。这件事，是这些叔伯后来到我家做客，茶余饭后经常提起的谈资。

城里混不下去了，爸爸回到了东郊姥姥家。

这里更是兵荒马乱、枪弹乱飞。节节败退的"国军弟兄"，进村来见什么抢什么，不论什么吃的喝的使的用的。姥姥被吓得天天念佛；舅舅被吓得天天惨白着脸，趴在炕沿下不敢出屋，老怕碰见长了眼的流弹。姥姥养一头猪，不愿便宜了"国军弟兄"，但又不敢杀，怕闹出动静，再烧纸引出鬼来。

爸拎把斧头下了猪圈，一斧头下去，猪一声没吭，就像布袋一样倒在那里。然后爸就手脚麻利地把猪杀了炖了，盛在一个大洗衣盆里藏了起来。爸爸每天拿个大海碗，然后一勺子肉上扣一勺子大棒子糙粥。每天三大碗。等北京局势平稳了，舅舅有了食欲，可那一头猪的百十斤肉已经被爸爸吃得只剩下骨头渣子了。

四

那是爸人生最艰难的岁月，他连推头的钱都没有了，可他倒混了个肚子圆。

就是在这局势稍微平稳些的时候，爸爸到邻村亲戚家去喝酒，半夜才回家。在路过荒郊野外的一口废井旁时，见月光下影影绰绰地趴着一个黑影，爸爸走近了些，见那黑影佝偻在井旁，蓬乱的长发倒垂在井里。爸爸被吓得汗毛倒立，酒劲儿早飞了一大半。他夯着胆子问了几声。可那黑影一动不动、一声不吭。爸爸没敢再往前走，而是站在那里抽了一支烟。等他回家叫上舅舅带着狗再来时，那黑影已经无影无踪了。

我很佩服爸爸的胆量，当然，有时他的胆子又很小，这是后话。

五

我怕冷——从小就怕。记得幼时，刚近十月底，我就开始冻手、冻脚。到了数九寒天，我手上的冻疮就会溃烂、流脓。为了保暖，我把手拼命地往袖口里缩。到了晚上脱衣就寝时，已与袖口内的棉布粘连在一起的伤口又会被撕开，鲜血淋漓，疼得钻心……

我怕冷的天气，更怕冷的面孔。

新中国成立后，爸爸在事业上好了起来，可他和妈妈的感情却坏了起来。爸爸很少回家了，我的家里是冷清清的，我孩提时代的记忆则更是冷清清。

妈妈说自打我出生爸爸就有了"外心"，说是我"妨的"。

看着妈妈皱得像一团烂抹布一样的脸，我心中有说不出的委屈。我恨父亲，更恨那个令父亲有了"外心"的女人。是她，把母亲的笑脸变成了烂抹布脸，夺走了我们生活的温暖；是她，剥夺了我享受家庭幸福的权利！每次，当我淘气被爸责打时，我都会咬牙切齿地暗暗说："哼，等着吧，我长大了，一定要和你和那个女人算账！"

不过，在我儿时的记忆里也闪烁着一道光芒，给我寂寞清冷的童年时光嵌入了一抹亮色。多少年过去了，这光芒在我眼中变得光怪陆离且刺眼起来。

发出这道光芒的，是妈妈的镜子。

那时，我最爱拿着妈妈的镜子，或躺或坐在炕上对着阳光从不同的角度乱晃，这时一道奇妙的光柱，就在老房烟熏火燎得黑黢黢的橡檩与墙壁间乱窜。我乐此不疲，我感觉自己掌握着一种神奇的魔力。

其实妈妈的镜子已经有了裂纹，也泅进水了。这大概是当年姥爷给妈妈的陪嫁吧。一个硬木仿竹的梳妆匣，红色描金，卯榫严实，把盖子抽出来一翻就是镜子。

妈妈和爸爸失和后，妈妈总进城去找爸，每次进城找爸时，她都会对着这面镜子精心梳理一番，而每次归来时，泪痕都把她的脸洗成了烂抹布的模样。

妈妈的憧憬一次又一次被撕成了绝望的碎片。

家里穷，我们的学费大多是妈妈每年夏天砍草晾晒成"秋白草"卖给生产队换来的。一垛小山似的草吞没了妈妈孱弱的躯体，远远看去，只见她的两条细细的腿在吃力地移动着。

"三年困难时期"，人们都被饿疯了。为了填满我们的肚子，妈妈找来了所有能吃不能吃的东西。老祖宗说得一点不假："仓廪实而知礼节，衣食足而知荣辱。"那时的情形是"十个社员九个贼，你不偷来你怨谁！"那"灾害"给我留下的记忆是苦涩、羞辱——傻乎乎的妈妈偷玉米被逮，被罚站在村口碾子旁示众！她羞愧凄惶无助的眼神，至今仍深深烙印在我心中！

爸爸是一个不要老婆要儿女的男人。

他和妈疏远了，但对我们的成长教育，尤其是对我的教育，还是紧抓不放的。他到乡下来，多半是来办我的"案子"。

爸爸一生都过着钟表一样的循规蹈矩的日子。早上一壶茶，喝完去上班；晚上归来，饭后一壶茶，喝得无滋无味后上床，不久鼾声即起。可是作为他的儿子的我，从小到大都过着没钟没点儿的日子，"循规蹈矩"就更甭提了。

爸爸是个力大无穷的人。

1965年春天，北京市举行过一次工人运动会。爸爸抛铅球名列前茅，在拔河的集体比赛中，他作为他们公司队尾的"千斤坠"，也为全队的胜利发挥了关键作用。在后来的庆功宴上，当时的市长彭真特地到爸爸所在的桌上去敬酒。

有这样一个力大无穷的爸爸，我每次挨打都挨得很瓷实。

也许是因为家中太冷清得不到重视吧，我小时候总能制造出有轰动效应的事件来。就像现在的某些明星一样，时不时地就弄点丑闻出来，以吸引大家的眼球。这套把戏，我天生就会。

我是我们这一带十里八村闻名的"星儿"、"大腕儿"。什么打架骂人、逃学旷课、偷瓜摸枣、谎话连篇……凡是"星儿"、"大腕儿"所有的闪光点，都在我的身上被发扬光大了。我的曝光率倍儿高。叫我悲哀的是，人家明星大腕儿靠糗事赚来的"曝光率"，换来的是"知名度""出场费"，我赚来的是爸爸的巴掌和笤帚疙瘩、掸把子，我可没少领教爸爸那双大手的威力。被他打得鬼哭狼嚎，屁股疼得几天不敢坐椅子，是家常便饭。我怕他，怕与他的目光相遇，直到我自己当了爸爸、当了爷爷这股子劲都没缓过来。我和他说话，很少有目光相接。

有一回，我的"闪光点"弄得太大了，把警察都惊动了。这次，爸爸把刀拍在我面前，厉声叫我跪下。我被吓得打心里一股一股往外冒凉气，声嘶力竭地向他求饶。爸爸竟突然热泪长流，叫着我的小名说："我现在要不管你，将来你就成了'人渣子'了！""文化大革命"爆发了，爸爸把我从乡下接到城里，对我严加管教。他不准我去"串联"，不准我去参加派系斗争，而是让我待在家里，学"毛选"、练毛笔字。

我找来砖头一样薄厚的书，正襟危坐地读，还做笔记，一股子"舍我其谁"的派头。就是在这段时间里，我对马列主义、毛泽东思想有了点稀里糊涂的认识。

七

怀着对父亲的怨恨，我在一天天长大。而心力交瘁的妈妈却早早地撒手人寰。妈妈去世不到半年，一个叔叔冒冒失失地找上门来，要给爸爸说后老伴。我一听，心底的"复仇"火焰突地一下被引燃了。我不顾一切地冲上前去，冲着那个叔叔歇斯底里地哭号道："不行，不行！我不同意！不同意！"从此，再没人提起爸的婚事了。

我要为地下的妈妈讨回尊严，替我们讨回公道！

那年伯伯离世，我回老家奔丧。80岁的老姑姑一把鼻涕一把泪，对我讲述了爸爸的另一段经历。

爸爸16岁出来闯荡，多亏有他的师父在旁照顾。而师父的独生女儿金竹，则与爸爸成了"青梅竹马"的好伙伴。师父原有意成全他俩，不料一场急病夺去了他的性命。金竹的后娘自作主张，将金竹嫁给了天津的一个商人。我的爸爸，也从此被师娘赶出了家门……就在我出生后不久，回乡探亲的爸爸在老家又遇到了孀居的金竹。昔日的情感、眼前的现实，使爸爸堕入无尽的烦恼。他一直就彷徨在何去何从的旋涡中。

姑姑的话解开了我心中久郁不化的结。我忽地想起白天在相见的亲友中，有个人称"金姑"的老太太，曾亲热地拉住我的手，"儿啊，儿啊"，叫得我心颤，她的眼中还汪着泪。原来这就是金竹，这就是我当年曾咬牙切齿地恨过的那个女人！

世间人，很难用"好、坏"两个字界定；人间事，很难用"对、错"一条线厘清。这是我历经生活里许多荒诞无奈的事后才悟通的道理。

第二天，按老家的规矩我冒着雪去给金姑谢孝。我进门磕了丧头起身就要走，金姑一而再、再而三地苦苦挽留。我被老人的真情感动了，终于同意陪金姑多待一会儿。她不错眼珠地盯着我看，说，你越长越像你爹了！这句话那么扎我的心窝子，让我心酸得不行，我理解了她，她还爱着爸爸，她在我身上寻找爸爸当年的痕迹，她那流失在荒芜岁月里的爱……傍晚时分，告辞出来，金姑又执意要送我一程。

雪已经停了，天还阴着，广袤的大地被皑皑的白雪覆盖着，臃肿、拥挤，令人感到压抑、窒息。金姑一手拉着我，一手不时拢拢额前被寒风吹乱的灰发，眼里依然汪着泪，不再说话。我鼓了半天的勇气，终于开口说："姑，跟我回北京吧！""不啦，"金姑颤声答道，又顿了一顿，她说，"你爹跟俺说过，你娘是好人……别恨你爹，啊？"

地老天荒情不老，任岁月消磨！

"问世间情是何物，直教生死相许"，这是谁的词呀……

从老家回到北京，正赶上过年。除夕，阖家团聚，已成了家的我们双双对对地围坐在爸爸身旁。望着老态龙钟的爸爸，我突然感到一阵内疚。我不该怨恨爸爸——他不欠我们的，倒是我们这些做儿女的欠了他一笔还不清的孽债！为了我们这一群血肉精灵，爸爸舍弃了可以得到的爱情，和母亲维持着名存实亡的婚姻，这给我们、给母亲、给他自己都造成了无可挽回的伤害。

可是，这又能怨谁呢？这世间，有多少合情不合理、合理不合情的迷惘纠缠着我们，叫我们不知何去何从。如今，爸爸老了，他孤独、寂寞，更有着难言的凄楚。

"天意高难问，人情老易悲！"

我犹豫再三，竭力装作十分轻松的样子端起酒杯，说："爸，我们给您找个后老伴吧！"爸怔住了。"是我金姑。"我又找补了一句。父亲的眼中倏地闪出一道灿烂的光华，但很快，又黯淡下去。一颗大大的泪珠挂在他的颊上。半晌，爸自语般说了声："还提这干什么，喝酒。"

他端起酒杯一饮而尽。

九

想起了妈妈。

我们往往是生活在亲人的希望里。小时候，我们生活在父母的希望里；成家立业了，我们奔波在自己的希望里，可这希望往往牵挂着一束束亲人、朋友的目光。

我们渐渐长大了，哥哥去当兵了，我和姐姐进城到爸爸身旁读书，妈妈一人苦守着乡间那充满孤独的老屋！记得我第一次放暑假回去，仅仅分别几个月，在我的眼里，妈矮了，妈瘦了，妈也老了些。见我长高了，在妈妈眼里，像个城里孩子了，她泪花闪烁地对我说，妈这些年是怎么熬过来的，整天都跟那掉了魂儿似的，都是为了你们……少不更事，我当时并不明白这话的分量和所需要的生命的支出。

我们成家立业了，妈妈进入了她人生唯一的黄金期，可是在一个冬天的寒冷的早晨，她突然得了脑出血，回天乏术，几天以后她离开了我们，那年她刚过花甲之年！

在妈妈离去的那一刻，疲惫的家里人还在招待来探视的亲友。我就一个人去陪妈妈。我攥着她的手，看着她的脸，默默流泪。突然，我感觉妈妈不行了，我大声地喊"妈、妈"，那声音不像是我的，恐惧、悲伤，充满了绝望，我的喊声穿透了阴阳两界，我求上苍让妈妈再等一会儿，让我们给她穿上选好的衣服，送她上路。她的眼睑竟然微动了一下！

按风俗，人在咽气之前，要穿上寿衣。这寿衣穿早了不好，穿晚了也不好。

不知从什么时候开始，我对死亡有一种预知的能力，而且从没判断失误过。我所有的亲属长辈、邻居朋友，只要有人要踏上往生之路，只要我在，我都能准确地提前告知他们这一刻就要来临了，生命的休止符就在这里。

妈，我送您，有您的儿子在为您守护着这一刻。

十

盖棺论定。

在装殓妈妈入棺时，爸爸来到她的棺椁前看她最后一眼，爸爸哽咽着说了句，我对不起你……身子就瘫了下去。

我真愿意妈妈的在天之灵能听到这句话！

妈妈去了很长时间，我都不忍心动她的东西，总怕睹物思亲、触目惊心。

那天，我终于鼓起勇气整理妈妈的遗物，我拿出了那只梳妆匣。我还想看看那面镜子，那面深深镶嵌着我童年的镜子。

由于年深月久，盖子已经涩住了，我把匣子夹在腋下用力往外一拉，哗啦一声，盖子拉出了，脱榫散架了。玻璃落在地上，碎了，掉出来一张纸，一张叠得平平整整的纸！我打开一看——

是妈妈和爸爸的结婚证书！

这就是妈妈多年守护的立足于世的"身份证"，证明她是一个男人的"合法妻子"，这是她生命唯一的寄托和保障。

这张穿越了近半个世纪时空的纸片！这张维系我家庭命运的纸片！爸爸和妈妈为这一纸契约一纸承诺付出多少？我们又付出多少？

这值得吗？

我发冷，我燃烧，我号啕大哭……

1994年，已逾古稀之年的爸爸回老家探亲，夜里出去方便，掉到了猪圈里，腰骨被摔劈了。我们当时都以为他以后就要在床上度过残年了。可是他在床上没躺几天，就叫我们在床尾给他系上床单，他每天拉着床单自己起卧。

没出一个月，单位领导来看他，他正午睡，他叫人家在客厅里等候。他脱去睡衣换上挺括的衣衫，在孙子的看护下，推着椅子一点一点地从卧室里蹭了出来。我知道爸爸所承受的疼痛，可他把这疼痛化作了自嘲的笑容。

过了三四个月，爸爸又去上班了。

爸退休后，就让一家公司返聘去了，被当财神爷供了起来。他们的承诺是，我们给您养老送终。这大概是因为他和部委的关系吧，不得不承认，这家公司是很有眼光的，他们掘走了爸爸人生中的最后一桶金。

人总是要老的。爸爸已经年近80岁了，他还在坚持骑车上班，只是自行车上多了一条手杖。由于骨质增生，他的腿已经完全变形了。过了83岁这年，他再也不能够去上班了，他就长期住在了乡下的家中。一辆残疾人车成了他终日的伴侣。每天他都摇着残疾人车到村口公路旁的树荫下，看着来来往往的车辆人流出神发呆。他在

269

想什么，我们儿女无从知道。也许他是在想他那些充实而又像钟表一样的循规蹈矩的日子吧，也许还有些别的……

这时，他还跟我们念叨，等我病好了，还去上班吧。这老骥伏枥的嘶鸣，听来真叫人心碎！

爸爸原来所在的公司专门负责中央单位和中央领导的房屋修缮工作。他专管水暖工程。在中南海、在人民大会堂、在天安门、在各个部委、在那些开国元勋的家里……都留下了他的汗滴。

举世闻名的中南海毛泽东主席游泳池的水暖工程，就是爸爸和他的同事们一道完成的。直到晚年，茶余饭后，他还能够想起当年一些生动的细节，一些奇闻逸事。

爸爸为毛主席服务了20余年，仅见过一次他的背影。当时，毛主席的任何行踪住处都属于国家机密，不许对任何人讲。在毛泽东离世以后，我同爸爸一起看关于毛泽东的纪录片时，爸爸才讲这是哪里，那是哪里，他说的，和电视里的画面解说词有些差异，我更相信爸爸说的。

我早就听爸说过，周总理能同时听几个部长汇报工作，而且部长汇报的数字有误，他就马上提出疑问。所以部长们都怵给他汇报工作。对这些我总是持怀疑态度，认为是神话。周恩来逝世后，我读了有关他的回忆录，才知道这是真的，不是神话。

到首长家做活的纪律是，不许主动和首长讲话，不许离开干活的地点。他说，最爱和工人拉家常的是朱德，工人用玻璃条给他粘成精美的花盆，他很高兴。他眉开眼笑地问工人是用好玻璃给我拉的吗？工人答，不是不是，是下脚料。他说，那好那好，千万不许浪费。

待工人最好的是陈毅。工人一进门，他就叫人沏好茶，摆上铁桶牡丹烟。但没人敢动。

刘少奇枯坐有功夫，屋里有人没人，他都能几个小时一动不动地坐在那里。王光美是一个很好的家庭主妇，家父检修他们家暖气时，她指挥。

爸爸和乔冠华发生过一次冲突。1971年秋，按惯例给他家检修暖气，进屋就干活，自然有响动，这时乔穿着睡衣冲了出来，吼道："你们还让不让人活了！"

爸爸也很生气，叫工人停住，走人，不伺候你了。

事情陷入僵局了。

待了一会儿，乔给工人鞠了一个躬，说："对不起，我失态了。你们知道，我国今年参加联大了，我天天开会，要向总理汇报，要向主席汇报，我已经几天几夜没睡觉了。刚刚吃了安眠药，情绪不正常，请你们原谅。"

他没有说，他正在丧妻之痛的阴影中。他的妻子是才女龚澎。他们的媒人是冯亦代和郑安娜夫妇。毛泽东在重庆谈判期间第一次见到才华横溢、倜傥风流的乔冠华和龚澎后，称他们是"天生丽质双飞燕，千里姻缘革命牵"。

这就是我们在国际舞台上叱咤风云、折冲樽俎的外交部长。

估计爸爸在技术上还是过硬的。20世纪70年代末，国家大抓科技队伍的建设，重新评定职称，国务院科学技术干部局第00001号工程师本持有者就是我的爸爸。

在新中国成立50年的时候，关于共和国建立之初的历史回顾，在报刊上、电视上铺天盖地而来。这也搅起了爸爸的许多记忆碎片。共和国在天安门立起的第一根国旗杆是爸爸和他的师兄弟们共同完成的。在国旗试运行时，国旗确实升到旗杆半腰就缠住了，是他们的一个师兄弟爬上旗杆，用手扯开的。为此事，周恩来总理解释说，国旗在向我们牺牲的烈士们致哀呢。

开国大典的那些工程，爸爸他们一直忙了很长时间。到最后关头，就夜以继日地忙碌了。当天安门城楼上的铁护栏油完最后一道漆时，已经是9月29日下午了。当时，天安门一带已经戒严，爸爸他们冒着蒙蒙的细雨，走出故宫北门回家。

天安门广场啊，承载了我们一家人太多的记忆。爸爸是这里的建设者、维修者；我和姐姐学生时代是这里的迎宾者、狂欢者；我女儿上小学时，作为三好学生代表，在这里站过"少年先锋队岗"。庆祝新中国成立60年的时候，侄媳妇、侄孙女白天去，侄子晚上去。

闹非典那年，爸爸彻底倒下了。由于嗜酒，他的双脚患上了丹毒，由丹毒又造成栓塞。他住进了医院。

那天，他提出要出院回家看看，我们满足了他。这是爸爸对自己生命的最后一次挑战。

我们早早开车来到了医院，爸爸像往常一样注意仪表仪容，他刮了脸，脱下病号服，换上了一身簇新的中山装。米之已去糠徒存焉，爸爸已经明显不行了！

他瘦骨嶙峋的脸蜡黄蜡黄的，两条腿肿胀成了黑褐色。我们稍微一挪动他，他的脸就痛苦地抽搐成一团，嘴里大口大口地喘着粗气。等上车坐定后，他又可怜巴巴地说："我要去广场看看。"我们都面面相觑，一时蒙住了。因为我们是费了九牛二虎之力才把他和轮椅抬到面包车上去的。他虽然口气是诺诺的，但态度坚定。

我们用轮椅推着他进了天安门广场，我嫂子问他："爸，在这儿成了吗？"他点点头。突然他眼盯着国旗，拉住我侄子的胳膊，要站起来，我心里"轰"的一下子，赶紧凑上前，抱住了他，那一刻我们祖孙三代人向国旗行注目礼。

祖国，请接受一个建设者和他子孙后代向您的敬意！

汽车颠簸了几十里才来到我们乡下的家中。他靠躺在床上，叫我们把他刚出生不满百日的重孙小青青抱来放在他的胸前，他双手吃力地扶着孩子，脸上露出慈爱的笑容，噘起嘴唇发出吱吱声逗孩子。

孩子瞪着如点漆的眼睛注视着这个坚强的老祖宗！

老树枯藤，乳燕新芽。我意识到这是最后的诀别，泪水夺眶而出……

夜色如磐。

我守护在爸爸的病床前。他瞪着绝望而愤怒的眼睛看着我，并且动手去拔自己身上的管、线。我攥着他的手阻拦他，他的手劲还是那么大，叫我几乎招架不住。

我哀求他说："爸，不行，不行，爸……"

监视器上的亮线趋于平缓了，爸爸的生命之火越来越暗淡了。这时我多希望他能给我说几句最后的嘱托，可爸爸的眼睛始终凝视着窗外。我知道，他在等待着他的又一个明天，在等待着太阳再一次为他升起。

我叫醒了在一旁睡去的嫂子，通知家里的人快来，通知医生叫太平间的工作人员，来给我爸爸穿衣服。医生有些犹豫，说还有生命迹象，我坚持这样做。

记得我跟爸爸探讨过他人生的秘诀。他说，今天就要做好今天的事情，明天的事情，明天说。就是明天有天大的急难，今天也要吃好睡好，发愁不管用！

在人生的尽头，爸爸违背了他一生恪守的律条，他没睡觉，而是在顽强地守护着他的生命。

人要看破生也要看破死，其实要做到这点很难。尽量增加生命的密度，提纯生命的质量，敬畏享受生命的赐予。做到这点还算容易。但要能心平气和地等待死神的光临，如同结束一次愉快的旅行，那不是人人都能做得到的。

十五

窗外，漆黑的夜幕上飘起一缕铅青，这铅青又涂上一抹胭红。穿上灰色中山装的爸爸，手已经失去了生命的温度，只是他的眼睛还倔强地睁得大大的，定定地望着窗外。

我为爸合上了眼睑。我的泪滴在了他的胸前。我匍匐下身跪在了他的床前，最后一次给他的肉身磕头。

见我这样做，哥嫂、子侄们都依序如仪。

我们需要孝顺，我们应该对老人献上比对自己儿女更深厚、更细腻柔软的耐心和呵护，他们更需要这些。我们要给自己的儿女子孙做好榜样，向他们传递一种家庭人伦秩序的熏风。不为别人，只为我们自己。让我们到时的生命归途也能有尊严地归去，暮云合璧，落日熔金。

人生是一种执着的坚守，这需要一种道德的力量，可我们还有这种担当道义的操守修为吗？

人生，悲欢的载体；"过去"，生命必经的皈依。一切都会成为"过去"，而有些"过去"会陪伴我们终生，要我们终生对它负责。

洒泪荒郊，悲欢相继。爸，妈，来生还让我给你们当儿子吧！请您接受一个男人对一个男人和两个女人的顶礼膜拜。

黄河壶口瀑布行

人道是"不到黄河不死心"，我却是"到了黄河心不死"啊！

站在黄河壶口瀑布面前，看着那奔腾咆哮旋转的激流，我耳边响起的是琵琶曲《十面埋伏》。

一条河，一条哺育了一个民族文明的血脉，在我眼前飞腾；一道瀑布，一道滋养出一个民族豪壮情怀的瀑布，在人们眼前怒放。任血肉模糊、血流成河，任一次次倒下，任眼前尸积如山，刑天无头猛志难夺，化乳为眼、化脐为口，犹舞干戚斗杀不止。

这就是中华民族五千年来聚而不散的魂魄。它伴随我们走过昨天，走进今天，走向未来！

激浪翻滚，声势喧天；烟雾腾腾，彩虹飞渡。

作为中华儿女的一员，谁能临此波浪万千的景象，而无动于衷？

华国锋，他的书法有颜柳风骨，素来端庄稳重，以楷书行世，在这里我第一次看到了他的行草：黄河奇观。

那上面的题词日期是1991年，这时的华国锋已经远离政治权力的中心。

我在想，当时，是怎样的情愫，使他写下了这样的四字题词呢？

黄河奇观，这是何等期待和自信！

李白描写黄河的诗句很多，而刻在龙洞里的"黄河之水天上来"，无疑是他的神来之笔。可这句神来之笔却是他人生的低潮之作，出自他被赶出长安后的名篇《将进酒》。诗中的"黄河之水天上来"的奇绝之笔，是为了填补后面的"奔流到海不复回"的无奈。

我总认为是李白讲错了。

诗人嘛，只为天马行空特立独行，只为意象恢宏绮丽，思维跳跃，可以不顾逻辑。

其实江河入海、云蒸霞蔚、云卷云舒，以台风海啸的形式凌虚扶摇九万里，以雷霆万钧之势重新再来，生生不息。

"逝者如斯夫，不舍昼夜。"我想孔子这句话应是对着黄河说的，因为他的家乡曲阜离黄河很近，在有关他的典籍中，我没有发现他去过南方或到过长江的记载。孔子是为人敦厚的老师，他的这句话就给了人要珍惜时光的教诲。

毛泽东的《沁园春·雪》无疑是写景抒怀的巨制，他写的是严寒中黄河的静态美。"大河上下，顿失滔滔"，一个"顿"字，化静为动，气势雄浑。"江山如此多娇，引无数英雄竞折腰"，这是怎样的民族自豪感，这是怎样的千古不绝的史诗画面！

古往今来，有多少雄才伟略之人、多少骚人墨客在此慷慨淋漓、意气飞扬。

中国人信奉儒家学说，处世哲学总是以一个"忍"字当先。可当他们被压迫到极点的时候，那反弹的爆发力，就如同这眼前的黄河水，不惜粉身碎骨，奔腾咆哮势不可挡。

置身在这壶口瀑布前，不能不想起冼星海，耳边不能不响起《黄河大合唱》。

这里是《黄河大合唱》的诞生地！

多少掠夺，多少耻辱，多少杀戮！14年的抗战，多少忠骨"血沃中原肥劲草"，在血与火中，喷涌出一部嘹喨冲天的《黄河大合唱》。

这是一个民族在生死存亡之际爆发出来的怒吼！这置之死地而后生的悲壮旋律，今天依然在我们的胸膛里燃烧，依然让我们热血沸腾，心头战栗，不能自已；我们眼前依然浮现着那些前赴后继着，"捐躯赴国难，视死忽如归"的壮士英姿！

他们不朽的忠魂依然在我们眼前飞舞闪烁，伟岸生动，如这奔腾怒号的黄河滔天浪，如这与滔天浪砥砺万年、恪尽职守的龙槽！

黄河壶口瀑布是中华民族百折不挠、勇往直前的豪迈情怀；黄河壶口瀑布是华夏文明、文化和精神绵延不绝的象征。

人道是"不到黄河不死心",我却是"到了黄河心不死"啊!

这就是中华民族五千年来生生不息的根源。它激发我们闯过昨天,冲进今天,奔向未来——未来!

我那帮孙子

——顺便说说家风和家教

一

"政变"破产记

"二爷，跟您商量点儿事成吗？"

"成，拣我能办的商量。"

"我想叫我奶奶跟我爷爷离婚，和你结婚，让你给我当爷爷。"

我被吓了一跳！你这不是想搞"政变"颠覆家庭政权吗？！我惊讶地看着大孙女小爽，问："你奶奶同意吗？"她很有把握地说："我跟我奶奶说。反正我爷爷也老跟她打架，我就不喜欢我爷爷！"

时光过得真快，一晃，小爽都上四年级了，有十多岁了吧。她刚会走路的时候，我拿条围巾系住她的腰，她像个提线木偶，在屋里屋外蹒跚。过门槛、过沟坎，我一提溜，她就像只青蛙，在空中乱抓乱蹬。才几天哪，都开始干涉“朝政”了。

我哥也是的，身为共产党员，一天到晚皱着眉头，说话老顶别人一跟头，一点都不讲和谐，弄得老少都不待见他。当然一个巴掌拍不响，我嫂子也不是什么省油的灯！想到此我说：“我怕你奶奶，母老虎似的。”

小爽说：“我奶奶喜欢你，她说过。”没过几天，消息就反馈回来了，奶奶说：“你瞧你爷爷不好啊，且比你二爷好呢，还说我是‘母老虎’？他一天到晚贼不溜滑的，白给我都不要！”我对小爽呵呵笑道：“‘政变’失败了吧！”

她噘着嘴说：“反正我就是不喜欢我爷爷！”

二

我是孙子

我的侄孙叫“球球”，之所以叫此名，主要是因为他生在1998年足球世界杯比赛期间，他即将降生之时，足球赛打得难分难解，女婿和侄女也跟着看。到医院一查胎位不正，再查，不但不正了，脐带还绕脖子上了。医生说，看看不成就提前剖宫，怕有什么危险。一直犹豫着，到预产日了，一查，他转回来了，胎位正常！我说，足球赛结束了。

此孙长得十分漂亮，尤其是眼睛，大、亮、深，双眼皮，睫毛还长。我说好一双"桃花眼"，长大了恐怕是个多情之徒。就是嘴小了点儿，有点儿"樱桃小口"的意思。也没法儿换了，凑合着用吧。

球球天生会玩花样儿。还在怀里抱的时候，人家逗他，他就能从齿缝间呲出一条唾线，弄得他妈和客人都十分尴尬。稍长，待人十分有礼貌，如乘车，脆生生说"阿姨好"，还加一个洒脱的飞吻。阿姨惊喜地说"小朋友好"，他接口道"傻子"。

我女儿——他的小姨正上大学呢，带他乘了一次车，发誓再也不带他了，说："太丢人啦！姐，你跟姐夫以后说话注意点儿。"

球球七八岁时，更加顽劣异常，一次他正发飙，我怒曰："贵养女，贱养儿，这样的就得打！"他朝我怒骂曰："×××的就你坏！"我把他按在那里就打。正是夏日，他只穿个小裤头，我下手又狠，打得我手直发麻。没想到他怒吼骂声不止。我把空调又调低两度，心想管就要管住你，要给你心中留个"怕"字。歇了一会儿，我又挑他毛病，没想到他奋勇接招儿，毫不怯战。加码着力，这小子反抗到底，愈挫愈勇。我住手。

吃饭时，他跟他妈说："二爷打我了。"我说："我郑重宣布，从此以后，我要再打球球一下，他是爷爷，我是孙子，我服了！"

球球大些了，吃饭挑剔了，只吃我侄女做的饭。我嫂子唠叨，就这孩子没法伺候。我说："还是人家小菲有法子，给孩子买猪尾巴。"球球问："妈妈，这是什么肉啊？"小菲说："这是唐僧肉。"从此，球球一到超市就要买"唐僧肉"吃。

春节后回京的第二天，侄女叫我替她给球球开家长会，回来时打的。他别的科考得还可以，就英语考得一塌糊涂。我说："你一定要学好英语，像你小姨一样，将来找个好工作。"的士司机接口说："对，现在这年头，就得英语好，不然找不到好工作。"他瞪了司机一眼说："我看你就英语不好，要不然就来开出租啦，还开一破车！"我连忙捂住他的嘴向司机致歉说："我孙子刨去不会说人话之外，没别的毛病。"

青青河边草

我的几个孙子孙女，是各有特色，比较之下，我还是喜欢青青。她额头宽阔，目如点漆，下巴瘦削。我每次从南方归来，她都会像只花蝴蝶一样扑进我的怀中，嗲声喊："二爷——我想死你了！"

我抱起她亲着她说："二爷也想你，二爷就想你一人！"她瞪着熠熠生辉的大眼睛说："那你别去常熟看小虞戈儿了，在北京看我吧？"

我一时不知如何回答才好。

　　虞戈儿是我女儿的儿子，她是我侄子的女儿。我说："虞戈儿不听话，老得有人打他，二爷在那里的任务就是打他。"她嘻嘻地笑了，眼睛笑得像弯弯的月牙儿。

　　青青生于羊年春季，也就是闹非典正凶的时候。怕她将来坎坷穷愁，故取名青青，羊有草吃就行啊。

　　我老夸她长得美，问她有朋友了吗？她说都有仨了！两个男的，一个女的。一日，我嫂子瞎磨牙念叨起分家产的事，说："我们死了呢，这房子儿子闺女都一样，每个人一三居一两居。我住的这个三居就给小爽了，谁叫她是老大呢。"

　　青青在一旁眨巴着眼说："我看不合理。"我嫂子忙问："怎么不合理呢？"她说："没有我们孩子的，我也得结婚生孩子呀。"

　　笑倒一屋人。

那只猫呢

　　虞戈儿出生之前，女儿养了一只猫做伴。此猫过着锦衣玉食的日子，儿子要来啦，女儿依依不舍地把猫送了人。那日，女儿折腾了十几个小时，八斤六两的儿子终于来到了人间。回到病房，疲惫的女儿昏沉睡去。后来突然她惊醒了，手摸着身旁茫然问："那只猫呢？"

她还没进入母亲的角色呢。

这"猫"长得还挺快！会牙牙学语了，会挓挲着手走步了，会说"我是北京人"了。春节回京，没带几件衣服，在屋里，就让他穿青青姐姐的水红荷叶领棉衣。他觉得怪异，不肯穿，我们齐声赞美，太漂亮了。他终于美滋滋地穿上了。圆圆胖胖的脸，配上荷叶领，水红色，真像马戏团里的小丑。谁见到他都乐不可支，他自己也感觉美不胜收。不过麻烦也来了，妈妈要带他去参加同学聚会，说什么他都要穿这件棉衣去。

上一次同学聚会时，他刚八九个月。女儿跟同学显摆，对儿子说："管我叫妈妈的举手。"虞戈儿果然把手举了起来，女儿很是得意。这时一同学说："是傻瓜的把手举起来。"虞戈儿也举起了手。气得女儿打了那同学一下，骂道："滚，你！"

现在这"猫"已经会在灿烂的阳光下和我玩打仗的游戏了。他派我当魔怪，一会儿就让我死一回，喊叫着："爷爷死特了，爷爷死特了！"我提议，咱别老说死特了，说"摧毁了"。只一个回合，他大叫道："砰砰，爷爷，你摧毁死特了！"我不跟他玩了，坐在楼门口台阶上看报纸。突然一股热流从我头顶上灌了下来。我一惊，跳下台阶往二楼阳台上看，他正擎着他那白生生的小家伙事儿"飞流直下三千尺"呢！

我佯怒道："小虞戈儿！"他一脸无辜地说："我……我尿哗

哔。"虞戈儿矫情又黏人，哭起来就没完。这次他又哭了，妈妈不理他，看电视，一会儿递他一张餐巾纸，让他哭个够。哭了半天，见妈妈没反应，虞戈儿擦着泪问妈妈："这纸是什么牌的？"妈答："哭吧，环保的。"他更大声地哭了起来。见没效果，他又抖着餐巾纸问妈妈："过期了吗？"妈妈答："没过期，你哭吧，擦吧。"虞戈儿哇的一声趴在了妈妈的怀里："妈妈，我不想哭了！"

虞戈儿脑子灵光，有创意。一次他涂抹一个表示"爱心"的画，他给这颗"爱心"画上了手和脚。我夸奖他说："这比画翅膀好，'爱'就要脚踏实地，用手去做。"他得意地说："我是无能的。"我一愣，问道："孙子，是'无所不能'吧？"

五

出发，天安门广场

奥运会期间我们回京了。

他们都忙，闲着的就是我们这些老的小的。我跟嫂子商量带孩子们去天安门，嫂子一听连连摇头说："哟，那哪儿成啊，到时候跟蛤蟆似的蹦得哪儿都是，我可着不了那急。"

我说："你当干部多年，一点招数都没有，瞧我的，保你省心。"我喊了一嗓子，想吃麦当劳想买玩具的过来，小爽、球球、青青、虞戈儿就都过来开会了。我说："咱们去天安门，回来吃麦当劳。凡是遵守纪律的、坚守岗位的，奖金大大的有。"说着，我就拿出几张"伟人"票在他们眼前甩了甩。那俩小的反应不大，那俩大的眼睛都光芒四射了。

我咳嗽一声说："我封小爽为行动总指挥，负责虞戈儿的安全；球球为安保司令，负责青青的安全。"

青青问："二爷，二爷，我呢？"我说："你负责盯着虞戈儿，随时向我报告他的情况。"

球球憨厚，说："二爷，我买变形金刚行吗？"

我说："只要完成任务，行！"

小爽是上六年级的半大姑娘了，有心机了。她趴在我耳边悄声问："能给我多少钱呢？"我低声问："你要多少？"她伸出了一根手指。我倍儿认真地问："一块？"她摇摇头又重复了一下，我傻不啦唧地问："十块？"她跺脚摇头撅嘴皱眉，又把那根手指在我眼前点了点。我眨巴着眼问："不会是一毛吧？"她气急败坏地说："一百，我的好二爷吧！"我连连摇头说："不成不成，这数这数。"我伸出了三根手指。她又伸出两根手指说："再加这个。"我说："可以，算奖金，只要坚守岗位尽职尽责就给。"

出发，目标——天安门。我家楼下乘41路直达天安门。

到了广场迎面就有卖小国旗的。每人一面，我神情严肃地告诉他们，这是国旗，不许丢弃，不许毁坏。有违反者，小的打屁股，大的罚奖金。

要从小在孩子心中建立起神圣的概念，建立起祖国的概念。这得从一点一滴做起。

小虞戈儿每次迈入天安门广场的那个瞬间，都会十分兴奋地拢挲着两臂，惊呼一声。天安门广场宏大的气势确实给人一种震撼。由于是奥运会期间，广场中心的主花坛是奥运主题的。好在是下午，人并不算多；要是在晚上，除了人和灯光之外，你就什么都甭想看了。

我们到了奥运主花坛前，花坛被栏杆围着，游人只能在外面看。里面几个拿着照相机的人，指着青青跟我嫂子说："能让这个小姑娘进来，我们给她照张相好吗？"嫂子同意了。

青青被人领进了花坛，站在那里让人家拍照。

我这时才注意看自己的孙女。帽衫，花衣服，短短的头发上随意地别着一个粉色的发卡，手里举着一面国旗。清澈透亮的脸上，挂着盈盈的喜气。

这就是国庆节日的中国孩子啊！

我真佩服记者抓主题、找美丽的眼力！

虞戈儿不干了，他也非得进去，让人家照他一回。人家没看上他。他又哭又闹的，我们赶紧带领人马撤了，去看别的花坛。

吃麦当劳的时候，嫂子才想起来怎么没给那几个记者留个地址啊，让他们把青青的照片寄给咱们一张。忘了，忘了，都让这个小虞戈儿给闹的。正说着，青青嚷了起来，虞戈儿把可乐杯打翻了，洒了她一身。

负责买儿童套餐的小爽扣下了60块钱，悄悄求我别告诉奶奶，我严词拒绝说："你两头揩油不成，不能惯你这毛病。"

"论"教育孩子

侄女、侄媳都跟我说过："叔，您给我们看孩子吧。"我都没答应。即使在女儿这里，我也只是打打下手，不是主力。

因为我知道教育一个孩子所需要的投入，这是一个十分系统的工程，至少要花费十几年的精力。要让孩子做到的事情，你自己必须做到。如不随地吐痰，不乱扔垃圾，公共场合要遵守公共秩序，爱惜公共财物；待人谦和礼貌，不说脏话。这些最起码的东西，你一定要做到。再有，作为家长，一定要给孩子安上感恩和敬畏之心，知道什么是不可践踏的红线。

我们要维护祖国语言的纯正，我们每一个家长，都有责任把最纯洁、最精粹的语言传给我们的孩子。现在网络发达得太让人瞠目结舌了，污言秽语也大肆泛滥。现在像什么"一脸 × 逼""× 逼""我

×"，已经泛滥了。一天，我在一家小饭馆吃饭，听到一个年轻人打电话，每句话都有一个脏字。我在网络上看到一篇讲"朕"字来历的短文，很学术。非常可惜的是，作者用了一些脏字作为点缀。我跟帖道，这么好的"鸟"怎么脏口呢？他答，为了接地气！难道我们的"地气"已经如此污浊了吗？这是多么可怕的事情！

我见过多少装束很讲究的女士，拉着孩子，在商场、大街上把孩子吃完的冷饮包装随意丢弃；我见过多少绅士开着豪车，从车窗里扔出垃圾；更有一些家长在孩子面前举止轻浮，把夫妻间的"少儿不宜"当着孩子面演绎，须知一个孩子的记忆当是从三四岁就开始了。再有，现在，手机已经成了"毒品"，你要孩子不玩手机，你就不要玩。吃饭要看，走路要看，甚至开车都要看。有个朋友和我说，人活着，千万不要被什么东西"拿住"。要我说，你要摧毁你的儿女，你就让他玩手机吧。

杜甫说，"随风潜入夜，润物细无声"。花自香、鱼自腥，孩子就在你的潜移默化下成长。

这些只是皮毛。再有，思想品德教育、意志锤炼、对知识的热爱与尊重，以及如何选择他所能接受的方式授予他，你都要考虑到。

"吃得草根者百事可成"，这是我们祖先留下的金石之言。

不要让孩子从小就讲吃讲穿，应该要让孩子首先学会吃苦，要有生命的坚韧，要为承担未来生活的风雨做准备。对待生活要有积极上进的精神，对待他人要有宽容善良的心态。我们要一刀一刀地雕刻自己的儿女，疼就让他疼吧，要下得去狠心！这才叫"舐犊情深"！

不得不承认，我们在教育上是失败的，在这方面，我们不如日本，不如欧洲。我有机会接触过他们，观察过他们。我们丢掉了我们民族几千年来沉淀的教育精华。我们的孩子已经像我们成人一样，急功近利、浮躁浅薄。

还有，多少家长都盼着自己的孩子成龙成凤，可是，你想过你孩子的禀赋就是一个普通劳动者的资质吗？他的人生不在金字塔尖儿上，只能去垫底。你要从小教育他，要踏踏实实地做一个劳动者，度过充实愉快的一生。不要痴心妄想，不要好高骛远，尤其不要做什么"明星梦"。

什么是合格的家长？发现你的孩子，知道他的优点缺点、长处短处、性格特点，给他一个准确的定位。要因材施教。

这就是合格的家长。

把女儿养育成人，我的任务完成了，不愿意再接新活了，太累。

七

为人父母者要懂得、要学习孔子的几句话

作为中华传统文化的重要底色，儒家思想深刻影响着中华民族的价值观念。入世之道学孔子，这是必修课。

民国时期，中国社会在变革中涌现出一批先进人物，如致力于民主革命的孙中山先生，作为中国共产主义运动先驱的李大钊同志等。在传统文化领域，梁漱溟、鲁迅等学者对中国社会的思考具有重要影响。这些人物的成长，得益于中华优秀传统文化的滋养，得益于幼时儒家文化的哺育。

就我所接触到的我们的前人、祖辈父辈、亲戚朋友、街坊邻居等，虽都是"草民"，但他们对人多是礼貌谦和、诚实守信、古道热肠的，他们也多是勤俭持家、努力生活的人。

一个民族总应该有自己的积淀，有自己不能轻易丢弃、不能破坏的文化传统。

儒家思想应该是我们教育孩子的基础思想之一。

唠叨几句儒家老祖宗的教诲吧。

其一：弟子入则孝，出则悌，谨而信，泛爱众，而亲仁。行有余力，则以学文。——《论语·学而》

（注释：年轻人在父母跟前，就孝顺父母；出门在外，要敬爱兄长；言行要谨慎、寡言少语，要诚实守信；要广泛地去爱众人，亲近那些有仁德的人。这样躬行实践之后，还有余力的话，就再去学习文化知识。）

孔子办教育，把培养学生的道德观念放在第一位，而文化学习只是第二位的。

俗话说，"根深叶茂"，这根就是根本。

无论树木花草，无根必鲜活不长久，根枯枝叶必凋落干枯。

人的根就是德，就是人品德行；就是在家尊敬父母长辈，在外讲诚信，有谦谦君子之风，且能爱护大自然，遵守公共道德，遵守公共秩序。

现在，家长肯花大把的钱，让孩子参加各种提高智能的学习班。我们社会上有各种学习班，就是没有"缺德补德"班。

这是一个可怕的空白。孩子在家对家长呼奴使婢、颐指气使，没有丝毫感恩之心；在外没有是非观念，不懂得尊重、珍惜，怕吃苦受累。

其二：君子务本，本立而道生。孝悌也者，其仁之本与？——《论语·学而》

（注释：君子要专心致力于做根本的事情，根本建立了，就自然了解了做人的原则。孝顺父母、敬爱兄长，这就是仁的根本吗？）

这里说的是孝道。

现在中国社会的顶梁柱是70后、80后。20世纪80年代，改革开放了，对物质的追求成了第一位，"一切向钱看"成了社会的主流。被贫穷、匮乏蹂躏过的50后、60后，拼了命也要满足下一代的吃喝穿用和上学。这时，虽然人们普遍认识到了知识的重要性，但是德育、孝道被利欲熏心吞没了。

现在，70后、80后当爸爸妈妈了，他们更重视的是"智育"，是名校，是"出国"，是"海归"。道德、信仰、信念的传承，到这一代就往后站了。

其三：爱之，能勿劳乎？忠焉，能勿诲乎？——《论语·宪问》

（注释：爱他，能不让他劳累吗？忠于他，能不劝告教诲他吗？）

真爱一个人，不能溺爱，太宠爱了就害了他，要使他"劳"，使他知道人生的艰难困苦。

我们的先哲在爱孩子这个问题上，讲得多明白透彻！

我讲几个发生在我身边的故事吧，很骇人听闻的。

1. 爸爸用榔头锤死了自己睡梦中的儿子，全村人联名求法院法外开恩，不要惩罚爸爸。为什么呢？因为此儿子好逸恶劳、吃喝嫖赌、挥霍无度，使全家负债累累，把父母逼上了绝路。这件事在网上热议一时。

我倒要问问，此子如此败类，父母有无责任？这些坏习气是怎样养成的？

2. 儿子都娶妻生子了，还在啃老，游手好闲。高温天气下，妈妈被累得猝死在地里。

3. 我起码见到过两家人，兄弟几个都有自己的三层小楼，有的在城里买了房，乡下的房子没人住，空闲着。老爹老妈却住在阴湿潮冷的小屋里。老妈死了，兄弟在丧礼上反目了。打听后才知道，这老妈有两坛银圆！

直到今天，鳏居的八十岁老父还佝偻在那间阴湿潮冷的小屋里，每天自己烧柴做饭，还在任劳任怨地给孩子们种菜吃。

儿子的小狗照料得很好，老爸没享受到小狗的待遇。

4. 一个阿婆死在河里了，儿子找到社区大吵大闹，以河边没有防护措施为由索赔！居委会一时也慌了手脚，好在有监控摄像头，一查才发现阿婆是自己翻墙跳河的。再找邻居调查才发现，儿子儿媳一家吃馄饨，用冷饭对付老妈！

儿子把丧事办得很隆重，丧仪繁复，极尽哀荣。另一个儿子怒斥："妈在我家住半年都没事，为什么到你这里两天就没了？"他反问道："你不就是不想出办丧事的钱吗？！"

我只想说，儿女如此没人伦天性，是谁之过？

鸟有反哺之义，羊遵跪乳之礼，孝敬父母长辈是为人应尽的职责，没有条件可讲。也许我们的父母长辈有这样那样的过失、偏颇，但他们老境萧萧之时，我们仍有责任让他们晚年安逸，终老有尊严地离开这个世界。我们在襁褓中、在蹒跚学步时，他们也是这样对待我们的。

你在做给谁看？在做给你的儿女看，在描绘你明天的风景线。我们有句老话很有哲理，"老猫房上睡，一辈传一辈"，新兴的说法叫"家风"。一个好的"家风"会给我们打造出一个和谐有序的生存空间，老有所归，少有所养，无论富贵贫穷，你都会感受到一种生活的圆满。

家里不是讲理的地方，处理家里夫妻间、骨肉间的关系是退让容忍的艺术。要有器量，要做到：诸善从我始，诸恶从我止！

其四：己所不欲，勿施于人。——《论语·卫灵公》

（注释：自己不愿意做的事，不要强加给别人。也可以理解为：自己不希望他人用怎样的言行对待自己，自己也不要以那种言行对待他人。）

还有一句成语是：推己及人。

推：推想；及：到。用自己的心意去推想别人的心意。指设身处地替别人着想。

这是做人的准则之一。凡是你不愿意接受的事物，就不要让别人接受。做事要换位思考，推己及人。这包括自己的父母长辈、妻子儿女、同事朋友和漠不相干的陌生人。朱熹集注"推己及物"就把大自然也包括进去了。

其五：益者三友，损者三友。友直，友谅，友多闻，益矣。友便僻，友善柔，友便佞，损矣。——《论语·季氏》

这几句的大意是：有益的交友有三种，有害的交友有三种。同正直的人交友，同诚信的人交友，同见闻广博的人交友，这是有益的。与偏离正道的人交友，与花言巧语的人交友，与阿谀奉承的人交友，这是有害的。

作为择友的标准及识别好朋友坏朋友时可以参考。

一旦孩子来到社会上，家长就一定要留心孩子和什么样的人来往。尤其在十二三到十八九岁的时候，与坏孩子相交，只需几个月你的孩子就面目全非了，再想把他拉回正轨就费劲了！

入世之道问孔子，出世之道问老子，色空之变问佛陀。其实中国最伟大的思想家、哲学家、战略家是老子，他是世界级的人类导师，这里就不谈了。

⑧
后记

转眼间，这篇文字已经写了十多年啦。当年的小爽都工作了，起早贪黑，从不叫苦叫累，随她爷爷奶奶，老实忠厚加财迷！被我暴打过的球球已经长得虎背熊腰，但略显沉默，一笑有点羞涩的样子，很可爱。青青读高中了，再也不提他们孩子要房的问题了。那个往我头上撒尿的虞戈儿，唇上已经长出细密的胡髭，一脸的青春痘，标准的毛头小子。

真让人有孔子之叹：逝者如斯夫！

我要告诉你们：

孙子们，要珍惜青春韶华，莫负少年头啊！

要如孔子所教诲：不舍昼夜。

回忆都是恍如昨日，人生一切都是瞬间。

跌入童年梦

当几个训练有素的工人师傅像花车司机伺候赴婚礼大典的新娘一样，小心翼翼、有条不紊地把一架钢琴安置在孙子房间里的时候，我就端详着这架钢琴。

乌黑发亮的琴体向人们展示出它典雅、严谨的风范，而悄悄点缀的银色金属件，低调沉稳、并不炫富的同时却又透露出它骨子里风华百代、独领风骚的卓越感。黑白琴键，如同音乐王国中圣洁而坚韧的图腾，永远映照着那个黑白分明的澄澈世界。

这倒让我想起了我们产生于春秋时代的古老格言：唯乐不可以为伪。——《礼记·乐记》

我抚摸着这架钢琴。

这钢琴自身就是一阕精致曼妙的乐曲，它被人精心架构的品相，明快流畅的线条，就像充满律动的乐谱。

女儿见我俯身看键盘上的椭圆形的徽章——她为我拼读那花体的英语字母"里特米勒",经典款,来自德国1795。

我想,这跟贝多芬几乎同龄的"里特米勒",一定曾经有幸在一个个音乐天才的指尖上,开出了我们人类天籁的炙热花朵吧!

谢谢钢琴制作者们兢兢业业的奉献。

从此,琴声叮咚就成了我家每日必然的动静。两个多月后的一天晚上,我坐在阳台上,仰望着空中爽白的月亮,俯瞰着楼下一带波光粼粼的湖面,我突然听到孙子的房间里飘出一曲琴声,一曲叫我蓦然感动的琴声。

儿时一幅清晰的画面浮现在我的眼前。总有50多年了吧,也是这样的季节,也是这样的夏末秋初的朗朗月色,一个黑黑瘦瘦的男孩,站在村外的小河旁,月华如水,波光粼粼。月光给他身旁一棵挺拔的白杨树涂上了一层亮银色,叶片闪闪,有了金属的质感,一阵风吹来,发出哗哗的声响。不远处,村中的大喇叭里传出一阕钢琴曲,这孩子听着听着,竟感到从头到脚像被电击一样浑身一阵战栗,眼中湿润。他听得如醉如痴、如梦如幻。他的心灵深处被一种莫名其妙的感动所激荡着。

这孩子就是我,50多年过去了,我已年逾花甲。在漫长的岁月里,我聆听过协奏曲、奏鸣曲、狂想曲、梦幻曲……那些国内外大师演奏的各种风格的钢琴曲浸润着我的喜怒哀乐,伴随着我生活的坎坎坷坷。我喜欢音乐，吹过笛子，拉过二胡，对于钢琴，那就是灰姑娘的白马王子梦了。

让孩子学琴，最后决定买架钢琴，我和女儿是坚定赞成派，女婿则是反对派。我的理论是，生活沧桑后的感悟告诉我，德国音乐家马丁·路德说的是对的："音乐是万德胚胎的源泉。"音乐修养是健全人格的要素，我们并不奢望孩子成为什么"家"，但他要懂得音乐，要会欣赏音乐，要让音乐来洗涤、净化、丰富他的心灵，来使他的内心世界多姿多彩。女儿则是从经济实用的角度宣示着她精明的盘算："我早就想学弹钢琴了，这样，我学，儿子也学，一搭两用，很划算的。"女婿是个有观点没坚持的人，但"成见"会不动声色地让他纠结于胸、久久不化。出于工作原因，他长年漂泊在外，电话、视频就成了他与妻子、儿子联系的唯二通道。自打买了钢琴，每晚通过视频听儿子弹琴就成了他们小家庭隔空相聚的温暖时刻。

他的儿子会郑重其事地站在屏幕前奶声奶气地说："大家好，我叫陈维言，我给大家演奏一首《红杉树》！"当然，报出的都是他新学的曲目，像《月光曲》《船歌》《驿站》什么的，说完就一转身，小屁股坐在琴凳上。他的语速很快，给我一种幼芽急于生长的想象。我喜欢他弹奏《红杉树》时优雅的指法，也喜欢这首乐曲挺拔幽静鲜亮的色泽；我还特别喜欢《船歌》的左手伴奏旋律，这首曲子的伴奏旋律非常出色。

看着孙子坐禅入定沉浸其中的样子，看着他臂腕起落，手指跳跃弹切，真的是很享受的乐事。几个月下来，孙子的演奏技巧日渐进步。我很惊讶，惊讶于孩子学习、接受新事物的心智。

那端传来女婿的声音："真酷，我儿子真酷！"听得出，这声音是发自心底的开怀。他终于舒展开了心中的郁结，赞许了妻子的选择。

我坐在一旁看着，沉醉其中！

孙子的指尖流淌着我童年的梦幻曲。

毕业相

老同学相聚，总免不了回忆往事。有人惋惜道："咱们当年要是照了毕业相多好！"这惋惜，竟在大家心里引起那么强烈的共鸣。

"联络同学，重照一张。"

"还是去天安门。"

七八个声音争着说，就像当年故意跟班主任捣蛋时说话的劲头一样。少不更事啊，多么珍贵的瞬间，愣让它从我们指缝间白白地溜走啦！蓦然回首，时光已流逝了30多年。甫照镜子，都知道自己这叫人心寒的模样。还能找回来吗？那纯真，那挂着露珠的花蕾，那"少年不识愁滋味，为赋新词强说愁"的矫揉造作。

43名同学来了32个，真不少！大家相聚在天安门前，金水桥畔。都是拖家带口的人，整天都在生活的琴弦上弹拨着急风暴雨，来到这里谁都想潇洒一番，"老夫聊发少年狂"一回。"同学"两个字，又勾起了我们几多回忆、几多感慨！广场啊，想当年，你的树荫多少次拥抱过我们，你的华灯多少次把我们照得如痴如醉！我们这些同你一起长大的孩子，如今已是儿女比肩、鬓飞霜雪了。我们喝过恋爱的蜜酒，也饱尝了柴米油盐的烦忧；我们为工作哭泣过，自然也常有取得成绩的欢欣……

岁月如梭，青春不再。一缕柔情、一怀惆怅，酸酸地在胸中发酵。

张的爱人是记者，今天特地来给我们当"催巴儿"。他端着相机总按不下快门儿，嫌我们"不够洒脱"。

调整一下表情吧，大家自然会想起当年的"活宝"陈。当年班里一有什么活动，他就是司仪。那时最让大家开心的就是，他举着笤帚指挥大家唱《大海航行靠舵手》。一帮傻丫头、傻小子，嘴都咧得像瓢，敞开嗓子一通儿地扯天扯地地号叫，几乎震碎了窗玻璃。

陈毫不犹豫地来到了前面。他现在是一个千把人厂家的厂长。他站在那里，只给我们一个后背，蓦地举起双臂大叫道：

"共和国——"

我们举起手臂大吼："我们支撑你的大厦！"

快门按下了。留此存照，这也算是人生一个阶段的毕业相吧。这相片上早没了我们少时的烂漫春晖，我们已把那春晖化作了共和国的辉煌。

军人本色爱有涯

——北京世界华人文化院院长刘战英先生侧记

　　2009年11月，在雪花霏霏中，有一个年近古稀但看上去并不老态的老人，拄杖而行，来到陕西黄陵县的黄帝陵。他依序拜谒了轩辕庙、黄帝陵，如醉如痴地围着大门左侧苍劲挺拔的黄帝手植柏观看。此树相传为华夏始祖黄帝手植，已有5000年的历史，树围8.58米、高19.4米，在炎黄子孙的心中已成为一种神圣的符号。老人由近及远又由远及近地拜读这棵古柏，读那伸屈遒劲有力的树冠，读那铁干钢躯的树身，读那蜿蜒凹凸的褶皱。他神情肃穆，凝思遐想穿越今古，遂见他两个脚后跟咔嗒一磕，昂首挺胸，目光炯炯，五指并拢，抬臂向黄帝柏敬了一个庄严的军礼。

　　他曾是军人！

　　这一气呵成的标准而庄严的军礼既定位了他的身份，也流淌出了一个军人的壮烈情怀！此人就是著作等身的国家一级作家刘战英先生。他早期是中央军委空军文学艺术创作室副主任，为空军文化队伍的建设倾注过很大的心力；后来是中国侨联《海内与海外》杂志社的主编，因劳累过度，40多岁时正值英年就得了脑血栓。

仲秋，正值京华花木饱满绚烂时，我和书法家宋渔老师拜访了刘战英先生。年近古稀的他，现在是北京世界华人文化院院长。对于刘战英我是久闻其名的，也拜读过他早期的作品，很是叹服他的广阔视角和充满纵深的笔力。他的扛鼎之作《叶挺》，当年一版再版，至今仍在坊间流传。去的途中，宋老师不无惋惜地对我说："可惜啦，他的身体……本是个想干大事业的人！"

有了这个先入之见，我见刘先生之前，推想他该是怎样一副病恹恹的样子。谁知当我和他见面时，眼前看到的却是一位目光睿智、举止淡定的学者。"是真僧只说家常话。"和他谈话，就像有一条平静而徐缓的小溪在你面前闪烁，叫人眼亮，这是他的动；他同时又给我另一种感觉，似一泓清澈而又深邃的湖水，令人淡定，这是他的静。

我们聊到了他眼下的生活状态。他说他爱散步，常和夫人一起漫步在红领巾公园，散步可以过滤掉浮躁与衰懒；谈起他的作品，他说，自己当过专业作家，却始终"专业"不起来，20多部著作几乎都是业余时间创作的；说到他的病，他笑着说，他算是个完美主义者，那天终审《海内与海外》的稿子，由于太认真，又太急切，头一晕……

临别时，他送给我两本他的新作和一册北京世界华人文化院的通讯期刊。

回家后，我拜读他的新著，是两本散文集，在这两本散发着墨香的书中，我触摸到了一个老军人心灵的轨迹，倾听到了他訇然作响或豪情激越或委婉细腻的主旋律。散文集分别名为《子夜集》和《拾穗集》，光从书名就能看出作者"君子不舍昼夜"的孜孜以求和他矢志不移集腋成裘的殷勤。这文字是老骥伏枥的嘶鸣，是对祖国文化的忠诚热爱，是对阴暗角落的无情鞭挞，给读者以心灵的震撼。《第一个军礼》《第三个军礼》，都反映出军人独特的视角和由此产生的拳拳赤子之心；《大坤，一路走好》则又折射出作者人格的耿介和处友之道的笃厚。他的字里行间流淌出的是他以病残之躯对北京世界华人文化院的运筹帷幄、殚精竭虑。那为弘扬祖国的优秀文化、奉献爱心事业而不遗余力的鼓与呼，着实叫人钦佩！

当然，在他的文章中，我也读到了他对眼下中国种种现代版的浮世绘的凝重和焦虑。他凌空下笔，慨切冷峻，同时又有书道的藏锋遒劲，如《暴风雨夜的哨兵》和《有为方有位》。《一次开诚布公的交谈》，则是訇然作响、直言相告，然非但不僵硬，还曲中见直，给人以幽默感。他是书法家，连他的文章都浸透着对于书道的参悟。

更使我感动的是他对相濡以沫的夫人的爱！八年前他的夫人得

了癌症，生死一线间，他是这样记录自己当时心情的："这噩耗如五雷轰顶，惊悸得我仿佛五脏六腑乃至浑身每一个毛孔都顿时轰然一声被炸成齑粉，又被一只无形大手猛地抛撒向空中，没有任何斤两地飘飘荡荡，不知归兮何处；又似整个身躯顷刻间变成一具干牛皮桶样的空壳，从头到脚被全部掏空了，没有了筋骨，没有了血肉，也没有了灵魂与思绪，一片虚无，一片茫然，一片空白。"

当时年过花甲的他，为疗治夫人的病四处奔走，小心翼翼地伺候在床头。在确定把夫人从死神手里拉回的那一刻，他就规划了精心照顾夫人的"长征"。他坦率地告诉我，在他妻子出院后的八年间，除特殊情况外，每天都给妻子打洗脚水和洗袜子，每天都把削好的苹果或者别的水果送到妻子的面前，每天准时在妻子睡觉前把氧气瓶拉到她的床榻旁，每天都亲自下厨不让妻子闻到油烟，并且起初每天后来每隔一日都要给妻子打针，凡此种种。这是长达八年的每一天呀！他工作缠身，写作与挥毫临池也摆上日程，何况他在前年因重犯脑血栓有些半身不遂，但对妻子的关爱始终没有丝毫懈怠。那么，是什么力量支撑着他？他说，每天将做这些事情都视为意志和品德的修为。他夫人的一个朋友说，刘先生之所以经年累月精心照料她，是因为她本身有魅力。他夫人听后急忙一摆手："不，是我们家老刘人性好！"难怪刘战英先生对朋友的事情也都尽心尽力，其"内核"就是一个"仁"字。

仁者爱人！

石可破也，而不可夺坚；丹可磨也，而不可夺赤。刘战英先生从戎三十载，其精神底色深植军人的忠诚耿直与坚韧不拔。军人的特质，在于对目标的极致专注。读他的著作，能清晰触摸到其思想维度的纵深，以及生命轨迹中那些坚定的定格。披袍坐帐，他从事的是军队文化建设工作；解甲归田，他的聚焦坐标没有变，还是耕耘在中华文化这片沃土上。在"世华院"，他独创性地打造《世界华人精品文丛》《世界华人著名书画家精品》和《世界华人报》等品牌，并且诸多事情都是亲力亲为。作为军人儒将，疆土和文化在他心中有着不可或缺的分量。

他把自己前半部生命的辉煌镌刻在他的军旅生涯，又把这后半部生命献给了他热爱的中华文化核心价值的体现与凝聚！

拜读他的著作，翻阅北京世界华人文化院期刊，我脑海里不断浮现出和他临别时的情形，他执意送我们到电梯门前，和我们殷殷告别……

军人本色爱有涯。他爱得专一，爱得纯粹，爱得忠诚——这是我对刘战英先生最直观的感觉。

穿越在两界的女神

和王丽珍老师怎么认识的，在哪里第一次见面的细节都忘记了。

只记得她是一位优雅从容的女士，很有亲和力，与她在一起有如沐春风的感觉，她是一个激情饱满的人，作词、作曲、登台放歌，全才。

和她相识以后，我在网上搜集过她的视频和资料。

王丽珍，中共党员，抒情女高音、作曲家、中国职工音乐家协会副秘书长、中国音乐文学学会会员、北京音乐家协会会员。

多年来，谱写了近两百首歌颂党、歌颂祖国、歌颂人民军队和美好生活的作品。先后创作了《辉煌六十年》《中国，我是那样爱你》《军嫂情深》《中华风雨情》《听党话、跟党走》等歌曲。

看到她与歌坛大哥大程志演唱歌曲《长江之歌》的视频，声音豪迈而细腻，处理到位，果然厉害。我在那个视频中还看到了阎维文的身影。

原来她是个歌坛大姐大级的人物。

可是她没有那些"大姐大"的范儿，待人随和诚恳。

记得我的朋友合众集团的宋总组织了一个合唱队，练一首我作词的歌《早霞晚霞都是霞》，由她谱曲，她几次从海淀家中赶来指导。

记得宋总为了表达感激之情，设宴招待她，宴罢又请她茶叙，一直到凌晨，她始终兴致勃勃，毫无倦意，而且还提出许多很专业的意见。

因为我知道她第二天还要上班，这让我心里很纠结。

说到她的工作。她不是演艺圈中人，而是一个政府中枢部门的干部，在那里有着繁重且重要的工作。

我感觉到她是精力旺盛、激情饱满的人，很有才情。很可惜，政府部门多了一个尽职尽责的干部，歌坛少了一位女高音歌唱家。她的歌唱天赋太好了，人又勤奋，待人亲切豁达，没有架子。

跟她合作几年下来，她为我的几首歌词谱过曲，像《西施情》《祖国 我骄傲告诉你》《北京 我圆圆的梦》等。

直到现在她还在网络发布新作，但演唱者不是她了，而是一些新秀。业内人都懂，艺术是一只富贵鸟，是要靠金钱滋养的。尤其是唱歌，要请乐队，要进录音棚，这些是躲不开的开销。我猜想，她周围一定集合了一群如她一样的歌咏热爱者。

出钱搭力献才艺，只为心中的那首歌。可是成功走红者只有万分之几，想成功却被种种因素制约着。

向他们致敬！

我一直感到很奇怪，音乐是浪漫的，需要的是激情、冲动，而她从事的工作需要的是理性、严谨，绝不可讲情面。丽珍老师是怎样完成这两个不同领域的穿插切割的呢？

可能她不知道，我是领教过的。

一次，我作了一首词《顶起头上天　站住脚下地》，请她审正。一时冲动发给了她，事后感觉又要改一句，就拨通了她的手机，那是个白天，是个工作日。

电话打通了，传出了她冷冰冰的声音："哪位？"

我答："是我，王老师。"

还是冷冰冰的官腔，马上就拉开了你和她之间的距离："你什么事？"

我很惊异，那个春风细雨的丽珍老师怎么会打起这样六亲不认的官腔！

我说："我是宗川，打扰您了，抱歉！"

那边传来了她咯咯的笑声："我这儿和人谈工作呢，没听出来。"

春风细雨又切换过来了。

噢，她沉浸在工作状态中。记得她和我说过，她主管的领域内

313

求她"放水"的单位多,而求她谱曲演唱的也是大有人在,有些老板甚至打听到她的住址,用装满钱的皮包去求她,为自己的歌词谱曲并演唱,都被她一口拒绝。

做人,她选择了正大光明;在得舍之间,她选择了泾渭分明。

我们拥有过一次

一天，手机里突然飘出一个似曾相识的声音。是她？是她！我马上想起了青春岁月那个冷彻骨髓的夜晚，我们相约在昏黄的路灯下，她吞吞吐吐地对我说，她父母不同意我们的事，而且还动手"修理"了她一番。

悲哀、愤怒而又无可奈何。我自幼就心软嘴硬，还有股子勇于喝干一杯苦酒的傻劲。我说："今天是我见你的最后一面。"我感觉到了，寒冷中，她在颤抖，身体在向我怀中倾来。她在期待我的拥抱和抚慰，可我转身就朝暗夜里走去。当黑暗完全吞没了我的时候，我又驻足回眸，寒风中的她，像一株伶仃的小树，在我眼里变得模糊起来。

我爱她。她是我的初恋。

她是个身材高挑的姑娘，一双熠熠生辉的大眼睛总闪烁着清纯快乐的光芒，这目光有点儿傻气，有点儿天真；她任性的咯咯笑声，曾给我带来过无限的快乐和憧憬。还有她那甜丝丝软丝丝像鱼儿样俏皮的舌尖……如今，这些都化成了一片片利刃在日夜不停地削剁着我。

她像一片云，倏地被一阵风吹来，又蓦地乘风而去。我着实经历了一番揪心扒肝的苦痛，饱餐了一阵子辗转不能自已的思念，才大彻大悟，掉转船头，另求"门当户对"了。

往事可如烟？鱼儿饮水，冷暖自知。既然她来相约，见见又有何妨。

我们相约在一家饭店里。淡蓝色的藻井，仿古式的垂花吊灯，一拖到地的淡黄色绣花窗帘垂出沉重而又柔和的褶皱。厅内飘荡着一阕钢琴曲，清纯里流溢出一缕淡淡的惆怅。这是什么曲子？听来耳熟，又想不起来是什么。我们坐在高背的吧座里，四目相对，似乎都要从对方脸上读出当年的痕迹。

要感谢时代的利斧对我们的雕琢。

她由一个不谙世事的知青，变成了一家企业的小头目；我，昨天的那个土头土脑的家伙，如今已是一家民企的老板。岁月的风雨在她脸上堆起了最初的涟漪。这涟漪掩盖了她当年的热情，而透露出的是一种入世出世者的干练与明达。二十多年未见，岂是一个"你好"所能了结的！我们问爱人、问孩子、问住房、问收入，好的坏的都问遍。坦然相诘，坦然相告。当年的爱恨早已烟消云散，倾心交谈，倒也别有一番滋味在心头。与她相聚，竟谈出了许多与妻子从不提起的话题，而且还有如槟榔在口，越嚼越有滋味。

一瓶啤酒打开，雪沫喷涌，过后倒出一杯金黄的液体。一瓶啤酒只能有一次这样的喷涌激活，人生何尝不是如此！我们拥有过这样的一次，而且是双方人生的第一次。

"你有自留地吗？"她瞟了我一眼，狡黠地问。

"没有，我只有责任田。"我慢吞吞地说。

"哼，"她冷笑一声，"蒙谁哪，这年头哪有干净男人！"

"是，就我所知，不干净的男人占比99.99%，我属于那0.01%。"

"珍稀动物呀你，你老婆可真幸运！"她揶揄我说。

"是，她已经幸运得要跟我离婚好几回了。"我说。

她咯咯地笑了，我依稀又见到了当年的她。

唉！女人哪……

"你还是这么刻薄。"

"说说他吧，他比我厚道吧？"

"这时候你老提他，你不觉得扫兴吗？"

我说："我们爱说'愿天下有情人终成眷属'，之所以这么说，是因为'不是冤家不聚头'啊。"

她的眼睛里流露出一丝哀伤和无奈。

我来时才跟人打听到，她的婚姻也早就名存实亡了。

"坚持就是胜利呀，老哥。"她沉默了一下叹息说。

我接口道："对，坚持到孩子在我们的坟前写上'父×××，母×××之墓'，我们就胜利了。来，为我们的胜利在望干一杯！"我碰了一下她的杯子就径自一饮而尽。

此刻我心里竟有一缕快感在飘浮，我真卑鄙。

也许人都是这样吧——得到的，就是不值得珍惜的；失去的，就是要永远回味的。

她大笑着，拿餐巾擦着鼻眼说："你是第一个害我的男人。"

"嗯，我知道，我罪孽深重，可我也被你害得不死也脱层皮啊。"

"烦了就出来聊聊吧。转眼间，我们都成了老头儿老太太啦。"她说。

"对，挺好，我愿意。"我看着她。当年那双熠熠生辉的大眼睛已经黯然失色了许多，眼角也开始下垂了。

我心中陡然升起一股痛，一股伤心透骨的痛。是痛她抑或是痛我，我说不清。

步出饭店时已是暮色阑珊、华灯初上。一阵风吹来，这风中已没了夏日的热烈与黏稠，倒平添了几分爽气、几分萧飒。季节变换得就是这样快——秋天来了。我忽地想起，刚才在饭店里听的那首曲子是克莱德曼弹奏的《秋日私语》，多么缠绵而又伤感的曲子。

　　我们默默走在斑驳的树影里，我突然想起了当年和她分手那一刻的情形，说："我还欠你一笔账哪，还你吧。"

　　她愣住了。我拥抱她。

　　她推开我说："没病吧你？"我有点尴尬，她又说："我们下周去中山公园看郁金香吧，那儿办花展呢。"

　　"好吧，我一定送你一支郁金香，白色的。"

一生心血一本书

——乔柏梁《创意写作实践论》读后

一

    乔柏梁先生毕业于黑龙江大学中文系，毕业后就从事编辑工作，长期供职于《北方文学》杂志社。做编辑工作37载，临近退休，遽然而去，万幸的是他为我们留下了这本书，这本浸入他将近40年心血的《创意写作实践论》。他从一个职业编辑的视角，殚精竭虑、倾囊倒箧地为我们留下了教科书式的文学创作指南。

    他的夫人，作家徐敏女士感慨地对我说："他一辈子的心血都在这里！"

    和乔柏梁老师交往有年，淡淡的，只是在京见过两面。知道他是《北方文学》的编辑，平时只是和他在微信上交流几句，很少。

2022年7月，因为有事请教他，给他发了个握手的图标，未见回音，怕他有事正忙，所以就不再打搅了。几天后又发了朵小花和一个"？"，没想到他回的信息是："你好，我是乔柏梁的妻子徐敏。乔老师已于2022年6月17日魂归净土。"

我当时就蒙了，说了句："对不起，我很意外，发蒙。请您节哀，今天就说到这里吧。"

我和柏梁先生自然是文字之交，那时他还兼任《中国书法报》的编辑，我写的介绍汪瑞章教授的书法、诗词的文章就是他发的。后来我又写了介绍常熟赭石砚的文章，文章里面有汪瑞章老师的墨迹，他都给予了很高的评价。

那时我才知道他是书法家，在他的朋友圈看到了他的墨迹，知道他在书道方面造诣很深，有专著《中国历代碑帖赏析手册》。

2022年初吧，他给我寄来了他夫人徐敏的长篇小说《北京故人》。也许我是北京人的缘故吧，我为此书所深深打动，为之写了书评。

这样，我与他夫人徐敏的联系就密切了起来。及至2023年初，徐敏老师来京，我们见了一面。我们谈的话题是开放式的，很广泛，自然谈起了柏梁老师，谈起了她完成了柏梁先生的遗志，把他的著作《创意写作实践论》整理出版了，并赠送了我一本。

二

　　柏梁先生的《创意写作实践论》不算长，21万余字，论述既具细腻的肌理，又含广角的视野。书中引证文献达 37 卷（部），但这绝不是"百衲衣"式的僵硬拼凑，而是将每一份论据熔铸于有的放矢的学术探究中。

　　其中就包括他看到了根据梁晓声的百万字巨著改编的电视剧《人世间》后，就买来此书，用一个多月的时间读完了原著，所研究的课题就是"写什么"和"怎么写"。他提出的结论是，"写什么"是作家对写作素材的选择，"怎么写"就是对这些素材的处理方式。（《创意写作实践论》205页）

　　作者在这里举了一个精当的比喻：

　　"写什么"就好比一个厨艺精湛的大厨选择令人心仪的食材，"怎么写"就是大厨接下来的烹饪过程。进而推论出"写什么"与"怎么写"就像一对孪生兄弟一样，与作家的写作生涯相伴始终。

　　给人的感悟是，无论是作家、画家、摄影师还是其他职业，在创作作品的时候，首先产生的是对"视角"的发现，是灵感的迸发。这发现就是"人人眼中所有，各个笔下所无"的视角；然后才是如何完成这"视角"的"意象"，也就是框架构思（其中包括人物、

322

情节、环境），一步步地校正把位，力争一把到位，准确地反映出独特的视角，给人以独特的感受。其次是"语言"，如同一个美女，如果穿上与她身姿、精神、气质最相宜的衣饰，则会更加夺人眼目。

这就是大观园里的林妹妹，《西游记》里的二师兄，《金瓶梅》里的潘金莲，托尔斯泰笔下的安娜·卡列尼娜，《老人与海》里的老人。

乔柏梁先生作为一个笃诚的"为他人做嫁衣"者，对网络文学是不排斥的，为此他也下了很大的功夫。

在第五章第五节里，作为一个文学领域的工作者，他对文艺潮流很敏感，他专门着力研究"网络文学"。

据其夫人回忆，柏梁老师的眼睛高度近视，他有一阵子盯在电脑上看"网络小说"，就劝阻他不要看了。他认真地说，很多年轻人都没有工作，如果能通过在网上写小说来养活自己，也不失为一种体面的职业。

这真是菩萨心肠。

为此，其夫人把坊间所能买到的顶流网络小说都给他买来，供他阅读研究。夫妻间，何需举案齐眉意，赌书泼茶自情深！

就是在这一章节里，他指出，近年来，网络文学以其广泛的题材、海量的产出，成为当代文学当中一股巨大的有生力量，文学从此进入"全民写作"的时代。从网络小说的表现形式来看，网络文学具有特殊的结构特点和语言风格，能够极大地激发读者的阅读兴趣。

但是，如果仔细观察，我们也会发现网络小说的缺点，那就是从总体上来看，缺少精彩的风景描写作为人物活动的衬托。

为此，柏梁先生指出："景物描写在小说当中的功能是多种多样的，它可以起到营造环境、渲染气氛、衬托情绪、铺垫情节、心理暗示等画龙点睛的作用……例如沈从文笔下的湘西风景，老舍笔下的北平街巷，这些风景的描写已经成为一部文学作品的灵魂所在。"（《创意写作实践论》224页）

他还举了日本作家村上春树的《挪威的森林》中的大段描写为例，在这部小说中，作者擅长用情境描写展示小说人物真实的内心活动："我合上眼帘……当我睁开眼睛的时候，夏夜已有些深了。"

这种以独特的视角，对情境的细腻描述，准确地表达出了渡边在接到直子来信后夜不能寐的孤寂心情，以及对直子的思念和对她精神状况的担忧。

三

其实在柏梁先生的书中，他对写作的章法技巧进行了全方位的扫描探究。

首先，他没有把文学创作看成是什么高大玄妙的"道术"，他说："其实，在我看来，写作也是一门'手艺活'。凡是手艺，就需要沉下心来学习，没有人能够依靠偶然得来的'灵感'混一辈子，更不要相信网上那些所谓的'写作训练营'宣传的，交上几万块钱，上课十几天，然后，一夜之间从'小白'变'大神'的神话。"

《创意写作实践论》这本书的可贵之处在于它是一位从事了几十年编辑工作的文学工作者的作品，几十年来的编辑工作使他有机会接触无数作品、无数作者，了解了无数作品的得与失。

写作者是雕玉匠，编辑是淘金者。

在20世纪90年代以前，连"征婚启事"上都要注明一条"喜欢文学"，一部成功的作品就会改变一个人的命运轨迹，就会让作者"鱼龙变化"。

然而，毕竟是失败者多，成功者少。

在柏梁先生接到的许多来稿中，有人会把来稿隔几页就用胶水粘上页角，用以检验编辑是否读了他的稿子；更有人从几百里外风尘仆仆坐车赶来，从书包中掏出他的书稿，满怀期待地交给编辑。

可是他们的作品真让编辑不堪卒读啊！

有的初学者会辩解说，我写的都是真的，就发生在我身边。

他们混淆了艺术真实和生活真实的界限。

《红楼梦》里的情节肯定是经过艺术加工的"真实"，《西游记》

就更不用说了。作为一个编辑，长篇小说顶多看一个章节，千字短文读上几句，就掂出你的斤两了。要不然他也太"菜鸟"了。

执笔为文的人多是玻璃心，脆弱，都对自己的文字有着特殊的感情，有人爱用"舐犊情深"来形容对自己文字的情感，其实在审校者眼中眼里，这些文字或许如未脱稚气的孩童，尚需打磨筋骨、剔除瑕疵，方能褪去"孱弱"之态，焕发健康生机。

在干了几十年编辑工作的柏梁老师经手的作品中，一定有一些名满天下的作品，可他在书中只字未提。就常识而言，任何一部作品从稿纸变成书籍，都有编辑的斟酌修改。这点，《白鹿原》的作者陈忠实著文谈过。柏梁先生，出于文人的人文情怀和道德操守，没有点过任何一部他经手的成功作品，而是引用古今中外的名篇来探究为文之道。

也别说，有一个作者说了她的作品是在柏梁先生的帮助下完成的，那就是他的夫人徐敏女士，那部作品就是节奏紧凑、场景切换迅捷、大开大合、情节丰富、引人入胜的《北京故人》。

记得柏梁老师和我说过："我不会写小说，可我会教别人写小说，磨着磨着，就写成小说了。"我总认为小说是文人为文的最高境界！你能说《红楼梦》的作者不懂诗词歌赋吗？他不懂建筑、服饰、美食吗？你能说鲁迅不懂历史、不懂堪舆、不懂礼法、不懂民俗吗？他的《中国小说史略》，已经足见功力。

四

在《创意写作实践论》第二章第四节里，柏梁先生讲了小说的各种结尾的方式，特别讲了鲁迅《祝福》的结尾特色：

"作者由近及远地描写祝福的场景，不仅照应开头，还利用反衬的表现手法，对祥林嫂寂然死去进行了残酷的对比和展示。"

那时总想让柏梁先生指导一下我的小说，得亏没丢那脸；幸有柏梁老师的《创意写作实践论》一书，教泽宏深，让我受益。

在此章第四节里，柏梁老师对小说的结尾进行了深入的比对研讨。书中引用了弗朗索瓦·莫里亚克的话：

"没有一种东西能够像小说那样，真实地把人类生活的不确定性描绘得像我们所知道的那样。"

书中说："作为小说的结尾，它对整篇作品来说，如同围棋的收官之子一样重要，无论是开放式的还是传统式的，都要给读者留下一种意犹未尽的感觉，一种让读者掩卷沉思的快感，这种艺术魅力的体现，其中有很大一部分来自小说结尾的感染力。"

这之中，他解构了沈从文的《边城》，指出：

"小说《边城》的结尾，是一种'并置性'的结尾，这种处理方式堪称小说中的经典，两种可能性集于一体，让读者从翠翠悲剧性的命运之中略微可以看到一线微弱的希望。"

对于世界级名篇莫泊桑的《项链》的结尾，书中是这样论断的：

"任何标签都不可能代表《项链》的全部。小说情节到此戛然而止，给读者诸君留下无限的联想空间，我想这才是一个大作家独具匠心的设计，既在意料之外，又在情理之中。"

《老人与海》是海明威的名篇。此篇为海明威带来了滚滚而来的荣誉，书中用老人的一句话，指出了此书的震撼所在：

"人可以被毁灭，却不可以被打败。"

这与北方的一句土话倒有异曲同工之妙：宁可让人家打死，也不能让人家吓死。

柏梁先生论述短篇小说结尾的功能是：让读者理解前后事件的因果关联，从而找到整个叙事的意义，洞悉作者的创作目的。

在此，他特别论述了欧·亨利式的小说结尾，举证的是《麦琪的礼物》。他引用了俄国文论家艾亨·鲍姆在讨论欧·亨利短篇小说时的发言：

"从本质上讲，短篇小说的所有力量聚集在其结尾。就像从飞机上抛下的一枚炸弹，它必须急速下坠，以便能以最大力量击中目标。"

《色·戒》是张爱玲前后经历近30年修改的作品，书中称之为"心理活动式结尾"，这篇小说以前卫的手法去探讨女性的心理及情欲。

五

我看过的一些作家谈写作经验的文字中，像柏梁先生的《创意写作实践论》如此全面细致细腻的文创经验谈还是不多的。从小说的开头、结尾到中间的情节翻转、过渡、细节处，甚至"思维导图"，这些对构思小说、设定人物关系都非常实用。此书给为文者的启迪用途相当于给蒙童启蒙的拼音字母，相当于给旅游者的导航指引，相当于给学医者上的人体解剖课。

此书的"创意写作"概念来源于"进入二十一世纪以来，西学东渐，从美国发起的创意写作进入中国"，而其内容翔实、丰富、精当，熔古今于一炉，揽中外之灵囿。此书分为六章，小节若干，皆为熔炼结晶之品。

第一章：写作是一门手艺；

第二章：小说的主要元素；

第三章：写小说的技术；

第四章：写小说的产品意识；

第五章：从阅读中汲取写作的营养；

第六章：西风东渐的非虚构写作。

对执笔为文者而言，此书极有认真阅读的价值。

好马还需好猎手。

即使现在我们已经进入 AI 时代，写作已经可以以智能代劳，但作为写手，你也需要有广博、深刻的见识、认知，有远见卓识的腹笥垫底，才能产出让人称道的产品。

一本书，用一生心血去孵化出的一本书，谢谢乔柏梁先生。

千金难买亡人笔

——悼柏青

我轻易不上网，上网不登 QQ，也不登某个论坛。

两天前吧，打开电脑写东西，偶然心动登上 QQ，没想到竟看到邓迪思先生发的讣告——柏青老师走了！

我愣在了那里，一动不动。

后来就登上"西部作家"论坛，一遍又一遍地读柏师的《文学在，我就在》，由此想起英国思想家培根写的《论死亡》中的一句话："死亡不能改变伟大的灵魂，具有这种精神的人，直到最后一刻仍然不会失其本色。"

"千金难买亡人笔"，这就是柏师留给我们"直到最后一刻仍然不会失其本色"的文字！

我与柏师相识自然是因为建立"西部作家"论坛，那时和我联系讨论论坛具体事情的人除柏师之外，还有太行风和梁星君吧，好像我们之间都通过电话的，其间和柏师通话最多。至今记得和柏师通话所给我留下的深刻印象：他办事的定力和性格的棱角。他的声音略略沙哑、底气不足，但思路缜密、临事坚定。成与不成，马上就给你答案。（当时，我不知道他已经罹患绝症。）

忘了为什么了，我们通信了，我见到他的硬笔书法开合大气，方正有气势，就冒昧求他的软笔书法。他在电话里笑着说，老了不写啦，不行了。没想到过了几天，我收到了他的书法作品和他所参与编辑的几册刊物。

这让我很感动他待人接物的诚恳和真挚。再有就是他为创建"西部作家"论坛，殚精竭虑、殷殷劬劳所付出的一切。

为此我作了一首歌词献给他。

我是一颗石子

（献给我的朋友——柏青先生。为疾所困的他，依然顽强地举起文学的大纛，为文学鼓与呼。感动为作，为他祈祥——金刚之身不坏，功德圆满佛缘。）

我是一颗普通的石子／经历绝不如画如诗／天生不是玲珑剔透／注定不能登堂入室／记不清／有过多少次痛苦坎坷撞击／只记得／水冲石走

百折千回的故事／棱角鲜明的石块／磨成通体浑圆的石子

我是一颗舍身的石子／大路有我车轮滚滚／大厦有我挺出丽质／

这些不需要人喝彩 / 我不碎 / 通体浑圆改不掉内心坚实 / 我粉碎 / 粒粒金沙

棱角鲜明如旧时 / 我就是一颗石子 / 呼唤迎接辉煌的日子

如今再读此歌词，我竟哽咽失声……

往事历历，犹如昨日。

办论坛之初，我就和柏师说过，我是一个没有定力的人，版主是暂时的，一旦人员配备齐，我就撤。柏师不同意，可我还是辞去了版主的职位，婉拒了他的挽留。人贵有自知之明，我是高不成低不就的，理应把位置让给有能之人。办论坛真的很不容易，就是现在，我对于那些在柏师所开垦的"西部作家"论坛上继续耕耘的文友，也怀有虔诚的敬意。

谢谢你们在继续他的事业。薪火传承，这是传统文人的担当，柏师是中华优秀传统文化的殉道者。

有几位与柏师既是老乡又是文友的网友，向我介绍过他，说："别看柏师得了绝症，和他交流，老给你一种向上的力量，他有一种独特的人格魅力。"

一个人让人说好不容易，让人背后说好更不容易啊。

我真正走进柏师的世界是看了他的《生命的姿态》之后，我很震撼，那笔致的细腻、文字的节奏感所表达出的生命坚韧，所表达出的对文学事业的使命感，让我感慨万端，时下中国作家中竟还有这么一位如此文如其人的码字者!

为此我写了一篇书评《捧住生命中的那滴水——柏青〈生命的姿态〉读后》。

让我不能原谅自己的是,今年我的生日,他发来短信,祝我生日快乐,当时我正在欧洲旅行,信息不通,回来见到也没回信。我哪里知道我所敬爱的师友正在与死神的缠斗中渐渐式微,而他还为我投来最后一抹温暖的亮色!

祭柏青老师——

格超梅以上,品在竹之间。

斯人已去,斯文长存,黄鹤白云,悠悠千载。

斯人不在斯文在,斯文在心斯人来——再问候一声:柏师好!

后学宗川 哀忱

老朋友

　　此次回京，免不了要会会故旧。歌台舞榭，醉酒慷慨，是朋友间免不了的事。其中让我落泪的是老友张利华参与作词的歌《老朋友》，没想到作曲家石焱就是原唱，他还当场献唱——

　　多少背影已经被遗忘，多少人一去不再回头。

　　茫茫人海我们四处漂泊，而今谁还陪在你的左右。

　　多少相逢多少分别，就像等在同一个路口。

　　穿过岁月紧握你的双手，那份感动依然可以拥有。

　　……

　　也许遥远不能聚首，也许忙碌就少了问候。

　　你别说我们已经陌生，真情永远不会被大风吹走。

　　你还有多少老朋友，春夏秋冬去和你一起走。

　　老朋友就像无法割舍的骨肉，

想起你的时候总让我热泪流。

你还有多少老朋友，在你心中留、在你梦中游。

老朋友就像喝一杯醇醇的酒，温暖着我的人生、相伴到永久。

而让我更为伤感的是，一位女友舍身沙门，狠心跟我断了联系。我找到了她家人，想打听到她的舍身之地，哪怕是问候一声也好。家人说，她不让。我说，我想供奉她些钱，以示我虔诚之心。几日后，她家人告诉我说，她说不行。我女儿远嫁时，她曾当场献歌，其婵娟姗姗之态，其曼妙遏云之声，犹在眼前……

我说，你们替我给她发个短信吧：

供奉于慧明比丘尼座下

福田广种佛缘度　红尘缧绁我泪多

红尘中人宗川虔敬以拜

奇人古哥

一

古哥年轻时

古兵和我是乡亲，关系自然熟，熟透了。

至于他的相貌嘛，倒值得说道说道。20世纪80年代初，他出差住"避暑山庄"，在大厅里，一位相貌气质俱佳的女士惊喜地叫了他一声：

"郭老师，您也来开会呀？"

他随口答应了一声，又打量那女士，心中纳闷，这是谁呀，我怎么不认识呀？

那女士也仔细看他，一脸赧色地说："对不起我认错人啦，您长得太像郭老师了，太像了！"

古哥说："是，我是姓郭。"

"您是郭振清老师的什么亲戚啊？就是演《平原游击队》里李向阳的那个郭老师，《英雄儿女》里的张团长。"

古哥哈哈笑道："没关系，没关系。"

身材魁梧、浓眉大眼、棱角分明、一脸正气。古哥和大腕儿郭振清不但"共用"一张脸，连身材也像是一个模子刻出来的。

他年轻时，东方歌舞团看重他天生一副好嗓子，到村里来要他，他就是不去。后来画家贾浩义（国家一级美术师、中国美术家协会会员、中国国家画院研究员、中国艺术研究院艺术创作研究中心顾问、中央文史馆书画院艺术委员会委员）来村里创作《艳阳天》连环画，里面的肖长春就是以他为模特的，画家追着他在村里转了几个月。作品完成了，贾老师相中了他的绘画天赋，要收他为徒，他还是不干，在那激情燃烧的岁月里，他就爱当农民，当"青年突击队队长"。

还有一件上不得台面的追求：他爱上了队长的闺女。一个非常贤惠内敛的大姐，我没少吃她做的"蛋花打卤汤"，那叫一个香。

20世纪90年代，岁月染白了他一头浓密的黑发，额角也宽阔了许多，他去潘家园踅摸了几个月，才买齐了那套连环画，去贾浩义老师家里请人家为他签了名，了却了他青葱岁月的心愿。

二

古哥不年轻时

古哥是个倔人，他认准的事就要做到底，九头牛都拉不回。

人老了，退休了，时间有了，村庄没有了，他在紫南家园特意保留的"关王庙"里当上了"庙祝"。

他沉迷过一阵子写博客，钩沉家乡的陈年往事、老物件、老理儿，讲述那些被岁月磨得模糊不清的印记。他当过队长、当过厂长，与三教九流广有交游，经历阅历没得说。什么打坯盖房、驯马赶车，红白喜事、五行八作……他都娓娓道来、声情并茂。

就在这时他对古兵器产生了兴趣，开始探究中国古兵器的历史，产生了做微型古兵器的念头。上溯春秋，下至明清，先不要说工艺上的问题，就说这方面的研究在我们国家也是个空白呀。

他就按兵器谱的顺序，做完了刀、枪、剑、戟、斧、钺、钩、叉，接下来该做锐了，但就这么一个锐，把他难住了，足足用了他半年的工夫。古哥跑遍了北京各大书店都没找到。一天，他打车到北京图书馆办了个图书借阅证。到了藏书馆借书处，人家看了他的借书单，说："只有副教授级别才能借此书。"他心想，俺就是一个老农民（其实就是借到了，那书上也没有锐的图形）！

这一干就是14年，为了求证一件兵器的形状，他跑遍北京，乃至黄河上下、大江南北。他查证过的文献有《中国军事大百科全书》《孙子兵法》《三国志》《武经总要》《武备志》《大清会典》，还有各种武术杂志等，他查阅过的杂志如果摞起来也得有几人高吧。

两个面包一瓶水，他在图书馆里往往一泡就是一天，一干就是几个星期。

他感慨，没有想到，早在2500多年前的春秋时期就诞生了"兵圣"孙武的文明古国，竟然没有人研究古兵器？！

14年下来，他的古兵器资料整理工程结束了，微型古兵器由春秋战国到明清各朝代计520多种、600余件套。

《隋唐演义》中李元霸的兵器"八棱紫金锤"是什么样子？

大将宇文成都使用的凤翅镏金锐又是什么样子？

他都给出了有根有据的准确回答。

中国兵器里有个兵器叫"挎虎篮"，神秘而威猛，古哥踏破铁鞋，最后在《少林兵器谱》中找到了它，原来，祖钦禅师练过此器。

古兵器里包藏了佛家和自然界的动物和谐相处的慈悲之怀。

他从制作古兵器上升到了研究战法、阵法了。

他查证了明朝戚继光的戚家军在浙江抗倭战争中，取得了九战九捷的大胜，而敌我双方的伤亡比例是100：2.2。这个比例太惊人了：达到了敌死一百我亡不到三人的奇迹。

戚继光之所以能取得这样辉煌的战绩，其中的阵法——鸳鸯阵起了决定性的作用，而鸳鸯阵中的秘密武器就是"狼筅"。

狼筅是用浙江义乌的竹子做的，为此他去了戚继光纪念馆，还专门请人砍了毛竹试着模拟狼筅的战斗动作，以实际体会狼筅的作用。

在义乌，他折了一枝竹子回京做了件微型狼筅。

这些只为展现华夏先人保卫家园的威猛神武。

黑暗里的欢乐

停电了，屋里屋外霎时一派朦胧。窗外一镰瘦月，分外显眼。

女儿晃着遥控器，喊：“气死我啦！”她正看电视呢。厨房里的盆碗交响曲停止了，传来妻子不满的嘟囔声。这一停电，好像我们生活的全部内容都被抽干了，只剩下一个无可奈何的“黑洞”。人也好像被突然扔进了黏稠的汁液里，说不出、动不了。

妻子端来一豆灯光。那是在一个碟里放些食用油，搓个线捻儿点燃的。

这时，我随手从壁柜上拿出那支竹笛，这笛还是我年少时的“历史文物”，跟了我快三十年了！近二十多年来，它一直沉没在箱底。前不久收拾屋子，我把它当作摆设放在壁柜多宝格上。此刻我吹响了它。

舒缓清亮的笛声打破了屋内的寂静。多么轻盈，多么富有弹性，宛如月光下一道蜿蜒的小溪，在我眼前粼粼闪光。没想到今宵今夜，我能吹得这么好。

"你吹，我唱。"妻子也受了感染，直起偎在沙发里的身子说。

"线儿长，针儿密，含着眼泪绣红旗……"悠悠的笛声伴着她的歌声，把我们拉回一个年轻的世界里。这是我们有了那种感情之后，她给我唱的第一首歌。当时，她没绣红旗，而是在给我补一条破秋裤。我坐在她身旁，看她的手灵巧地翻飞，有如春燕衔泥。那时情歌的原野上是一片沙漠，而处在人生春天里的青年人，仍然能在这"革命歌曲"里揉进自己绵绵的情愫，传递出灵犀相通的衷曲。

"姑娘好像花儿一样，小伙儿心胸多宽广。"不知不觉间，我们竟走过了这么漫长的路程。如今，花儿一样的姑娘已然成了姑娘妈，小伙儿也已是"劝酒梨花对白头"了！歌声、灯光、月光，缠裹着往日的苦乐，直叫我感慨万千。一缕缕微微细细、真真切切、深深浅浅的情意，在心与心之间流动。

"你们今天这是怎么啦？"女儿问。她怎么能明白我们今宵为何如此张狂！

"时时横短笛，清风皓月，相与忘形。"这，多好！在不停电的时候，怎么想不起来用这种方式调整一下紧张的弦？忘掉被时尚挤得浮躁纠结的生活，忘掉那些使人耿耿于怀的阴霾，好好体味一番人间这松弛的心旌摇曳的滋味。

是我们享受了现代科学的进步，还是现代科学正在一步步地绑架我们？

再婚尴尬欢乐颂

实话实说，家庭生活往往是不和谐的。世上只有鞋磨脚，少见脚磨鞋；凑合是日子，不凑合就是埋葬婚姻的日子。

其实一个家庭的和谐，往往是由付出、隐忍、只耕耘不求收获构成的，二婚家庭更是如此。

十年前，我和妻分手了。四十多岁的我再次进入婚姻殿堂是情理之中的事儿。

人的第一次婚姻是激情的花朵，而第二次婚姻应是理性的结果，真是理性大发了，就成了锱铢必较的"招商引资"了。

百挑十选，慎之又慎后，我选择了她——一个来京创业的女强人。人长得漂亮，心胸也豁达，更可喜的是人家有手艺，能挣钱，不会给我造成很大压力。简直是"天上掉下个林妹妹"，不是"林妹妹"，应该是"祥林嫂"。

　　她不是傍大款，我不是养二奶。找个人生码头遮风避雨过日子，双方的目的都很纯正，一切自然是水到渠成。

　　二婚的人大多是拖家带口，你要在别人画过的画布上作画。

　　她有个宝贝女儿，刚上三年级，孩子姥姥做跟班儿；我有个善解人意，誓死跟我风雨同舟的小心尖儿，正上大学呢。

　　两个不相干的家庭凑在一起，脾气秉性、生活习惯都不相同，又没有那种血缘之情的包容，火花马上就擦出来。

　　我女儿大些，自小好胜心强，学业有成，自然有些霸气，她吃饭讲究营养、讲究搭配；她女儿小些，有点儿娇，看上电视就懒得动窝儿。而且姥姥擅长做"东北大杂烩"，我女儿吃不上口。让我做，她心理不平衡；让她做，她觉得委屈。

　　我是谁都得罪不起，整天像抱个炸药包过日子，不知道什么时候就来个"灰飞烟灭"。

　　所以，一看女儿脸上有不高兴，我就带她出去，跟她聊，对她"软硬兼施"一番，让她把气儿撒在爸身上。

　　我永远忘不了那个夏天的夜晚，我"软硬兼施"都不管用，一时激怒，打了她一拳，下手还挺重。没有防备的她，身子往前栽了一下，然后又岩石一样蹲在那里，等着我打第二下。

　　她一声不吭。女儿长这么大，我是第一次也唯一一次对她动手。这一下把我自己的心都打碎了。

我的原则是公正、宽容、屈己待人。

她的小女儿在这种环境中也感到压抑。但这个长着娃娃脸的胖丫头，跟我关系挺好。在得知我要和她妈妈分手后，还亲昵地"爸爸，爸爸"地叫着我。一天放学后，她突然偎在我的怀里哭了，抽噎着向我道出了她的痛苦与恐惧。

我女儿大学毕业了，在北京还找到了很好的工作。但过了一段时间后，她坚持告别我，告别她所熟悉的北京，去南方创业。因为那里有她的男友——一个厚道的阳光少年。我知道女儿退出的是一场无关是非对错，但足以让骨肉撕裂的明争暗斗。她在向我让步。她到南方后，几乎每天一个电话，这成了维系我们之间父女情的纽带。一天，电话里我咳嗽了一阵，她细细的声音里传出焦急与心疼："爸，爸，你怎么啦？"

我的泪水一颗颗滴在了话筒上。

一晃八年过去了，外人看来我们的家庭很和谐。其实此中冷暖自家知，何足以与外人道尔！

我的一个挚友在妻子去世后不久，马上重整旗鼓送旧迎新了。婚后的第八个月，他突然来我家，人老了许多，新婚宴尔的油彩，在他脸上已经结成了斑驳的硬痂。"士别三日当刮目相待"，他的学问见长！他告诉我，二婚的离婚率在70%以上。而且再婚夫妇即使勉强凑合在一起，也是同床异梦的多。尤其是有半大孩子的，有老爹老妈在一起过的，你更是玩不转。他说，他们已经打得不可开交了。见我"八年战争"都打下来了，向我讨要二婚和谐的密码。

说来也巧，正碰上我女儿从南方回来休产假，给我带回来一个长得像我的胖孙孙。妻的女儿——那个刚上高中的胖丫头抱着我的胖孙孙，脸上乐开了花儿，嚷嚷着："叫小姨，叫小姨，臭小子……"

他羡慕得不得了，一双渴望窥透奥秘的大眼睛在我浑身上下扫描。我说："老哥，你爱唱歌，刘欢有一句歌词是'那甜也是苦泡的'，调一个个儿就是'那苦也是甜酿的'，这就是再婚的'窍门'！大姑娘生孩子，多疼也别叫唤，忍着吧。谁也没有能力在别人画过的画布上作画。"

"咳咳，谁难受谁知道。"他苦笑着说了句。

书缘

书，第一次对我产生巨大的震撼，是在当年的王府井老东安市场的旧书市。

那时我是一个十四岁的农村少年。当我第一次走进王府井北端路东侧的东安市场旧书市的时候，我惊呆了。

书，到处都是书，置身在这书的海洋中，那一排排、一摞摞、一堆堆的书籍，就像大海的波涛一样，一浪推着一浪，向我滚滚扑来。

我愣在那里，心中被一种从未有过的莫名其妙的情绪激动着。一种非常神圣的感觉像电流一样，从脚底直冲头顶，令人麻酥酥的。

从此以后，我就和这里结下了不了缘。中学，我到市里来念书了，一年后，"文革"就开始了。我像许多人一样，整天泡在那里蹭书看。我还认识了这里的一个老头，对我很好。他究竟是姓高还是姓郭，我到底也没弄明白。他总是忙忙碌碌地来回穿梭着、整理着被顾客弄乱的书籍。那天，见我来了，他凑到我身旁，低声说：
"还想买书吗？"

我说："想啊！"

他顺手给了我一张已经写好姓名、地址的字条，警觉地低声
说："这个人手里有书，想卖给我们，我们不收了。你去吧，提我
就行，可别带别人去。"

我像发现新大陆一样，喜出望外地按老高写的地址奔去。

现在回想起来，那地方好像在地安门大街那边的一个胡同里，
卖书人一看就知道是个知识分子，略黑，高颧骨，宽额头，瘦削的
鼻梁上架着一副大大的黑框眼镜。

他镜片后的一双细长的眼睛，既有知识分子那种底蕴丰厚的内
涵，又时时流露出一种冷峭、幽默的神采。

老高的字条很管用，他立刻就相信我了，让我看他的藏书。

他的书很多很杂，政治历史类的书居多，文学类的书少，但都
是精品。他问我想要吗，我当即表态说，要！又补充说要不了这么
多。他苦笑着说："选有用的拿吧！要不然也送造纸厂打纸浆去了。"

我让他等，我回家拿钱去。可等我来到了街上，我就发愁了，
上哪儿拿钱去呢？爸爸没钱，即使他有钱，也绝不会拿出他养家糊
口的血汗钱，让我去买这些招灾惹祸的"封、资、修"的"黑货"。

想了半天，只有去东郊的厂子里找姐姐"集资"。她是唯一同

意我看书，而且有些经济实力的同盟军。想到此，我就骑车去了东郊她上班的厂子里找她。

姐姐给了我十块钱。

那年头的十块钱，对于一个家庭来说，可是一笔不小的数目！

那时的白面是一毛八分五一斤，五十斤一袋白面才九块二毛五。油饼是八分钱一个，白豆浆是两分钱一碗，糖豆浆是五分钱一碗。爸每天早晨给我两毛钱，我买俩油饼、两碗豆浆，就足够供我折腾一个上午的热量。

真是"春风得意马蹄疾"呀，我车骑得像箭一样射向卖书人家里。

我忘不了上那个中年人家里挑书的情形。他皱着眉，不断地发出"啧啧"的惋惜声，仿佛我不是在挑他的书，而是在摘他的心肝一样。我把他藏书中的世界文艺名著几乎都挑出来装进了一个布口袋。

然后我把姐给的十块钱和我自己攒的两块钱都给了他。看他那摘心摘肺的样子，我真怕他嫌少，反悔。他掂了掂那袋书，眯缝着眼看着我，拍着我的肩膀感慨地说了一句话，说得我心里甜滋滋、酸溜溜的。他说："难得呀，这么小的年纪就这么爱书！"

我心头一热，说："等赶明儿我再攒了钱一定还给您送来。"

他说："不用了，下周我就离开北京了。"说着，他转身从里屋拿出一套四卷本的《约翰·克利斯朵夫》，说："这套书算我送给你的，不要钱。读吧，小伙子，记着，读书是好事情！"

事后，我回家翻了这本书，才知道这本书的价值。这是一套1948年版的傅雷译的《约翰·克利斯朵夫》。这书的许多地方，都有他用十分工整、精美的钢笔字抄的法文原文和他的批注。他把每一页上精辟的句子、精彩的段落画上蓝笔道、红笔道。还有眉批、旁批、尾评、提要，这部巨著耗费了一个读书人的多少心血啊！直到今天，把这套书拿出来翻时，我都会产生一种自愧弗如、欲顶礼膜拜的感觉。

古往今来，有多少个知名不知名的知识分子及千千万万的读书人、爱书人，才使我们民族的血脉数千年不断，才使我们民族的魂魄数千年聚而不散啊！

中国的读书人、爱书人！

迷路

我迷过一次路，就在1959年冬天。那时我还在上中学。

我的学校在城区，家在农村。由于家庭生活困难，我既没有自行车，也没有钱打月票，每天都步行往返十几里路程。学校的课程安排得很紧，下午上完三节课后，还要上两节晚自习，放学时已经是晚上六七点钟光景了。

这天，下了一天的雪，放学时，又刮起了大风。扑面而来的大片雪花打得我睁不开眼，狂风摇撼着树梢、电线，发出的阵阵呼啸也越发瘆人了。

十六岁的我，消化系统出奇地能干，中午在花市一家饭馆吃的那三毛钱一份的"盖饭"，此时已荡然无存。这会儿我心里只有一个念头——回家，吃饭。

从学校到家这段路程，平时我只用一个多小时就能走到，可这天走了一个多小时，仍然不见我们的村子。我慌了，找到附近村里一打听，方知道自己迷了路，这儿离我家还有十几里呢！当时我浑身立刻就软了，手脚发僵，空空的胃里像有一把刀在刮……

灰蒙蒙的天，白茫茫的地，大雪覆盖下的村庄，看起来好像都是一个模样。我的家在哪儿？饥饿、疲惫、失望、沮丧，我心慌意乱。我想尽办法鼓励自己，给自己打气，把课本上、小说里所读到过的英雄事迹挨牌儿默诵了一遍：红军的二万五千里长征、丛林中的杨靖宇将军、赤脚行走在冰天雪地里的丹娘……

我把雪攥成团，狠狠地吃了几口之后，又开始跋涉。风雪把一切都变得迷茫。田野、沟渠、道路，都分不清了，我就在这混沌的世界里摸爬翻滚。尽管眼前一片模糊，但有一个目标始终清晰地在我心目中激励着我，那就是回家！这个简单而又实实在在的目标，成为我在这风雪夜里苦苦挣扎的唯一动力。

这天晚上，我的手脚被冻坏了，指甲盖儿都被冻掉了一个，可我终于到达了目的地！

在此后的人生旅途上，我常常想起这次迷路，它给我的启示是：一个人在一生中，难免有迷惘、惶惑的时候，但只要你鼓起勇气，牢牢记住追求的目标，你就不会垮，就不会沉沦。

我北京的妈

我爱和袁方聊天。他是老一代海尔人了，连续几年得过海尔销售状元奖，是个跑过半个中国的人，和全国各地各行业的许多人合作过。正如他的名字——"袁方"，天圆地方，"敢问路在何方，路在脚下"的青岛好汉，可谓见多识广。

一别就是十多年，我和他又相聚于北京。

他早就告别海尔了，干起了炒股、理财等油锅里捞世界的勾当，至于成果嘛，作为消费者的衣饰鲜明的老婆，一米九三的上大学的儿子，一米七五上初二的女儿就说明一切了。

我北京的妈——采访袁方录音

袁方：要说待人热乎，北京人见面打招呼，热乎，大连人也好。

就是去年我去小吴那里，也是我以前住过的地方。去健身小广场遛弯儿，碰见一个七年前的老邻居，我和他打招呼，他见我先是一愣，接着就说："哎哟，这小伙儿回来啦。"

我让闺女叫"爷爷"，他说："哎哟，闺女长得这么高啦！"

让人心里热乎乎的，很暖。

这可能是因为大连人大多数都是从山东迁过去的，对人亲和度高。

在青岛这是不可能的事情。我在网上看到许多在青岛的打工者说，青岛你再好我也不来了。在青岛感受不到融入感，付出了也得不到回报。

一个原因是在这里打工得不到认同，再一个原因就是工资不高但消费高。青岛是很好，风景也很美，但是外地人在这里很难被认同，很难融入，打工十来年了，最后只能选择离开。

青岛人对外地打工者有一个统一的称呼，叫"外地人"。这个称呼明显就带着点儿歧视，很不好。

要说待人最有亲和力、最真诚的是北京人。

那时我住在北京的一个小区，勋勋才两岁，老爱发烧，三天两头上医院，打了退烧针回到家一会儿又烧了，又得去，我妈来照顾了一阵子。紧邻的一个老太太老去找我妈聊天，混得熟。得知我妈要回青岛，她就问哪天走啊，几点的船儿啊。我们告诉了她。

第二天我五点多起来，看到她在外面打着伞站着，我很纳闷，就问："阿姨，您怎么站在这里啊？"她说："我在这儿等着送你妈呢。"她也不进来，也不敲你的门，这点特别感人。

还有一件事，我搬家了，离这里有几百米，这个老太太打听到我搬到那里去了，有一天早晨，勋勋正发高烧，一宿去了三次医院，我们困得不行，有人敲门，我开门一看是老太太，她手里提着菜说："我知道你们忙，没时间买菜，我正好去菜市场买菜，我给你们也带了点菜。"给我们送家里去了，真是特别特别好，真是好。

宗川：你说的这是我嫂子吧？她爱怜惜人，爱和人瞎拉呱。

袁方：对，就是我妈，我北京的妈。现在我都回忆不起来怎么就管阿姨叫"妈"了。我们俩孩子叫"奶奶"比叫自己的奶奶都亲。那次你们去青岛，勋勋把照片发了朋友圈，才逗呢，他的女友马上就质问："让你陪我，你说你病了，不能出来，气死我了！"勋勋回答她："我们已经是世交了，变成亲情了，已经在血脉里流动了。"

宗川：这傻小子，真感人！

袁方：我也是这次来才知道这事的，是青青跟我说的，现在微信方便，空间距离不是距离。这俩大学生没事就瞎聊，互相解闷呗。

宗川：还说那次去青岛哪，我就是那次牡蛎吃多了，现在一吃就拉肚子。

袁方：我妈半身不遂了，这次来我一说去北京参加我北京妈的孙子的婚礼，我妈说，去，去，去！她说话不清楚了。

宗川：我嫂子是个正能量爆表的人。

袁方：不是所有地方的人待人都热络。

像是某城，我在那里待过几年，包括它周边的几个城市，那里的人给我留下的印象不是很好，外貌看着很憨厚，可是心眼不好，老算计你，坏心眼儿多，步步给你挖坑，你很难和他们深交。

山西大同啊？我没去过，不了解。

武汉人聪明、勤奋，但没有北京这样怜惜人，没有大连那种温暖亲近的感觉。

南方人跟北方人的区别是，北方人懒，身子懒，脑袋也懒；南方人很勤奋，脑袋灵活，肯付出。这基本上是普遍现象。

我和江苏启东的一个跑业务的人接触过，做阀门的，是那种大阀门，在北京他有几个大客户，像首钢、首钢设计院……他想让我代替他，就带着我跑了一阵子，熟悉他的客户。

在唐山有几个客户，从上午8点就去了，就在那儿干等着，等客户来了，就跟人家谈，谈业务，也聊天，等到了中午就出来再联系人家吃饭，人家不来，下午就带我去跑别的厂家。他还比我大七八岁，马不停蹄地跑，当时真是让我有被拖垮的感觉啦，真是吃不消，这精力真是旺盛。跟人家没谈出什么，临走一个大红包就塞进去了，有五六千块钱。我心说："这是什么模式啊？怎么这么干哪，一点点眉目还没有哪，就敢下手。"因为他就是股东吧，这钱他自己出，项目没谈成，这钱就打水漂儿了。在我看来这不可能，可人家就敢这么做。

北方人不爱动脑子，也懒，适合打工，适合在监督下的工作模式，让他们自己去跑，去闯出一片天，他们的创造力都不行。

宗川：不见得吧，我看北方人，尤其是东三省的，"虎"，能忽悠。"忽悠"这个词儿就是从那边传过来的。"大姑娘美，大姑娘浪，大姑娘走进青纱帐……"呵呵，这都是什么词儿呀，竟然上了中央台。只有你卡住他的脖子，他才认尿。

你说南方人做事踏实、勤奋，我也有同感。像我们亲家就是这种人，在自己身上什么都舍不得，在儿女身上什么都舍得。就像我孙子说的，我爸妈不回来，好婆家就是清汤寡水，我们一回来，好婆家就《红楼梦》荣宁二府年底祭祖。

袁方：我和启东的人出去，没有客人我们就在路边吃碗面，要是有客人，哪里好就去哪里，什么菜贵就点什么菜。

亮剑争锋

——记宋总

一

我与宋总相识有二十多年了吧。

那时他是乡政府的一名轿车专职司机。我总记得这样的画面：每天或早或晚，他都在他那辆白色的桑塔纳车前冲呀、洗呀的。那辆白色的桑塔纳，在他的手里，总被他收拾得像个气质优雅高贵的绅士。那时他很年轻，脸上总挂着宽厚明亮的笑容。

他给我留下的印象是，这是一个尽职尽责且又细心的人。

一次我俩外出回来已经是下午临近下班时间了，当开车到九龙山的时候，他突然一把打轮、一脚踩刹，我的头几乎碰到前玻璃，着实被吓了一跳。我定睛一看，我们前面的一辆公共汽车撞倒了一个骑车的妇女。

好险！如果不是他采取果断恰当的措施，不是我们的车撞到公共汽车上，就是我的头撞在车前玻璃上，后果不堪设想。

那名妇女微胖，有四十岁的样子，已经失去了知觉。奇怪的是她没有流血，倒是呕吐了。公共汽车的司机蜡黄着脸求我们："请你们帮忙送伤者去医院吧！"他没有迟疑就答应了。救人要紧，他打起了"双闪"，急忙往医院赶。

这次事件他给我留下的印象是，他是一个办事果断、有担当、有分寸感的人。

二

后来我们的工作都发生了变化，我去了一家乡办企业，他去土方队当队长了，我们偶尔也有碰面的机会。

我记得他们最初办公的地方很简陋，是由一个废弃的养猪场改造的。有一次我去了他们那里，见到几个熟人，刚寒暄几句，吵醒了正在沙发上睡着的他，他撩开盖在身上的军大衣，坐了起来，揉着眼睛说，都好几宿没怎么睡觉了。我见他满脸风霜，挂着疲惫，那件军大衣也挂着泥污油渍。但他的笑容依旧笃定从容。

我当时没有意识到这是一个开拓者的启航，这是一把扬眉出鞘的剑！

后来，我不断听到他们的消息——他们承接了京城一个又一个新楼盘的开掘工程；他们承接了市里的凉水河土方工程；他们承接了市里的交通枢纽工程。突然有一天，我看到窑湾湖畔一座楼顶擎起了这样的几个大字：北京和众集团公司，像一艘劈波斩浪的航母一样，雄心壮志地注视着前方。

一个近乎白手起家的土方工程队，已经成长为集物流、文化娱乐、技能培训、餐饮等于一身的集团公司。它的锋芒已经透入了力所能及的多个领域。

那天因为一些事情我走进了集团公司的办公大楼，这里井然有序的现代化办公节奏，让我惊异和钦佩。更吸引我目光的是那些挂在走廊和迎客大厅里的名家字画，石竹松梅、大漠孤烟，果然皆非俗物！二楼的一幅横轴吸引了我的目光，是书法家刘炳森所书"家和万事兴"。

这是儒家"和谐"的理念。我由此触摸到了一个企业的灵魂，感受到了它的文化底蕴。

宋少波作为一个企业的领军人物，他为这个企业注入了灵魂，注入了文化的底蕴，使一个企业有了与时俱进的生机。

我们见了面聊了一会儿。大家都是老朋友了，说话自然不藏不掖，见骨见肉。当他知道我也在创业时，他说，要做就要做好、做强、做大，干事业就要有个干事业的样儿。

三

2003年的春夏是难忘的。

斯时，非典突然汹汹袭来，关于非典的坏消息也从报纸上、电视里，铺天盖地滚滚而来。被传染患者的数字每天都在滚雪球般增长，报纸上甚至喊出了"共和国在危急中"的口号！人们心中都很惶恐不安。在那揪心的日子里，我写了首歌词《知心话》，由知名音乐人廖勇谱曲，著名歌手谭晶演唱。这首歌在中央3、4、6台同时滚动播出，全国省级电视台纷纷转播。此歌为当时那充满阴霾的灰暗日子涂上了一抹鼓舞人心的亮色。

但很少有人知道，使这首歌飞上荧屏的幕后推手是一位企业家——宋少波，没有他的鼎力支持，就没有这首歌！作为这段历史的见证人、参与者，我看到了一个民营企业家担当社会责任的勇气和力量。后来，廖勇和谭晶来面谢宋总，宋总设宴款待了他们。

我在和众集团遇到过许多文化艺术界的精英，他们对宋总都很尊重。这种尊重是对宋总文化底蕴的一种认同。从20世纪80年代就有一个新的人生理念传入我国，就是一个人要不断学习，要不断更新自己的知识，改变自己的知识结构，开阔自己的视野，以适应外界的飞速变化。

有一段时间我去集团公司，总也见不到他。后来打听才知道，他每周六周日都要去清华大学听课。

宋总是我们改革开放几十年所造就的与时俱进的企业家。在这竞争日趋激烈的大环境里，他和他的舰队敢于亮剑争锋，去开拓自己生存壮大的空间。

适逢和众二十周岁之际，献给"和众"一支歌吧。

和众之歌

词／宗川

（一）条条大道／奔腾着我们的辉煌／永远开拓创新／有我们心中的坐标导航／嗨　和众集团／我们是你钢打铁铸的脊梁／我们为你／甘愿献出全部的力量／我们为你／描画出时代最美的梦想

（二）人人手中／编织着我们的希望／追求卓越完美／是我们心中的理想闪光／嗨　和众集团／你是我们科学和谐的灵光／我们为你／情愿捧出所有的坚强／我们为你／打造出世界最亮的勋章

侃侃什么是歌词

一

诗歌创作是什么时候开始的？这已经无从查考，但足以为证的是中国第一本歌词集是《诗经》，这应当无争议。

一代语言声韵研究宗师王力在《诗词格律十讲》中说："词是由民间文学来的，它本来是配乐的，跟现在用乐器伴奏唱歌一样。诗最早也是配乐的，如《诗经》就是如此。后来诗不再配乐了。词原来是配乐的，像唐朝的词就是歌词，后来文人写词也不做配乐用了，到了不配乐的时候，词跟诗没有什么差别，词也可以说是诗的一种，所以有人把词叫作'诗余'。"

南宋叶梦得的《避暑录话》记载，"凡有井水处，皆能歌柳词"，这是后话了。

我感觉诗歌产生的年代应该更早些。

《论语·述而》曰："子在齐闻《韶》，三月不知肉味。"这个记载是证明；庄子击盆葬妻是证明；湖北随州出土的曾侯乙编钟则更是有力的物证……人类的文明史上，首先产生的应该是声音、是节奏，是歌而不是诗。因为人类为了生存所必需的渔猎种植采撷、族群争斗，让人类必须声气相通、统一步伐，这就催生了"喊山""号子"等沟通信息的方式。歌颂传情的"风、雅、颂"，就是后来衍生的功能了。可能到了战国末西汉初，且歌且舞还是很普遍的表达思想和情感的方式，项羽的《垓下歌》、刘邦的《大风歌》、张良设计的《四面楚歌》都是证明；战国的"冯谖弹铗"是证明；《礼记·乐记》所载的"桑间濮上"的情歌也是证明。张良是文人就不必说了，刘邦、项羽，这两个粗粗拉拉的武夫，情之所至，都能唱出这么好的歌来！冯谖这个侠客都能指弹长剑而歌，和孟尝君要待遇，这是多么优雅、高端的发"牢骚"方式！

歌是一种传达信息、思想、情趣最便捷的形式。

黄河、长江是我们中华民族的母亲河，哺育出的原来是一个能歌善舞的民族！

二

在我们写歌词的大军中，高手、圣手、怪手如云。而创作技巧、表达方式更是叫人有"山阴道上，应接不暇"之感。

我喜欢张藜先生创作的歌词。歌唱祖国的歌词当是不少吧，而在被人们广泛传唱的歌颂祖国的歌中，张藜先生写的《我和我的祖国》，这首歌的传唱率当是名列前茅的。

我和我的祖国

词：张藜

我的祖国和我 / 像海和浪花一朵 / 浪是那海的赤子 / 海是那浪的依托 / 每当大海在微笑 / 我就是笑的旋涡

此歌词把爱国主义情怀展现得如此之贴切、传神、灵动，简直是妙不可言。

第一句，见微知著，以小见大；第二句，缩龙成寸，气象雄伟。

神来之笔！

张藜先生历经坎坷，也许正是这种种坎坷，磨砺了他的家国情怀，把他的才华磨砺成了色彩纷呈、形状各异的多棱镜效果。

20世纪90年代初，霸屏的是电视剧《篱笆·女人和狗》，而张藜、徐沛东合作的片尾曲《苦乐年华》唱响了中国。

那首歌曲的歌词是张藜创作的，那些土得掉渣的歌词都是张藜生活的积累，具有一派乡土气息，是那样接地气、和民情、动民心：

生活是一团麻／那也是麻绳拧成的花／生活是一根线／也有那解不开的小疙瘩呀／生活是一条路／怎能没有坑坑洼洼／生活是一杯酒／饱含着人生酸甜苦辣

张藜作词的歌唱红了一群歌星。可是他有一首歌词享誉世界，只是他本人不满意，那就是《亚洲雄风》。我想他之所以不满意，大概是因为这首穿上西装打了领带的歌离开了他所钟情的乡土气息。

三

说来作词的、作曲的都是为他人做嫁衣，一首歌蹿红后，受众认识的是歌手、歌星，而引起人们赞叹嫉妒羡慕的，就是很小众化的业内人士了。

电视剧《渴望》的同名片尾曲：

悠悠岁月／欲说当年好困惑／亦真亦幻难取舍／悲欢离合都曾经有过／这样执着究竟为什么／漫漫人生路上下求索

这首当年红遍大江南北的歌现在听来也叫人无限伤怀，有一股子高雅的忧郁气质，现在听来还是那样能击中受众心里的柔软的情愫，引起心理共鸣。

只是受众听的只是歌，寻找的只是一种感觉，谁知道它的作词作曲者是谁?

这是一首夫妻档的作品。这里不说作曲家雷蕾，就说作词家易茗吧。他的作品风格很多变。

生死之交一碗酒哇 / 说走咱就走哇 / 你有我有全都有哇 / 嘿嘿全都有哇 / 水里火里不回头哇 / 路见不平一声吼哇 / 该出手时就出手哇 / 风风火火闯九州哇

与上面这首《好汉歌》风格近似的有电视剧《大宅门》同名主题曲，相同的是它们都有大中华的那股子豪侠之气，不同的是，《大宅门》的针脚更细密，情怀更博大。

男儿自横行 / 站住了是个人 / 有情义有担当 / 无依无傍我自强 / 这一身傲骨 / 敲起来铮铮地响

而他作词的《人间第一情》，就是另一种风格了，其歌词一改往日的古香古色，切入点细腻，感情真切：

有过多少不眠的夜晚 / 抬头就看见满天星辰 / 轻风吹拂着童年的梦 / 远处传来熟悉的歌声 / 歌声诉说过去的故事 / 歌声句句都是爱的叮咛 / 床前小儿女人间第一情 / 永远与你相伴的是那天下的父母心

可是作为受众,我喜欢的还是他那种让人血脉偾张的黄钟大吕、苍松翠柏:

茫茫乾坤方圆几何 / 长传我 千百年 民族魂魄 / 旧日宫墙寻常巷陌 / 是谁把英雄的故事一说再说

走马扬鞭翻山过河 / 轻生死 重大义 男儿本色 / 几番起落风雨振作 / 赶他个天时地利与人和

(电视剧《水浒传》片尾曲《天时地利人和》)

说几句玩笑话吧。

前面说过易茗和雷蕾是夫妻档,易茗是作家,文字功夫自然了得,可他创作歌词却是被他夫人雷蕾"拉下水"的。雷蕾是谁呢?雷蕾可是大名鼎鼎的作曲家雷振邦的女儿,提起雷振邦可能人们感到陌生,可是提起《花儿为什么这样红》,知道的人就"海了去了"。这首美好的歌至今镶嵌在许多人的记忆里,尤其是当今65岁以上的人;这首歌至今还被人翻唱,没离开我们的耳畔。

一首歌可能紧密地搜入我们生活的某一段,让我们回忆起当时的处境、人物、气氛,第一次拥抱、第一次亲吻时的气息和心跳。

这样,易茗就是雷家的东床快婿了,乃翁乃婿,这个泰岳找着了,"近水楼台先得月,向阳花木易为春"哪!

歌声有一种神奇的魅力。谢谢作词家和作曲家们,你们是我们灵魂的滋养者。

四

中国有一首歌，以高山仰止之情歌颂开国领袖毛泽东，这就是人人会唱的《东方红》。还有一首歌是用平视的视角歌颂一个"不失其所者久，死而不亡者寿"的人物。

用一首歌为一个人立起一座碑，用一首歌刻画出一个人的言谈举止。无数歌唱家、歌手都满怀真情地演唱了这首歌，把对他们铭刻在心的感激之情奉献给伟人的在天之灵。

这是一个民族的良知与理性。

还有一个奇迹就是双盲式创作，作词者、作曲者都是各干各的，不碰头不商量，经过三个月的磨合之后，他们相聚，词曲缝合，竟然天衣无缝、水乳交融。这首歌感动了曲作家、词作家，歌声长了翅膀传遍中国，感动了中国。

这首歌就是为电视片《百年恩来》而作的主题曲《你是这样的人》。

不用多想　不用多问／你就是这样的人／不能不想　不能不问／真心有多重／爱有多深／把所有的伤痛藏在你身上／用你的微笑回答／你是这样的人

这就是此歌的华彩唱句。

我们中国还有史诗级的鸿篇巨制，那就是《黄河大合唱》和我们的国歌《义勇军进行曲》。

这是中国龙在异族的铁蹄下，伤痕累累、血染龙鳞的存亡之际的朝天一吼，挟雷携电，摆尾长啸。这是我们用血肉之躯为我们的音乐殿堂奉献的王冠之作，是中华民族慷慨赴国难，马革裹尸还的交响曲。

这是置身于世界音乐殿堂展现华夏民族精神惊天地、泣鬼神的气势恢宏的音乐巨作。

我们用血肉长城战胜了侵略者，我们用音乐告诉天下什么是中国魂。

歌曲在心理上有重要的移情作用，这是毋庸置疑的。

孔子评价《诗经》说："一言以蔽之，曰：'思无邪。'"

在文学创作理论上，孔子强调作者的创作态度和创作动机。程伊川说："'思无邪'者，诚也。"也就是说要"修辞立其诚"，要求表现性情，诗人要有真性情，在庞杂的内容中实现"文以载道"，在客观效果上达到"乐而不淫，哀而不伤"。

司马迁在《史记·屈原贾生列传》中所说："思无邪"就是要归于正诚，"国风好色而不淫，小雅怨诽而不乱"。

司马迁再次指明诗歌创作的态度与意义。

自古以来，重视诗歌吟唱育化人心的重要性，是我们民族优良的文化传统。

作为后人，我们世世代代都要有我们的先烈在"山河破碎风飘絮"的国难当头时那种"人生自古谁无死，留取丹心照汗青"的猛志。

五

写歌词大约有这样三个套路，一个是讲故事，一个是抒情，再就是抒情与讲故事并驾齐驱。李海鹰《弯弯的月亮》就是讲故事与抒情并驾齐驱，里面有人物有景，有历史的沧桑感。刘欢唱得情绪饱满——不为那弯弯的月亮 / 只为那今天的村庄 / 还唱着过去的歌谣 / 故乡的月亮 / 你那弯弯的忧伤 / 穿透了我的胸膛……

纯抒情的，完全是象征比喻，多义性，受众可以结合自己的经历去理解，如《我像雪花天上来》，要我看，这首歌当属上品！

此歌由晓光作词，徐沛东作曲。词作家用拟人的表现手法，把自己和雪花、秋叶融为一体，比喻之贴切、意境之新鲜，令人拍案叫绝。有人说，这是一首爱情歌曲，我更把它看成是人生对于事业执着追求的衷肠。

我像一朵雪花天上来，总想飘进你的情怀，

可是你的心扉紧锁不开，让我在外孤独徘徊。

戴玉强唱得声情并茂，我非常喜欢。

还有王健作词的《绿叶对根的情意》，作为海外游子对祖国的情愫，是一首不错的歌。作为"我"与所追求的"靶标"，表现力上与《我像雪花天上来》有相似处，但概括力、多义性，显得单薄了些。

我是你的一片绿叶 / 我的根在你的土地 / 春风中告别了你 / 今天这方明天那里

六

爱情的主题从来就是诗歌辞赋中最常见的内容。《诗经》第一篇《关雎》就出现了好逑的君子和窈窕的淑女。《蒹葭》里的"所谓伊人，在水一方"，成了我们心中美好女子的代名词，孵化出了多少我们耳熟能详的爱情歌曲。

《荷塘月色》中的"等你宛在水中央"就是化用《蒹葭》里的"溯游从之，宛在水中央"。

《诗经》是我们民族且歌且舞的滋养的源头。其中的"赋比兴"依然是我们今天搞诗歌创作的不二法门。

仔细思忖，我们今天对于爱的缠绵与纠葛和三千年前有区别吗？大体上是没有本质区别的吧。

"未见君子，忧心忡忡。亦既见止，亦既觏止，我心则降。"

（《诗经·草虫》）被彻底降服了，这是女性的心理。

再看看我们今天的歌《枕着你的名字入眠》（词：黄建唯），歌名就起得好，热恋中的人儿哪个不是在睡前、在梦中呼唤对方的名字，温习着每个甜蜜的细节？这首歌写得婉转、娇嗲、甜腻。

我把我的心交给了你 / 我就是你最重的行囊 / 从此无论多少的风风雨雨 / 你都要把我好好珍藏 /……/ 迷茫的远方有多迷茫 / 让我照亮你的方向 / 我会枕着你的名字入眠 / 把最亮的你写在心间 / 寂寞的远方有多凄凉 / 让我安抚你的沧桑

与《枕着你的名字入眠》相比，《真的好想你》（词：杨湘粤）就直白多了，显示出另一个火辣的、迫不及待的形象。词中的女性心理描写与《诗经·草虫》中的女性有相通之处。

真的好想你 / 我在夜里呼唤黎明 / 追月的彩云哟　也知道我的心 / 默默地为我送温馨 / 真的好想你 / 我在夜里呼唤黎明 /……/ 寒冷的冬天哟　也早已过去 / 但愿我留在你的心

古诗中，有描写离婚后相遇的情形的吗？有，我看这首诗就描写得不错。

上山采蘼芜

上山采蘼芜，下山逢故夫。长跪问故夫，新人复何如。新人虽言好，未若故人姝。颜色类相似，手爪不相如。新人从门入，故人从合去。新人工织缣，故人工织素。织缣日一匹，织素五丈余。将缣来比素，新人不如故。

这里是继《孔雀东南飞》后再次相遇的对白，男人坦承自己的后悔，女性的自尊幽怨，表现得纤毫细腻，叫人心里发软。

那时的女性地位很低，也没有财产归属的问题，离婚后，"新人从门入，故人从阁去"，就完事了。

像今天流行的一首歌《离婚了，就不要来烦我》，歌词中反映出三千年后的今天，我们的婚姻生活比那时候复杂多了，人性也发生了很大的变化。

今天的爱情背景画面被突出了，而实质的主题被物质和情绪给掏空了、虚化了。

关于爱情观念，古人是能让我们惊掉下巴的。如1974—1978年出土于湖南长沙铜官窑窑址的《君生我未生，我生君已老》，就是一首另类的歌谣，其思想独特深刻，而且还情真意切、决绝淋漓，至今不失其光芒。

原文如下：

君生我未生，我生君已老。君恨我生迟，我恨君生早。

爱，可以穿透世俗，可以忘记年龄，穿越时空。

这首苍凉缠绵、惊世骇俗的爱情之歌，至今叫我们听来还黯然神伤、唏嘘不已！

八

艺术无国界，这句话不知是谁说的，反正挺有市场的。只就歌曲而言，音乐还是有共性的。

譬如爱情歌曲就是各个国家、各个民族不可或缺的内容，我们的生活中不能没有爱情。

一首外国的爱情歌曲，你可能不知道演唱者是谁，他在唱什么，但你能听出来这是一首爱情歌曲。

十几年前，我在网络上听到了一首歌，让我痴迷，我不知道歌手在唱什么，可我一遍又一遍地听，被这歌声给蛊惑住了，过了几年我才知道那是出生在美国圣迭戈、寄居于加拿大的马修·连恩的作品。此歌的汉语翻译版本很多。

布列瑟农

马修·连恩

我站在布列瑟农 / 密布着星光的苍穹下 / 依稀的光照亮着布莱勒 / 从天的那一边 / 你送出甜蜜的笑 / 谁将被迫离去 / 离别的

列车将带他远去 / 只有跳跃的心不愿离去

旷远忧伤的旋律、如诗如画的歌词、马修·连恩清冽醇厚的歌声、以及歌曲开始时传来的教堂悠远的钟声和那结尾处渐行渐远的火车铁轨声，叫人陶醉在歌曲所营造的忧伤而纯净的氛围中。

很荒诞，似乎穿越了时空，我把这首歌和王琪的《可可托海的牧羊人》对接在一起了。

可可托海的牧羊人

那夜的雨也没能留住你 / 山谷的风它陪着我哭泣 / 你的驼铃声 / 仿佛还在我耳边响起 / 告诉我你曾来过这里 / 我酿的酒喝不醉我自己 / 你唱的歌却让我一醉不起

痛感是我们最基本的感觉之一。有痛感证明我们还活着，还有爱恨情仇，还有喜怒哀乐。忧郁、忧伤、优雅是人类美好的情愫。要我看，上面两位不同国家、不同时代的词作家的作品的共同"秘籍"就是抓住了"痛感"这个"核"，搔到了我们的"痒处"。

向来"大咖"们都巧妙地利用痛心、遗憾、惋惜等情感击中了我们的软肋。如《诗经·采薇》中的"昔我往矣，杨柳依依。今我来思，雨雪霏霏"；苏东坡的"江山如画，一时多少豪杰……人生如梦，一樽还酹江月"；柳永的"执手相看泪眼，竟无语凝噎"；李清照的"寻寻觅觅，冷冷清清，凄凄惨惨戚戚"。

爱是痛的，正如我们饮酒，要饮出那种醺醺的辣气。

日本歌曲《北国之春》，像拉家常，情真意切。一首小小的歌曲里，镶入了饱满的情感。歌曲像一盏昏黄的灯，晕染出家的温馨，却也映照出孤寂荒凉的背影。不知道此歌来历的人，还以为这是中国歌曲呢。

北国之春

日本民歌

（台湾词作家林煌坤填写中文歌词）

亭亭白桦 / 悠悠碧空 / 微微南来风

木兰花开山岗上 / 北国的春天 / 啊 / 北国的春天已来临

城里不知季节变换 / 不知季节已变换

妈妈又再寄来包裹 / 送来寒衣御严冬

……

家兄酷似老父亲 / 一对沉默寡言人 / 可曾闲来愁沽酒 / 偶尔相对饮几盅

故乡啊故乡 / 我的故乡 / 何时能回你怀中

这首歌词有唐代诗人张继《枫桥夜泊》的空寂之感：

月落乌啼霜满天，江枫渔火对愁眠。姑苏城外寒山寺，夜半钟声到客船。

也有元代马致远《天净沙·秋思》的游子在外的羁旅乡愁：

枯藤老树昏鸦，小桥流水人家，古道西风瘦马。夕阳西下，断肠人在天涯。

寄来包裹的"妈妈""我的姑娘""家兄酷似老父亲""一对沉默寡言人　可曾闲来愁沽酒　偶尔相对饮几盅"，这几句采用白描手法，使一个个场景、人物组成了感情饱满的旋律。

九

我爱读歌词，爱琢磨人家的活是怎么干的，为什么会有那种魅力。

写歌词要虚者实之，实者虚之；软的硬写，硬的软写。

软的硬写，如作词家邹友开《为了谁》的歌词："泥巴裹满裤腿，汗水湿透衣背，我不知道你是谁，我却知道你为了谁……我的战友你何时回……我的兄弟姐妹不流泪……"

歌颂周总理的歌《你是这样的人》，就是"虚者实之"："不用多想　不用多问／你就是这样的人／不能不想　不能不问／真心有多重／爱有多深／把所有的伤痛藏在你身上／用你的微笑回答／你是这样的人"。

这活做得绝了！

有的人作了一辈子词，一首也没传下来，很悲催；有的人一辈子就作了一首词，就红了，就名满天下了！

在中国词坛，歌词写得好的高手多如牛毛，但要使一首歌走红真的不容易。才气、财气、运气，这三气缺一不可。还要有阅历、学养、眼格、气局。这之中，眼格、气局是先天资质，非人力所能。

创作一首歌词，很难找到切入点。就像我们欣赏一幅好画，欣赏一幅优秀的摄影作品，我们会非常惊异，我们为什么对画中景物如此"熟视无睹"呢？我们为什么就没长出一双发现美的慧眼呢？

歌颂母爱、歌颂父爱的歌很多，这也是我们民族讲孝道的优良传统，《诗经》中就有古训："哀哀父母，生我劬劳……哀哀父母，生我劳瘁……无父何怙？无母何恃？"

现在礼赞父爱和母爱的歌曲就更多了。写赞美妈妈的作品中，李春利作词的《烛光里的妈妈》当属上品。

妈妈我想对您说／话到嘴边又咽下／妈妈我想对您笑／眼里却点点泪花／噢／妈妈／烛光里的妈妈／您的黑发泛起了霜花／噢／妈妈／烛光里的妈妈／您的脸颊印着这多牵挂

这首歌，妙在题目就抓人，把妈妈的形象放在祝福妈妈生日的特定时空里，与妈妈比肩的女儿陡然发现妈妈鬓角的霜花。

家中有女初长成，她突然用女人的视角，聚焦母性的神圣，妈妈用自己的光彩精华浇灌了自己的儿女。这痛感，真是打湿了天下儿女的心。

忧伤的旋律，充满人文情怀和细腻的情感。歌词的背后藏着无尽的母爱。

至于写父爱的歌词，那当属大牌诗人席慕蓉的《父亲的草原母亲的河》，严格意义上来讲，这不是写父爱母爱的歌，而是诗人的内心独白。由于作者本人就是蒙古族的后裔，她内心世界里有一股浓郁得化不开的民族情结，这首歌传递的是一种顶礼膜拜的神圣的宗教般的情绪。

站在芬芳的草原上　我泪落如雨／河水在传唱着祖先的祝福／保佑漂泊的孩子　找到回家的路

然而面对她的血脉之地——蒙古高原，她

虽然已经不能用　不能用母语来诉说

她祈求祖先：

请接纳我的悲伤我的欢乐／我也是高原的孩子啊／心里有一首歌／歌中有我父亲的草原母亲的河

在世界已成为一个共同体的今天，我们已经被吞噬、被异化、被格式化了。这里的"父亲""母亲"已经符号化了，可是又很具象，这其实是作者心中的幻象。

诗人在歌曲中三次换韵脚，表达她复杂繁茂的情感。

许多名家都唱过这首歌，我个人很喜欢腾格尔的演唱方式，像是"瘦驴拉干屎"，营造了一种沉睡千年的火山终于喷发的壮观景象。

王琪是歌曲界的后起之秀，既作词也作曲，嗓音有一种感伤悲悯的色彩。他作的歌词总能抓住那些叫人心里一激灵的生活细节，叫我们叹息。如《万爱千恩》中的：

是不是我们再撒撒娇／你们还能把我举高高／是不是这辈子不放手／下辈子我们还能遇到

一下子就捅到了人的眼泪窝子。

万爱千恩

你说最近常想起／我的小手和小脚／小手长大后／再没有跟你要过拥抱／年幼的我／在你背上留下多少欢笑／可现在回家才发现／你们悄悄累弯的腰／多少次把我扶起／转身又摔了一跤／抬头的一瞬间总看到／你疼爱的微笑

以上三首歌，在歌颂父母的歌曲里，各有特色，各有切入点，多姿多彩。

要说以上三首礼赞父爱母爱的歌有什么共同点的话，那就是我上面说过的"痛感"。

我们珍惜父母把心血、岁月精华输入我们的生命而使自己苍老的过程。

"子欲养而亲不待"的遗憾，会在我们心头留下永远的痛。

十

我们的翻译歌曲中，有许多优秀的作品，值得借鉴。

俄罗斯歌曲《莫斯科郊外的晚上》，是一首有特色的歌。这首歌让我们看到了不断闪回的镜头，把初恋微妙的感情表达得十分含蓄、羞涩、细腻。这首歌词的特点是寓情于景、以景托情，把感情进展以描写景色和内心感受来完成了。

莫斯科郊外的晚上

演唱者：乌兰图雅

深夜花园里四处静悄悄 / 只有风儿在轻轻唱 / 夜色多么好 / 心儿多爽朗 / 在这迷人的晚上 / 小河静静流微微泛波浪 / 水面映着银色月光 / 一阵清风一阵歌声多么幽静的晚上 / 我的心上人坐在我身旁 / 默默看着我不作声 / 我想对你讲但又难为情

《可爱的家》是一首古老的苏格兰民歌，有不同的版本。我喜欢英国作曲家比肖恩的版本。因为相比之下，原儿歌版的《可爱的家》线条单薄了些。

原歌词是从儿童的视角写我的家是多么温馨可爱，比肖恩的版本拐了个弯，从流浪者的视角回眸家的亲切与香甜。

可爱的家

纵然游遍美丽的宫殿／享尽富贵荣华／但是无论我在哪里／都怀恋我的家／好像天上降临的声音／向我亲切召唤／我走遍海角天涯／总想念我的家

好莱坞打造的歌曲不一定好。如名满天下的《泰坦尼克号》的主题歌 *My Heart Will Go On*，享誉世界，辉煌壮丽，"高大上"，可给我的感觉很"空洞"。也许是翻译得不到位吧。

爱无止境

你就在我的心里／我心属于你　爱无止境／你就在我身旁　以至我全无畏惧／我知道我心与你相依／我们永远相携而行／在我心中你安然无恙／我心属于你　爱无止境

我心永恒

每一个夜晚　在我的梦里／我看见你　我感觉到你／那是我如何知道你心依旧的原因／跨越我们心灵的空间／你向我显现你的来临／无论你如何远离我／我相信我心已相随

席琳·迪翁的歌几乎首首都是传遍世界的精品。可是我所列举的 *My Heart Will Go On* 以上两版歌词翻译却很平庸。

席琳·迪翁献出的只是她的空灵美妙的天籁之音。帕瓦罗蒂的嗓子是上帝吻过的，席琳·迪翁的嗓子是圣母吻过的。他们的歌声支撑了这些苍白贫血的作品，作曲家的演绎方式和西方世界的宣传机器倾力操作这些豪华包装的"水货"。

歌词作者中还有一些怪才、奇才。

如2021年推出的歌曲《万疆》就不错，宏阔壮丽，意境非凡。有仰视、有鸟瞰，有近距离扫描，充分体现了大中华的文化内涵和民族自豪感。这种歌按《诗经》的路子当属"风雅颂"中的"颂"，历来"颂"难写，弄不好就"假大空"，流于形式。这首歌词古香古色，表现形式堪称完美。

万疆

词作者：李姝

红日升在东方 / 其大道满霞光 / 我何其幸　生于你怀 / 承一脉血流淌 /……/ 抚流光　一砖一瓦　岁月浸红墙 / 叹枯荣　一花一木　悲喜经沧桑 / 横八荒　九州一色　心中的故乡 / 唯华夏　崭锋芒　道路在盛放

最近网络上流行一首歌《醒来》，这首歌就把佛家的色空理论、道家的老辣、儒家的中庸世故，都杂糅在一起了，算是"怪才"的产品吧。

醒来

词作者：释隆琦

从生到死有多远　呼吸之间 / 从迷到悟有多远　一念之间 /

从爱到恨有多远　无常之间 / 从古到今有多远　谈笑之间 /

从你到我有多远　善解之间 / 从心到心有多远　天地之间 /

当欢场变成荒台 / 当新欢笑着旧爱 / 当记忆飘落尘埃 /

当一切是不可得的空白 / 人生是多么无常的醒来

要说哪里是我们中国的歌之乡，个人管窥，非黄土高原莫属。那里是炎黄子孙的发祥地，那里有炎黄庙，有黄帝手植柏，有壶口瀑布，那里更给我们留下了来自亘古的高亢嘹亮的陕北民歌。

诗是歌词的衍生物，以前诗歌是一家，这当然没有什么异议。诗和歌为什么会分家呢？这也可能是文化发展使然吧。

现在有些诗人啊，那些诗写得真让人找不着北，屎尿类诗就甭提了，有的大名鼎鼎的诗人、刊物主编，每到各地拥趸都前簇后拥的，可拥趸私下里议论，谁也不知道他写的是啥玩意儿，如"皇帝的新衣"，谁都不说破。

相比之下，歌声更能与我们的心灵无缝对接。

歌声有育化人心的作用是毋庸讳言的。凡是有人的地方，就有生活，凡是有生活的地方，就有喜怒哀乐，有喜怒哀乐，就会有歌声。这是发乎情，形成于吟的玉振金声。

诗是着衣而舞，把律动张力显示在飘逸朦胧之内；歌是裸体而舞，把神韵意象藏在清澈大白之中。这种白，是"真僧只说家常话"的"白"，是将禅意藏于"家常话"之中的"白"。要做到这点很难。

歌的源头是《诗经》。要认真拜读《诗经》，这是我们民族在"儿童时代"创作出来的最天真、最纯洁的歌，它们表达出来的情感干净而纯粹，奠定了我们民族情感的基石。

汉高祖刘邦和他的曾孙汉武帝刘彻都是开拓性的继承者，他们的创作丰富了我们的文化宝库。

刘彻的《秋风辞》：

秋风起兮白云飞，

草木黄落兮雁南归。

兰有秀兮菊有芳，

怀佳人兮不能忘。

泛楼船兮济汾河，

横中流兮扬素波。

箫鼓鸣兮发棹歌，

欢乐极兮哀情多。

少壮几时兮奈老何！

英雄老去，美人迟暮，前不见古人，后不见来者，怎不叫人独怆然而太息。"《离骚》遗响，文中子谓乐极哀来，其悔心之萌乎？"（《沈德潜《古诗源》卷二》）

你可以想象这个画面。

武士挺立，铠甲闪耀；剑戟森然，旌旗蔽日，一位王者华发苍颜，凭栏而立，慨然喟叹，一揾英雄泪。正如辛弃疾的《水龙吟·登建康赏心亭》所写：

楚天千里清秋，水随天去秋无际。遥岑远目，献愁供恨，玉簪螺髻。落日楼头，断鸿声里，江南游子。把吴钩看了，栏干拍遍，无人会，登临意。

休说鲈鱼堪脍，尽西风，季鹰归未？求田问舍，怕应羞见，刘郎才气。可惜流年，忧愁风雨，树犹如此。倩何人唤取，红巾翠袖，揾英雄泪！

毛泽东身上也有这种气质，且看他的《浪淘沙·北戴河》：

大雨落幽燕，白浪滔天，秦皇岛外打鱼船。一片汪洋都不见，知向谁边？

往事越千年，魏武挥鞭，东临碣石有遗篇。萧瑟秋风今又是，换了人间。

歌曲创作要有瞬间的爆发力，就像是跑步，歌词属于百米短跑，而大部头的小说或长篇叙事诗属于"马拉松"。当一个闪光点或一个场景在眼前闪过，让你激动时，你就要抓住它，迅速记录下来，要趁热打铁，一口气憋出来，过了这个点儿，就不是这个味儿啦。不要管什么韵脚、句式。意象丰富的好歌词，缠绵要入骨、踏石要留痕。细细研磨是后来的事。

我创作的歌词被收入中华曲库的就一首《知心话》，当时是非典时期，社会气氛很压抑。

每当国家有难时，作为国之子民，我们有责任振臂，有义务发声，当时憋了一口气创作了《知心话》。没想到这首歌做成了小样送到中央电视台就被播出了，记得当时的3频道、4频道、7频道、8频道都播出了，后来各省台也相继播出。

在抗击疫情期间，有人重新配上当下的画面，并将其推送到了网络上，点击量还挺大的。

后来又有几首我写的歌被传唱，如《祖国 我骄傲告诉你》《为你歌唱》等，被几位作曲家谱曲，也有歌手甚至名家演唱了，但影响不大。

我感觉我有的歌词，还是写得不错的，如以下的《虞姬别霸王》，自我感觉切入点、视角还是不错的，有些新意。可惜遇不到机会。

虞姬别霸王

一

江山一盘棋／人生一盘棋／楚河汉界／白云舞着大风起／飞矢流簧男儿血／做事就要做到底／不负我婉转留香／不负你出生入死顶天立地

二

相遇是天意／相爱是天意／英雄美女／寒霜伴着垓下曲／刀光剑影儿女情／要爱就要爱到底／不负我倩影窈窕／不负你英雄无悔闯荡千里

由于中国是男权社会，人们都津津乐道于"霸王别姬""英雄美女"，女人永远是男人的附属物。为什么不换个视角，站在女性的立场上，去讴歌一位伟大女性献身的辉煌与悲壮呢？故此叫《虞姬别霸王》。

英雄美女是一个永恒的主题。这首歌词所用的典故国人都熟悉，核心唱词是"做事就要做到底""要爱就要爱到底"，既具有时尚色彩，又是人们心底的共同渴求。

信马由缰、信口胡侃，就侃到这儿吧。这是十几年前的旧稿了，现在倒腾出来再看，感觉还有点东西，就又整理了一下。

十三

正整理此稿时，刀郎的《罗刹海市》爆红全球，据网络统计，在全球播放量破百亿，这是前无古人怕后来者也寡吧。为什么呢？首先是这首歌恰逢"百年未有之大变局"之时，提出了：

到底那马户是驴还是驴是又鸟鸡／那驴是鸡那个鸡是驴那鸡是驴那个驴是鸡／那马户又鸟／是我们人类根本的问题

在这个动荡的时代，谁是朋友，谁是敌人，还真难说，今天不敢说，明天也不敢说。

再者，作者提出了他的焦虑，彰显了他的家国情怀：

美丰姿　少倜傥　华夏的子弟／只为他人海泛舟搏风打浪／龙游险滩流落恶地

作者用尖刻的语言说眼前的市井、江湖是：

勾栏从来扮高雅／自古公公好威名

用一首歌唱出这么大的格局，有如此器识，如此广征博引又水乳交融，一派天然。

其实他的《花妖》也挺不错的，让那些有缘无分的痴男怨女为此五内俱焚，把他们揉搓得够呛。

刀郎是个肯读书、会读书的人，他的这两首歌都取材于《聊斋志异》。中国古典文学的夜雨风灯、鬼魅翩跹，把他滋补得如此风华绝代。

刀郎在中国乐坛是大师级的存在。他寄身于中国南北，遭际碾压鞭挞而广接地气，深知民之疾苦焦渴，不粉饰不矫情，承《诗经》之玉振金声，创作出一曲曲燃情的"风雅颂"。

黄叶村·红楼梦

维言

　　我和外公蹀躞在国家植物园内，目的是探访曹雪芹故居。正好深秋，一棵棵高大的银杏，浑身挂满明黄色的树叶在夕阳下闪耀，树下积满层叠的落叶，有游人在摆拍，大家都把口罩摘了，释放自己的情绪。纵目看、抬眼望，这里是曹公生活过的地方，这里是《红楼梦》孕育诞生的地方，《红楼梦》从这里走进帝都、走向全国、走进中国人的心中。

　　"举家食粥酒常赊"（敦诚《赠曹芹圃》诗）的曹公就在这里为我们呕心沥血、耗干精髓，写出了牵魂百代的《红楼梦》！这里沾满了他的目光，印满了他的足迹，这里充满了曹公的穷愁潦倒与尴尬。

　　《红楼梦》是一部充满政治气息的书，宫廷宫斗，"一损俱损，一荣俱荣"。富家横行霸道、骄奢淫逸、草菅人命……人性的丑陋与美好，面面俱到。可曹公文笔那么富丽堂皇、典雅高贵、隐忍内敛，给人一种美的享受，一种扼腕痛惜的哀伤。木石之盟的爱情故事，把那些阴暗藏得严严实实。《红楼梦》让人感受到的是情感教育、美的教育，滋养了一个民族的心灵。作为文学巨匠的曹公妙手剪裁、匠心构建，酿百家于一坛，给我们"演出这怀金悼玉的《红楼梦》"。在《慕雅女雅集苦吟诗》一回，曹公借林黛玉与香菱的对话说，先读王摩诘五律一百首，次读老杜七律一二百首，再读李青莲七绝一二百首，有了这三个人做底子，再把陶、应、谢、阮、庾、鲍诸人一看，不出一年，不愁不是诗翁了！

这恐怕就是曹公的见地了。

再，予推测曹公是读过唐伯虎的《落花诗册》的，他对唐伯虎的遭逢际遇也有深透的了解，因而他与唐伯虎的心灵有偶或相通的电闪雷鸣。因此，曹公化用唐伯虎《落花诗册》的意境赋予林黛玉以灵魂。

如有同好可读读唐伯虎的《落花诗册》，品品其中的意境、味道。

自然，曹公出生在鼎食钟鸣、簪缨冠冕之家，惯看"开不完春柳春花满画楼""咽不下玉粒金莼噎满喉"，后来落了个"白茫茫大地真干净"的下场，经历了冰火两重天的遭际，这给他提供了无尽的资源。

曹公描写了在大家族里阅人无数、历经人鬼之变的凤姐，"嘴甜心苦，两面三刀；上头一脸笑，脚下使绊子；明是一盆火，暗是一把刀：都占全了"。还有愚忠的焦大、刚烈的鸳鸯、敢作敢当的司棋……

又凭他的天赋，敏锐的感知能力、洞察力，给文学殿堂带来了一部震荡人心的《红楼梦》。

《红楼梦》的妙处还在于，曹公把自己藏得很深，不直言人物的好坏，让事件、情节、人物言行去展现人物的品质。魔鬼身上有上帝，上帝身上有魔鬼，存在就是合理的。

我们现在的作者往往做不到这点，我们写出的人物是平面的、直线形的，曹公笔下的人物是立体的、360°的全方位雕像。

每一个形象都那么活灵活现，那么丰满深刻。

伫立在曹公纪念馆门前，瞻望那棵古槐，期许目光与当年曹公的相遇。我是过客，老树一定梳理过曹公当年澎湃奔腾的思绪，听见过他无奈的叹息！

我也算个"红"粉儿吧，在班里给同学们讲尤三姐的爱情悲剧，喜欢尤三姐、柳湘莲的悲情故事，讲得也算声情并茂吧，外公说我不过是黄口传经、雏鸡试啼。因为读《红楼梦》的方法，先要读原书，再到社会实践中去感悟。尤三姐、柳湘莲的悲情故事，曹公一刀砍下也忒狠了。着笔落墨处彩笔画"尤物"，刀剑向荣宁，凌厉地镂空出贾家"除了那两个石头狮子干净，只怕连猫儿狗儿都不干净"的淫逸乱象。

有权力就会有特权，有特权就会滋生腐败。堡垒都是从内部攻破的，周朝八百年只是个传说，历代都杀权高位重的大臣，都反贪，实行重典酷刑，哪个朝代逃脱了"忽喇喇似大厦倾"的宿命呢?

老辣传神，斯言是也。

"传神文笔足千秋，不是情人不泪流。可恨同时不相识，几回掩卷哭曹侯。"这是曹公同时代的人爱新觉罗·永忠在《因墨香得观〈红楼梦〉小说吊雪芹》中的诗。

曹公殁后，坊间有传："开谈不说《红楼梦》，读尽诗书也枉然。"这种现象直到今天还是如此，我们可以从任何角度去解读《红楼梦》，去嚼舌根，我这就是嚼舌根。

说说己卯本《脂砚斋评石头记》

维言

关于己卯本《脂砚斋评石头记》的真伪问题，网上有争论，出手者多是些浅薄无聊的家伙，总想捣鼓出些一鸣惊人的东西来，赚点点击量。就如同夜行路旁忽地跳出的哈巴狗，猖猖叫两声，被人一脚踢开去骂道："你不行啊，又不是'藏獒'！"相比之下，还是冯其庸先生的考据，有如德国黑背，高大威猛，让人敬畏，且史料着实严谨，有学人的风范。

对于真伪之辨，予学也浅薄，不敢置喙。只看此手抄本的墨迹，就足以长人见识了，可当作书法作品看。由于不是出于一人手笔，各逞其妙，洋洋大观。那蝇头小楷字里行间所反映出的抄书人的静气，所展示出的精妙森严，让我们禁不住揣摩他们当年抄此书时的姿态乃至心态。

红楼一梦百年愁

骚客渔樵共淹留

漫嗟大观园里事

谁知眼下更红楼

我看庄子是个激情诡辩的"愤青"

——我的读书报告和个人有关庄子的阅读思考，以多方面的角度（维度）

维言

一

喜欢庄子很久了，但之前的感受和了解都不系统和深入，读了颜世安的《庄子评传》后，不敢说有什么观点，只想在这个读书报告中呈现出我目前对庄子思想的把握和一些浅薄的想法，希望为自己未来或许研究庄子提供一个简单的线索。为了能更全面地了解庄子其人，我也邀请一些同学进行了问卷调查，作为小线索贯穿全文。

在问卷中，26.32% 的同学认为庄子在现代会成为哲学家，然而，我不认为庄子在当代会成为哲学家，又或者更确切地说，我并不相信哲学家能成为庄子。因为我认为庄子的内核并不是哲学家有多到一的思考或者改变世界的愿望，他的内核反而更贴近一个诗人或者至少是文人的情怀，他的情绪完全支配着他的观点。这种情绪集中体现为对现实黑暗的深刻批判，《大宗师》中"父邪！母邪！天乎！人乎！……求其为之者而不得也。然而至此极者，命也夫！"的呼号，正是庄子对生存困境的愤懑宣泄。颜世安所言的"强烈的痛苦意识"（本质上是一种理想主义者的激愤情绪），恰是其游世思想及《庄子》全书精神内核的现实根基——这种精神建构可视为庄子应对残酷现实而造出的"镜像自我"。面对现实的黑暗，庄子所寻求的"游世"，乃是像泥鳅一样，想方设法从命运的"羿之彀"的空隙中溜出去，成为游方之外者。这与孔墨在"羿之彀"间希望把这个箭袋经营好的观念截然不同，当然孔墨绝不会把社会看得像"羿之彀"这样恐怖。

二

庄子既然希望找到游出"羿之彀"的编织、逃出现实牢笼的方法，他的首选措施就是对现实世界进行一种不停顿的否定，但是我的疑问在于：这种否定本身是否又是一种新的束缚呢？这似乎正如解构主义一般，尽管他们绝不声称自己本身是一种主义，但作为一种新的手段，它自诞生起就不得不陷入一种新的构建之中。庄子意识到这种不停顿的否定本身自诞生以来就成为新的窠臼，因此他给出的回答之一是随说随扫，尽管我的这种理解可能有点浅薄，然而我始终认为庄子这种语言的取向本身意味着一种他不想让语言留下把柄的意识，因此在自己的语言尚未塑形成为新的桎梏之际就将其再次打破：因为他的意志只在于打破，而不希望传递打破本身。（也就是颜世安先生所说的"这种愉快并非建设性的"。）

庄子对于这种否定本身可以被否定是有意识的，因此他在《山木篇》中构造了一段对话，庄子的弟子在庄子直言"此木以不材得终其天年"时敏锐地指出"今主人之雁，以不材死"，这里其实是在尝试否定庄子的否定，即当否定成立而成为新的建构时，它一样会涌现出庄子最深恶痛绝的一种成见的状态，而如果是成见，就不可能普适，就不是"道德之乡"。因此庄子的回答是必须"乘道德而浮游""无誉无訾，一龙一蛇，与时俱化，而无肯专为"，这是生活层面的随说随扫，唯有顺化而摆脱"师心"的状态，才能真的进入游于无穷的境界，因为"挥斥八极"的道德才是不可颠破的。

也就是哲学领域的"否定之否定"，即眼下的"与时俱进"。

在完成打破之后，庄子的新希望是将人放入一种新的关系中，按照颜世安先生的说法，就是在舍弃了自我本位以后按照道发生新的关系。"指穷于为薪，火传也，不知其尽也"，这里庄子所指向的就是抛弃烛薪的外象，走入火焰的本质。

从火焰的性质之中，我们能看到与道为一的变动感、永恒性。

至于如何舍弃自我本位而发生新的关系，庄子给出了不少非常玄妙的回应，比如心斋："若一志，无听之以耳而听之以心，无听之以心而听之以气！耳止于听，心止于符。气也者，虚而待物者也。唯道集虚。"可以看出，这种新的关系有一种很强的感受性或者说是呈现出一种否定定义的姿态，即我只能知道，这种虚与目下的实，与实在的嗜欲狠狠割席，于是足以"虚室生白，吉祥止止""大泽焚而不能热，河汉沍而不能寒"。但是从我个人执着于逻辑与论证的倾向看来，这里的论证是存在理性缺环的，即虽然我作为否定之否定了原有答案并给出了截然不同的回答，但我不能默认截然相反的过程就会使答案也获得截然相反的结果，即在我看到这个逻辑链中应当存在的具体生效的举措之前，这种论证是部分缺少的。

为何虚境足以达到"万物之化"的效果呢？或者至少是解决问者面临的政治困境呢？

庄子没有给出说明。但我并不是想以此对庄子的论证给予否定，我想强调的是，这里隐藏的言语以外的环是需要中国哲学独特的感受或悟性作为补充的，尤其是社会实践的验证。因为这种虚境本身也是一种不稳定的状态，一样处在一种变化之中，想要把握或对它进行阐释，乃至在比如外交层面这种具体的情境中给出具体的虚境的行为，乃是无论我还是庄子其人都不能也不会去做的，因为这种虚境是一种状态，而不指向某种举措，也可以理解为社会实践验证。

这也通向颜世安先生所阐述的道与行的关系，因为道的境界从来不是可以占有的具体行为，而是一种非占有的状态。这里就与老子产生了巨大的差异，因为庄子接下来行走的方向与老子截然不同。

在老子的思想中，对道的崇尚仍然是崇尚一种智慧、一种社会与自然的发展规律，或者说终于有意无意地追求，至少是抵达了一种巨大的政治成功，到了一种"驰骋天下""则无败事"的境界。然而庄子在回应道之用时，却往往搬出一些高于颅顶、虚无缥缈的回应。

比如搬出"不食五谷，吸风饮露；乘云气，御飞龙，而游乎四海之外"的姑射神人。如颜世安所说，这里的姑射神人并不是像养生派一样真想达成目标，而是庄子对想象中孤绝的纯粹性的赞叹，这属于屈原、李白式的文人浪漫情怀。

这里一方面可以看到老子与庄子价值取向上的不同；更深一层

的是，庄子所真正追求的，绝不是政治的成功之类，而是像姑射神人一样，真正与现实世界一刀两断的境界。

这是睿智、有穿透力的哲学家与浪漫幼稚的文人墨客之间的天壤之别。

在这种境界之下，顺化就是真正地顺其天性，而无受羁绊。庄子按照这个方向所营造的"知作而不知藏，与而不求其报"的乌托邦空想，就是一个眼睛不会盯着别人的世界：不是因为被卷到了所以我也努力加倍卷回来，而是今天我想努力，那样很好，那就努力一下；今天我不想努力，那样也很好，那我就暂停一下。

"生而美者""若知之，若不知之"的状态，就是打掉了攀比炫耀争夺之私心，因此心得以"安之"，不再需要被现实世界扰乱。无怪乎在调查问卷中，36.84% 的同学都会认为按照庄子的想法，在生活最能解决的社会问题就是内耗和幸福感低的问题，大概就是从这个视角去看的。

其实按庄子的思想脉络推演下去，他是一个无政府主义者，他的自由与自在是不可能存在的。

五

有47.3% 的同学把《庄子·内篇》中最重要的篇目投给了《逍

遥游》，然而从我个人角度而言，我会更重视《齐物论》一篇，因为延续上一段的思路，庄子所期待的安定的理想人格有一个底部亟须论证的基座，那就是人凭什么或者说如何脱离私心。齐物思想就是对这个问题的解答。齐物思想是一个比较系统的思想，几乎贯穿于庄子的观点之中。先从《齐物论》看来，庄子变换角度从多个方面尝试利用混淆来揭示真实，第一个方面，庄子反复利用相对主义，通过不断变换角度来说明标准的不可靠、事物的齐同："民湿寝则腰疾偏死，鳅然乎哉？木处则惴栗恂惧，猿猴然乎哉？三者孰知正处？民食刍豢，麋鹿食荐，蝍蛆甘带，鸱鸦耆鼠，四者孰知正味？"

这其实就是"子非鱼安知鱼之乐"的诡辩了。

第二个方面，庄子引申到对辩者的反对，正如我先前所说，庄子不仅不追求多到一，反而否认这种"劳神明为一，而不知其同也"的浅薄观点。这种取向一方面包含在庄子对语言的不信任当中；一方面是庄子厌恶语言所内含的一种成见，因为归纳定义会为一些事物打上统一的标签，但在庄子看来，这种固化的思维显然不利于我们认识流动的道。

第三个方面，庄子把齐物放到个人的视域之中。我们在做梦吗？我们自己的经验具备确定性吗？如上所述，庄子打掉了物质上的差异、定义的可能性和感受的可靠性，由是成见酿出的私心才真正被庄子挖空。因为第一，我们不可能知道这东西有没有用；第二，他人说的有没有用根本没意义；第三，我们直观感受的好恶也并不可靠。

此外，其他篇目中的齐物思想也起到作用。比如庄子在对黑暗现实进行讥讽和否定时，有一个重点是否认生命的可靠性，而这种不可靠性的论述也有齐物思想的贯穿。比如《德充符》中，庄子举出了大量形体不健全之人，尝试把他们与世俗意义上的"正常人"的概念的差别抹消。

既然谈到这些例子，其中最有名的就是以申徒嘉之口说出的："游于羿之彀中，中央者，中地也；然而不中者，命也。"那么这里我想尝试说说之前反复提及的黑暗的现实（命运）与道的流动性，并找找它们的联系。首先，按照申徒嘉的说法，黑色的命运像羿这个神箭手一样指哪儿打哪儿，世事的黑暗，已经到了身体的保全与否完全得看命运安排到何种地步了。我认为，这种黑暗的偶发与危险是庄子阐述道的流动性的一个重要原因，在《应帝王》中，面对神巫季咸，壶子却可以顺化自身，使季咸无法把握。在这里，我倾向于把这位能看透命运的神巫视为命运的代理人，他的背后，站着的是无可躲避的羿的黑色箭头，而壶子被托喻成一个真正得到道的流动性的人，因为足以顺着道而变化，他可以时而"见湿灰焉"，时而"见其杜权",因此庄子视角里道的流动性就足以作为蒙蔽（或者说逃避）命运的偶发性与必中性的灵药。

七

有10%的同学最喜欢庄子的语言魅力，因此我还想谈谈庄子在语言方面有趣的"言行不一"，按颜世安的表述是"语言主张与文章风格的不统一"。这种观点认为，庄子一方面不信任和否认语言；一方面在文章风格中，又几乎穷尽语言技巧，乃至问卷中有同学填写对庄子最深刻的印象在于他是先秦散文的珠穆朗玛峰。我认为庄子否认语言的可靠性和语言本身充满魅力，但我并不认为两者之间存在不统一。因为庄子对语言可靠性的否定一者是出于齐物以后万物为同的观点，一者是对语言所包含的成见的否定；但是正是出于这两层否定，庄子所推出的充满魅力的语言，本质上我觉得足以成为一种"新语言"，这种语言一方面具有随说随扫的特性，因此不成成见，一方面又善用寓言，以情境来消解语言固有的误解，以情境来演绎流动的道。

庄子，一个杰出的作家、语言学家，一个蹩脚的思想者。

八

最后，我想聊聊我所设计的唯一一道多选题，题目是："庄子到底在不在乎？"36.84%的同学认为"在乎"，78.95%的同学选择了"不在乎"。

首先，"在乎"可能不是一个很好的词，因为它不确切，但我个人会认为这个词非常适合用来描述庄子的立场，即他到底站在哪里？他到底是站立彀中还是站立其外？我在这里只提出想法，没有答案。清代学者胡文英是这么回答这个问题的，他说："庄子眼极冷，心肠极热。眼冷，故是非不管；心肠热，故感慨万端。虽知无用，而未能忘情，到底是热肠挂住；虽不能忘情，而终不下手，到底是冷眼看穿。"

我想，庄子的学说生于黑暗之中，因此他的强烈的情绪和本人的风骨是与现实血肉相连的。庄子所有的超脱，都不能不说是表面上处处把目光从现实移开，但本质上是处处都在恶狠狠地盯着现实。此外，庄子的道永远不像老子一样高高凌驾着，它出于万事万物之中。

我常常觉得对庄子的评读不能望文生义，因为庄子这个人是复杂的。我常想从认识一个人的角度去看他，我觉得这个人是一个很愤世嫉俗的人，但这个愤世嫉俗的皮下面藏的是一个很正义、热切、浪漫、期待着美好的心肠，他的刚直生于这种心肠和黑暗现实的张力。我觉得庄子的文字风格、万物有道、齐物和游世思想都不能不说是与庄子浪漫的诗人气质紧紧相连的。他以此终生贯彻对人之社会的固有现实的敌意，然后去拥抱一种本应如此的自然的道德。这是我对他的看法。

以上，是我的读书报告和个人有关庄子的阅读思考。所有的人都把票投给了喜欢庄子。我也是，因为庄子真的很美很美，他的学说也是，我很喜欢这样一个平和安宁又有骨气，而且思想奔放、激情燃烧的理想主义者。

其实，精神王国与现实家园永远是不一致的，我们尽可以做白日梦，但也必须面对现实。

也许，托尔斯泰就是庄子在异国 N 代的投生转世吧。

《复活》是托尔斯泰内心理想与现实颉颃的产物；《安娜·卡列尼娜》是他无奈的理想国。生命的最后时光他离家出走，殁于车站，死之前还留下遗言：坚决不见老婆。

庄子是鼓盆而歌葬妻，他最后的遗嘱是："在上为乌鸢食，在下为蝼蚁食，夺彼与此，何其偏也！"

跋

一

天下事要做好、做得出类拔萃都不容易。譬如写文章，首先要有与众不同的视角，这与作画、摄影有共性；其次就是立意，如何反映出你与众不同的视角，就要朝那个目标瞄准，一校再校，记录下你瞬间的火花；最后才轮到语言，就如同女人要出门秀一把，"当窗理云鬓，对镜贴花黄"一样。甭管包裹的是啥，外包装一定要夺人眼球，显出你作为"标题党"的能力。

我们中国的核心是文化，是文化基础上的文明，目前的说法是中华文明起源于5000年前，可能随着考古的新发现，这个数字也许还要改，还要往前移。这是世界文明史的奇观，了解我们的文化，热爱我们的文化，这是我们自我的身份认定，这也是我们祖孙合作出此文集的本心。

人们常以"舐犊情深"形容对作品的珍视，实则创作更似培育幼苗——有的幼苗需悉心修剪方能成材，若一味溺爱而疏于打磨，纵有拳拳之心，也可能让作品停留在"青涩"之态，难成传世之木。

二

老子坚持：邻国相望，鸡犬之声相闻，民至老死不相往来。

这对吗？

老子还说：

不尚贤，使民不争。不贵难得之货，使民不为盗。不见可欲，使心不乱。是以圣人之治也。虚其心，实其腹，弱其志，强其骨，常使民无知无欲，使夫知者不敢为也。为无为，则无不治矣。（《道德经·不尚贤章第三》）

老子的理论在大清朝被西方的坚船利炮击得粉碎。

我们都骂慈禧这个老娘儿们误国误民，其实，我们国家的衰落就是从康乾盛世埋下祸根的。

那时西方的工业革命已经开始了，康熙皇帝身边的传教士也给他献上了西方的科学著作和机械实物，如手摇式计算器、钟表等。康熙本人也学习了西方的科学理论，他甚至研究了"微积分"，可他在骨子里是抵制西方科学的，后来的史学家说他有为"减少民变"

而"窒塞民智"的嫌疑。乾隆时期出版的《四库全书总目提要》里说："欧罗巴人天文推算之密，工匠制作之巧，实逾前古。其议论夸诈迂怪，亦为异端之尤。国朝节取其技能，而禁传其学术，具存深意。"

康熙做得对吗？

不敢妄加评论，但结果证明，我们落后了，英法联军火烧圆明园，八国联军入侵北京，日本侵略中华大地，中华民族抗日十四年。

三

我们爱说一句话："百年未有之大变局"。是的，随着 AI、芯片等涉入我们的生活，我们的社会结构，乃至人伦纲常都会发生颠覆性的变化。近代世界史上第一次工业革命发生于蒸汽机发明之后，第二次震荡世界的变化是原子弹的出现，20世纪让人们惊呼的是"信息爆炸"，这次将是 AI、芯片等广泛应用于生活中。这将混淆我们自诩为"万物之灵"的"智人"与"芯片人"的界限。作家、画家、音乐家、艺术家等将不复存在，一切都是游戏之作。

一个指甲盖大小的芯片就是一切。

老公、老婆、孩子、学业、个人技能……一切都是格式化生产，都可一拍脑袋而手到擒来。

413

我们既没有了前进的享受，也没了生命竞争的姿态，一切都干瘪了，都被模式化了，被"AI"化了。也许有一天代替我们的将是另一种新的"AI"智能人，他们比我们更能把控这个世界，他们将会奴役我们，那将会是一幅细思极恐的图画吧。

什么艺术殿堂啊，史诗般的作品啊，一切都游戏化了，一部经典作品在刹那之间即可创作。

想回去过慢节奏生活也回不去了。一位佛门僧人说过，遥远的空间使人们产生了距离，距离产生了来之不易的思念，如果相见变成了轻而易举的事儿，那就失去了这种美感，失去了精神层面的享受。

是江河就要东流，是人类总要在未知的世界里前行，即使是阴霾漫天，太阳依然在阴霾之上大放光明，作为炎黄子孙，我们有能力、有魄力去迎接新挑战。

来朵小花絮。

有一次，我和孙子谈起了《红楼梦》。

我有意带节奏，和他说："你说要让你选老婆，一个是薛宝钗类型的，宽厚圆润、藏愚守拙；一个是林黛玉类型的，敏感多疑、尖酸刻薄，整天闹得鸡飞狗跳的。你会选哪个？"

他说："我选林黛玉类型的。"

"为什么？"我问。

他说："林黛玉的性格是由父母双亡、寄人篱下造成的。其实，薛宝钗是个阴险小人，能把你算计得一愣一愣的。"

想想，这孙子说得倒有些"歪理"。

附上歌词一首：

男儿情怀

我多想披霞舞长剑

剑随朝日起

人随剑登仙

我多想与那冰雪人儿

漫步在湖光烟柳暮春天

凭她嫣然一笑

任十面埋伏

铁骨度关山

云是雨的思念

雨是云的渴盼

折叠起艰难的经过

把酒痛饮长城上

人面桃花两相看

袒胸擂大鼓

红绸舞得日月圆